ZHONGGUO XIAOSHUO
100 QIANG

中国小说100强（1978—2022）

我们共同消失

虹影 著

北京联合出版公司
Beijing United Publishing Co.,Ltd.

图书在版编目（CIP）数据

我们共同消失 / 虹影著. -- 北京 : 北京联合出版公司, 2023.9
（中国小说100强）
ISBN 978-7-5596-7115-8

Ⅰ.①我… Ⅱ.①虹… Ⅲ.①长篇小说－中国－当代 Ⅳ.①I247.5

中国国家版本馆CIP数据核字(2023)第117959号

我们共同消失

作　　者：	虹　影
出 品 人：	赵红仕
出版监制：	张晓冬　范晓潮
责任编辑：	孙志文
特约编辑：	和庚方　刘沐雨
封面设计：	武　一

北京联合出版公司出版
（北京市西城区德外大街83号楼9层　100088）
北京兴星伟业印刷有限公司印刷　新华书店经销
字数167千字　650毫米×920毫米　1/16　19印张
2023年9月第1版　2023年9月第1次印刷
ISBN 978-7-5596-7115-8
定价：58.00元

版权所有，侵权必究
未经书面许可，不得以任何方式转载、复制、翻印本书部分或全部内容。
本书若有质量问题，请与本公司图书销售中心联系调换。
电话：010-65868687

中国小说100强（1978—2022）丛书

编委会

丛书总策划

　　张　明　　著名出版人
　　张　英　　资深媒体人

编委主任

　　吴义勤　　中国作协副主席
　　　　　　　中国小说学会会长

编　委

　　吴义勤　　中国作协副主席、中国小说学会会长
　　宗仁发　　《作家》杂志主编
　　谢有顺　　中山大学教授、中国小说学会副会长
　　顾建平　　《小说选刊》副主编
　　张　英　　资深媒体人
　　文　欢　　作家、出版人

总　序

"中国小说100强"（1978—2022）是资深出版人张明先生和腾讯读书知名记者张英先生共同策划发起的一套大型文学丛书。他们邀请我和宗仁发、谢有顺、顾建平、文欢一起组成编委会，并特邀徐晨亮参与，经过认真研讨和多轮投票最终评定了100人的入选小说家目录。由于编委们大多都是长期在中国文学现场与中国文学一路同行的一线编辑、出版家、评论家和文学记者，可以说都是最专业的文学读者，因此，本套书对专业性的追求是理所当然的，编委们的个人趣味、审美爱好虽有不同，但对作家和文学本身的尊重、对小说艺术的尊重、对文学史和阅读史的尊重，决定了丛书编选的原则、方向和基本逻辑。

从文学史的角度来说，1978年以后开启的新时期文学是中国当代文学的黄金时代，不仅涌现了一批至今享誉世界的优秀作家，而且创造了许多脍炙人口的文学经典，并某种程度上改写了20世纪中国文学史的版图。而在中国新时期文学的经典家族中，小说和小说家无疑是艺术成就最高、影响力最大的部分。"中国小说100强"（1978—2022）就是试图将这个时期的具有经典性的小说家和中国小说的经典之作完整、系统地筛选和呈现出来，并以此构成对新时期文学史的某种回顾与重读、观察与评判。呈现在读者面前的这套丛书是对1978—2022年间中国当代小说发展历程的一次全面、系统的整体性回顾与检阅，是中国当代文学经典化的重要成果，从特定的角度集中展示了中国新时期文学在小说创作方面的巨大成就。需要说明的是，与1978—2022年新时期文学繁荣兴盛的局面相比，100位作家和100本书还远远不能涵盖中国当代小说的全貌，很多堪称经典的小说也许因为各种原因并未能进入。莫言、苏童、余华等作家本来都在编委投票评定的名单里，但因为他们已与某些出版社签下了专有出版合同，不允许其他出版社另出小说集，因而只能因不可抗原因而割爱，遗珠之憾实难避免，而且文学的审美本身也是多元的，我们的判断、评价、选择也许与有些读者的认知和判断是冲突的，但我们绝无把自己的标准强加于别人的意思。我们呈现的只是我们观察中国这个时期当代小说的一个角度、一种标准，我们坚持文学性、学术性、专业性、民间性，注重作家个体的生活体验、叙事能力和艺术功力，我们突破代际局限，老、中、青小说家都平等对待，王蒙、冯骥才、梁晓声、铁凝、阿来等名家名作蔚为大观，徐则臣、阿乙、弋舟、鲁敏、林森等新人新作也是目不暇接，我们特别关注文学的新生力量，尤其是近10年作品多次获国家大奖、市场人气爆棚的新生代小说家，我们禀持包容、开放、多元的审美立场，无论是专注用现实题材传达个人迥异驳杂人生经验、用心用情书写和表现时代精神的现实主义作家，还是执着于艺术探索和个体风格的实验性作家，在丛书里都是一视同仁。我们坚信我们是忠实于自己的艺术理想、艺术原则和艺术良心的，但我们并不认为自己的角度和标准是唯一的，我们期待并尊重各种各样的观察角度和文学判断。

当然，编选和出版"中国小说100强"（1978—2022）这套大型丛书，除了上述对文学史、小说史成就的整体呈现这一追求之外，我们还有更深远、更宏大的学术目标，那就是全力推进中国当代文学"经典化"的历程和"全民阅读·书香中国"建设。

从1949年发端的中国当代文学已经有了70多年的发展历程，但对这70多年文学的评价一直存在巨大的分歧，"极端的否定"与"极端的肯定"常常让我们看不到当代文学的真相。有人认为中国当代文学达到了前所未有的高度和水平。王蒙先生在法兰克福书展上就说：中国当代文学现在是有史以来最繁荣的时期。余秋雨、刘再复甚至认为中国当代文学的成就远远超过了现代文学。也有人极端否定中国当代文学，认为中国当代文学都是垃圾。他们认为现代文学要远远超过当代文学，中国当代文学连与现代文学比较的资格都没有。比如说，相对于鲁（迅）、郭（沫若）、茅（盾）、巴（金）、老（舍）、曹（禺）这样大师级的人物，中国当代作家都是渺小的侏儒，根本不能相提并论，两者比较就是对大师的亵渎。应该说，与对中国当代文学的肯定之声相比，对当代文学的否定和轻视显然更成气候、更为普遍也更有市场。尽管否定者各自的角度和出发点不同，但中国当代作家、作品与中外文学大师、文学经典之间不可比拟的巨大距离却是唱衰中国当代文学者的主要论据。这种判断通常沿着两个逻辑展开：一是对中外文学大师精神价值、道德价值和人格价值的夸大与拔高，对文学大师的不证自明的宗教化、神性化的崇拜。二是对文学经典的神秘化、神圣化、绝对化、空洞化的理解与阐释。在此，我们看到了一个非常有趣的悖论：当谈论经典作家和文学大师时我们总是仰视而崇拜，他们的局限我们要么视而不见要么宽容原谅，但当我们谈论身边作家和身边作品时，我们总是专注于其弱点和局限，反而对其优点视而不见。问题还不在于这种姿态本身的厚此薄彼与伦理偏见，而是这种姿态背后所蕴含的"当代虚无主义"。这种"虚无主义"的最大后果就是对当代作家作品"经典化"的阻滞，对当代文学经典化历程的阻隔与拖延。一方面，我们视当下作家作品为"无物",拒绝对其进行"经典化"的工作,另一方面又以早就完全"经典化"了的大师和经典来作为贬低当下泥沙俱下的文学现实的依据。这种不在同一个层面上的比较,不仅毫无意义,而且只能使得文学评价上的不公正以及各种偏激的怪论愈演愈烈。

其实,说中国当代文学如何不堪或如何优秀都没有说服力。关键是要进行"经典化"的工作,只有"经典化"的工作完成了才有可能比较客观地对当代的作家作品形成文学史的判断。对当代的"经典化"不是对过往经典、大师的否定,也不是对当代文学唱赞歌,而是要建立一个既立足文学史又与时俱进并与当代文学发展同步的认识评价体系和筛选体系。当然,我们也要承认,"经典化"问题是一个非常复杂的问题,并不是凭热情和冲动一下子就能完成的,但我们至少应该完成认识论上的"转变"并真正启动这样一个"过程"。

现在媒体上流行一些对于中国当代文学经典化冷嘲热讽的稀奇古怪的言论,其核心一是否定中国当代文学有经典、有大师,其二是否定批评界、学术界有关"经典化"的主张,认为在一个无经典的时代,"经典"是怎么"化"也"化"不出来的,"经典化"是一个实实在在的"伪命题"。其实,对于文学,每个人有不同的判断、不同的理解这很正常,每一种观点也都值得尊重。但是,在"经典"和"经典化"这个问题上,我却不能不说,上述观点存在对"经典"和"经典化"的双重误解,因而具有严重的误导性和危害性。

首先,就"经典"而言,否定中国当代文学早就不是什么新鲜事,对当代文学的虚无主义态度在很多人那里早已根深蒂固。我不想争论这背后的是与非,也不想分析这种观点背后的社会基础与人性基础。我只想指出,这种观点单从学理层面上看就已陷入了三个巨大误区:

第一个误区,是对经典的神圣化和神秘化的误区。很多人把经典想象为一个绝对的、神圣的、遥远的文学存在,觉得文学经典就是一个绝对的、乌托邦化的、十全十美的、所有人都喜欢的东西。这其实是为了阻隔当代文学和"经典"这个词发生关系。因为经典既然是绝对的、神圣的、乌托邦的、十全十美的,那我们今天哪一部作品会有这样的特性呢?如果回顾一下人类文学史,有这样特性的作品好像也没有。事实上,没有一部作品可以十全十美,也没有一部作品能让所有人喜欢。在这个问题上,我们应该明确的是,"经典"不是十全十美、无可挑剔的代名词,在人类文学史上似乎并不存在毫无缺点并能被任何人所认同的"经典"。因此,对每一个时代来说,"经典"并不是指那些高不可攀的神圣的、神秘的存在,只不过是那些比较优秀、能被比较多的人喜爱的作品而已。从这个意义上说,当今中国文坛谈论"经典"时那种神圣化、莫测高深的乌托邦姿态,不过是遮蔽和否定当代文学的一种不自觉的方式,他们假定了一种遥远、神秘、绝对、完美的"经典形象",并以对此一本正经的信仰、崇拜和无限拔高,建立了一整套关于中国当代文学的伦理话语体系与道德话语体系,从而充满正义感地宣判着中国当代文学的死刑。

第二个误区,是经典会自动呈现的误区。很多人会说,是金子总是会发光的。但对文学来说,文学经典的产生有着特殊性,即,它不是一个"标签",它一定是在阅读的意义上才会产生意义和价值的,也只有在阅读的意义上才能够实现价值,没有被阅读的作品没有被发现的作品就没有价值,就不会发光。而且经典的价值本身也不是固定不变的。如果一个作品的价值一开始就是固定不变的,那这个作品的价值就一定是有限的。经典一定会在不同的时代面对不同的读者呈现出完全不同的价值。这也是所谓文学永恒性的来源。也就是说,文学的永恒性不是指它的某一个意义、某一个价值的永恒,而是指它具有意义、价值的永恒再生性,它可以不断地延伸价值,可以不断地被创造、不断地被发现,这才是经典价值的根本。所以说,经典不但不会自动呈现,而且一定要在读者的阅读或者阐释、评价中才会呈现其价值。

第三个误区，是经典命名权的误区。很多人把经典的命名视为一种特殊权力。这有两个层面的问题：一，是现代人还是后代人具有命名权；二，是权威还是普通人具有命名权。说一个时代的作品是经典，是当代人说了算还是后代人说了算？从理论上来说当然是后代人说了算。我们宁愿把一切交给时间。但是，时间本身是不可信的，它不是客观的，是意识形态化的。某种意义上，时间确会消除文学的很多污染包括意识形态的污染，时间会让我们更清楚地看清模糊的、被掩盖的真相，但是时间同时也会使文学的现场感和鲜活性受到磨损与侵蚀，甚至时间本身也难逃意识形态的污染。此外，如果把一切交给时间，还有一个前提，那就是对后代的读者要有足够的信任，要相信他们能够完成对我们这个时代文学的经典化使命。但我们对后代的读者，其实是没有信心的。我们今天已经陷入了严重的阅读危机，我们怎么能寄希望后代人有更大的阅读热情呢？幻想后代的人用考古的方式对我们这个时代的文学进行经典命名，这现实吗？我不相信后人对我们身处时代"考古"式的阐释会比我们亲历的"经验"更可靠，也不相信，后人对我们身处时代文学的理解会比我们亲历者更准确。我觉得，一部被后代命名为"经典"的作品，在它所处的时代也一定会是被认可为"经典"的作品，我不相信，在当代默默无闻的作品在后代会被"考古"挖掘为"经典"。也许有人会举张爱玲、钱钟书、沈从文的例子，但我要说的是，他们的文学价值早在他们生活的时代就已被认可了，只不过很长时间由于意识形态的原因我们的文学史不谈及他们罢了。此外，在经典命名的问题上，我们还要回答的是当代作家究竟为谁写作的问题。当代作家是为同代人写作还是为后代人写作？幻想同代人不阅读、不接受的作品后代人会接受，这本身就是非常乌托邦的。更何况，当代作家所表现的经验以及对世界的认识，是当代人更能理解还是后代人更能理解？当然是当代人更能理解当代作家所表达的生活和经验，更能够产生共鸣。因此，从这个角度来说，当代人对一个时代经典的命名显然比后代人更重要。第二个层面，就是普通人、普通读者和权威的关系。理论上，我们都相信文学权威对一个时代文学经典命名的重要性，权威当然更有价值。但我们又不能够迷信文学权威。如果把一个时代文学经典的命名权仅仅交给几个权威，那也是非常危险的。这个危险表现在什么地方呢？就是几个人的错误会放大为整个时代的错误，几个人的偏见会放大为整个时代的偏见。我们有很多这样的文学史教训。在这个问题上，我们既要相信权威又不能迷信权威，我们要追求文学经典评价的民主化、民主性。对一个时代文学的判断应该是全体阅读者共同参与的民主化的过程，各种文学声音都应该能够有效地发出。这个时代的文学阅读，最理想的状态应该是一种互补性的阅读。为什么叫"互补性的阅读"？因为一个批评家再敬业，再劳动模范，一个人也读不过来所有的作品。举个例子：现在我们一年有5000部以上的长篇小说，一个批评家如果很敬业，每天在家读二十四小时，他能读多少部？一天读一部，一年也只能读三百部。但他一个人读不完，不等于我们整个时代的读者都读不完。这就需要互补性阅读。所有的读者互补性地读完所有作品。在所有作品都被阅读过的情况下，所有的声音都能发出来的情况下，各种声音的碰撞、妥协、对话，就会形成对这个时代文学比较客观、科学的判断。因此，文学的经典不是由某一个"权威"命名的，而是由一个时代所有的阅读者共同命名的，可以说，每一个阅读者都是一个命名者，他都有对经典进行命名的使命、责任和"权力"。而作为一个文学研究者或一个文学出版者，参与当代文学的进程，参与当代文学经典的筛选、淘洗和确立过程，更是一种义不容辞的责任和使命。说到底，"经典"是主观的，"经典"的确立是一个持续不断的"过程"，"经典"的价值是逐步呈现的，对于一部经典作品来说，它的当代认可、当代评价是不可或缺的。尽管这种认可和评价也许有偏颇，但是没有这种认可和评价，它就无法从浩如烟海的文本世界中突围而出，它就会永久地被埋没。从这个意义上说，在当代任何一部能够被阅读、谈论的文本都是幸运的，这是它变成"经典"的必要洗礼和必然路径。

总之，我们所提倡的"经典化"不是要简单地呈现一种结果，不是要简单地对一个时代的文学作品排座次，不是要武断地指出某部作品是"经典"，某部作品不是"经典"，不是要颁发一个"谁是经典"的荣誉证书，而是要进入一个发现文学价值、感受文学价值、呈现文学价值的过程。所谓"经典化"的"化"实际上就是文学价值影响人的精神生活的过程，就是通过文学阅读发现和呈现文学价值的过程。可以说，文学的经典化过程，既是一个历史化的过程，更是一个当代化的过程。文学的经典化时时刻刻都在进行着，它需要当代人的积极参与和实践。因此，哪怕你是一个对当代文学的虚无主义者，你可以不承认当代文学有经典，但只要你还承认有文学，你还需要和相信文学，还承认当代文学对人的精神生活具有影响力，你就不应该否定当代文学经典化的重要性。没有这个"经典化"，当代文学就不会进入和影响当代人的生活，就失去了存在的意义。每一个人，哪怕你是权威，你也不能以自己的好恶剥夺他人阅读文学和享受文学的权利。

从这个意义上说，当代文学的经典化当然是一个真命题而不是一个伪命题。在一个资讯泛滥的时代，给读者以经典的指引是文学界、出版界共同的责任，而这也是我们编辑出版这套书的意义所在。

最后，感谢张明和张英先生为本套书付出的辛劳，感谢北京立丰天文化传播有限公司、北京金圣典文化有限公司的资金支持，感谢全体编委和北京联合出版公司各位编辑，感谢所有对本套丛书的出版给予大力支持的作家和他们的家人。

是为序。

吴义勤

2022年冬于北京

目 录
Contents

代前言____1

脏手指·瓶盖子____2

六　指____19

带鞍的鹿____38

近年余虹研究____51

内　画____70

辣椒式的口红____86

红蜻蜓____100

我们时代的献身者____110

我们共同消失____124

环形玫瑰____149

你一直对温柔妥协____206

鹤止步____252

代前言

很难在寥寥昼夜间找到对自己写过的文字准确判断,除非昼夜可以随心而流,流过评论,流过读者,流到时间之外。

因为要做这个选集,我把写过的中短篇看了一遍,从1980年代开始正式写作,到现在已经四十年过去,我永远对讲一个故事着迷。开始写作时写短篇比较生猛随性,之后写长篇,重视结构,再回身写短篇,虽结构与长篇同等重要,但所写的还是人,他们是水在流,还是停?有时让我矛盾,不得不对抗自己。中篇介于这两者间,像有道坝,必须冲破,又必须再建江河,迷宫只有破了,再设,才能流连忘返。我喜欢所写的人物如竹叶轻,又似刀尖利,同时一伸手推掉一座山,那命运之风,说到就到,说毁就毁。

写小说到今天,对我,还是新者,我尝试,我沉思,我回顾,我重新涉于此岸,茫茫苍苍一片,我在寻找那个最能读懂的人。

脏手指·瓶盖子

他们有意闭上眼睛,让我找不到。

封门

他从母亲那儿来。他说:你家正把你的名字从族谱中删掉。他反应极快一把扶住欲倒的扫帚,将搭在扫帚上面的旧蓝衫提起来扔在篱笆上。

"说下去,别支支吾吾!"我看着橡皮糖在他舌头下翻来覆去,口水流到他的唇边。

"你家另开了一个门,鬼就不会再找到路。"

"鬼?谁?"

他不搭理我，接着说："堵死原先的门，那天请了一大帮做活的人，我几次从墙外经过，你家喧喧嚷嚷的，直到半夜。"

我打断他，让他把手中的扫帚放好。他把嘴里那块橡皮糖在手里捏着，一个人形摊在手心，白晃晃的，转眼叠了起来。"像一个球。唔，像一个脑袋。"我说这句话时，他手抖了，甩了几下手，但那白球粘着他的手心。

我走了过去，弯下身子，俯视台阶下的他，足足有一分钟。然后我伸出手，抓住他，将白脑袋轻轻拈了起来，贴在篱笆上。拍了拍手，头一偏，示意他跟我走。

长脸，额头低平，稀疏的头发露出秃顶。柜台前的镜子下角，刻着猩红色的花瓣，我从晃动的人群中看了一眼紧跟在身边的他。刺耳的沙哑声从乐器中奔出，每个人眼里都窝着火药，在等候爆炸。酒杯歪着斜着，乱扔在窗台、地毯、桌子、屁股底下、脚底下，碎裂声总响在旋律的点子上。

穿过人群，上了楼梯，喧闹声渐渐淡了下去。

房间的窗子遮严，但从窗帘的缝中，可窥见烟囱、高压线。翠绿的树木却好像窗帘上画着的景色。我进了房内的厕所，冲掉马桶里的脏物，扣好裤子，打开门。他愣在门旁，手足无措，惶惶然，跟刚才说话时那副派头截然两样。

我取出化妆盒，一边抹口红，一边叫他坐下。

"坐哪儿？"他问。房间里没有椅子，只有一张床。

我指着旧报纸杂志堆得高高的一处，让他坐下。他屁股小心地落下，双手按在纸上，怕翻倒。我笑了起来。

"笑什么？"他抬头望我，一脸愤怒。

我将化妆盒放回包里,"我不是无家可归了吗?你还那么小心干什么?就当街上拣来的一个婊子不成了?"

他颠三倒四地说,他没想到,完全不是这么一回事。他又说,"我以为你离开这儿,远走高飞了。"

"远走高飞?"我重复了一句,"当然,当然。"我说,世人都神经兮兮,你也如此,我也如此,我蹲下。鸟鸣狗吠,猪的呼噜羊的叫唤,其中我还听到人的哭泣。他双肩抽搐,头埋在膝盖里。我停住了。我感到夜晚来临太早,六点刚过,天就暗下来。窗帘已经没有缝隙;房间一团漆黑。我没有拉亮灯,而是推他上了床。抱着他,我喃喃地说:"别哭了,怪可怜的。"是呀,今夜,谁来解救你呢?

鸟笼

我有意抛开自己,使她出现。

她每次都是端着酒杯出现。那酒杯里装着从水管里接来的冷水。她说,错了,是酒,不过是这个城市里销售的最便宜的酒。劣质酒,其实味道最好。她边说边捏着自己的脖子,让挤进脖子的酒倒流嘴里,然后一口吞下肚子。

家人在门外慌乱地动着。她放下酒杯,靠在方桌上,没有看门口的一个个人影,她似乎是在倾听几里之外的声音。她的头偏倒在桌面上,头发遮住一脸红红的焰火,嘴唇出奇的宽,西洋式的漂亮,但已被酒精烧得干裂,她的手伸向酒瓶,却未能抓住。她轻轻哼了一声。

门拉开了，一个人影闪了进来，敲了敲木板墙。她动了一下。那人影退了出去。

她站了起来，踉跄了一下，但她站稳了。这是为什么，我从来都希望有人送我一个礼物，但是没有人送我任何东西：一根针，一根火柴，一片落叶也行。针可刺入任何洞穴，并缝住这种那种痕迹。火柴能烧毁一切，落叶不会提醒你犯过的错误。流浪的自由，温暖的家，两者不可兼得，即使兼得，也不可能永久。

她双手摩擦滚烫的脸颊，乱发甩在脑后，将椅子上的几本书翻了翻，毫不犹豫地扔向窗口。哦，原来淡黄色的阳光只是灯光的假象，书被窗框挡了回来，吧嗒一下掉在地上。那只鸟在她的记忆中也是这样从笼里飞快地蹿出，向着它当作阳光的地方蹿过去，却撞在玻璃上，留下一摊血。何必呢？笼子精巧，宽敞，而且安全，可以日复一日，年复一年地呼吸，有玉米渣、碎豆子供着，新鲜的水不断。她拾起从书里露出小半截的一张照片。黑白照片边上发黄，人影有些模糊。一个女孩，瘦瘦的脖子，奇大的眼睛睁得滚圆。女孩怕什么呢？是身后的风车，转动着小红旗？不错，那天是哥哥打开鸟笼，他把鸟捉住，一只灰头、黑羽毛的小鸟，塞进笼子。用被子盖住捂紧。然后突然打开鸟笼。

父亲从门外长长的石阶上走下来，他把手指往石墙上敲了敲，手指上满是烟垢。她想咳嗽，但是忍住了。父亲一身是水。她这才发现正下着雨，她看不清被雨水包裹的父亲。他说，你这就坐船离开？

她觉得口干渴，雨斜打着她。乘轮渡过江和坐公共汽车过桥其实都是一回事。有人递给她一个斗笠。她拿在手中，没有对父亲说一句话便往雨的深处跑去。父亲担着她的行李，她跑得更快了。雨越下越大。衣服紧紧贴着她的皮肤，冰凉的雨水游遍了她的身体。她喊：父亲。但雨声盖住了她的声音，她绝望地靠着长满青苔的石头，石缝爬着蜗牛、蚂蟥、蚯蚓。雨水冲净了脏脏的路面。她伸开双手，斗笠掉在地上。她猛地转过身，父亲光着膀子，就穿了件裤衩站在她面前。她拾起雨中的斗笠盖在他的头上。斗笠从父亲头上飘过，滑过她，掉在地上，她吃惊地张着嘴看着斗笠在雨水里一寸寸滚动离开。

她靠住石头背后，一丛丛杜鹃在盛开。她必须乘轮船过江。想叫"父亲"，但她忍住了，血从她咬破的嘴唇流了出来，碱酸的怪味使她只好双手抱紧自己。她看清了，除了自己的行李，整个码头本来就没有一个人。

猫之夜

这是不幸。我反复对自己说。其实我并不清楚有什么不幸。住在这间租来的公寓已经半月之久，我试着弄清在住进这个公寓之前，我在哪里，干了些什么？蜘蛛兰、蝴蝶花怒放在每一个角落，染上花粉热的人们躺在床上，昏沉沉地做梦，一个世界一个样。

一只硕大的雄蜂扎伤了我的手指头，血沁出不少，使我免受各种花香的引诱。我沿着堆放木条的小道来来回回搬货查货。货栈里木柴东一处西一处毫无章法地横竖摆放，四周隔着铁片拼成的矮墙，不整齐的铁片上涂着颜料，看不出是画是字，但充分显示一个天才之所以成为天才的道理。跨过墙，是宽大的马路。马路左端有一个三岔路，中间的花坛上缠绕着一簇簇鲜红的玫瑰，在汽车偶尔经过时不免激动地叫起来。

我感到那种激动飞快地移向我的全身,我往回路走。

一家剧院亮着灯,那个剧目熟悉已久。似乎剧早已开场,门口已没有人看守,门厅空荡荡的,我走了进去。

拉开幕的舞台,一只猫跳下,蹿入观众席中。

歌声在突然熄灭的剧场里飘来荡去。我的耳朵嗡嗡作响,我按住被雄蜂螫伤的指头,将交叉的双腿平放。台上漫飞着雪花,一队队游荡的男女嘴里唱出伤心的歌,轻而易举地瞄准了楼上倒数一排的我,灯光打在倒数一排上,幕垂下。

重新拉开幕,一个警察对一个裹着头巾的驼背说,猫失踪了,你是最大的嫌疑犯。请说你什么时间进餐馆?什么时候去地铁?在餐馆和地铁这段路上你花了多少时间?

那驼背从舞台右端退到前台,转过脸。她的脸皱纹交错,像一张网罩在那儿,但那双眼睛清澈透亮。她的手放在胸前,仿佛陷入和警察毫不相干的回忆之中。幕后,一个年轻的女声在唱一支高昂激越的歌。

警察说,你无权保持沉默,必须回答我的问题。"法律!"他吼道。

就在这时,我感到一个东西捂住了我的嘴唇,同时我的脖子被揉搓着,使我无法动弹。像一阵风那么快,那强有力的东西移开了,但在旋即离去的那一刻,却被我握在手中。我蓦地从座位站起,一边对聚精会神看戏的人道"对不起"一边走向过道。推开安全门之后,我松开了手里的东西。我不知道这东西自己跟了上来下了楼梯,来到门厅里。歌声一下消失了,门厅仍空无一人,甚至洗手间里也没有抽烟的人。

拉开剧院的玻璃门,我将衣领竖起,挡住迎面吹来的习习寒风。

一只猫直立着身体,在我身后几米远的马路人行道上橐橐橐地走着。

寂静的夜里似乎只有剧院亮着强烈的灯光。跨过马路,我绕开停在路边的一辆白色跑车,手无意触及车上的水珠,冷不丁,我一下全听懂了刚才剧中那首高昂激越的歌:我们俩必须回到昨天。否则他们活不过今夜。

除非。

除非。有声音在催促。

那流利的歌声在舒缓的大提琴、小提琴、钢琴合奏中停顿了下来。一句道白:"除非他们今夜会遇在一起。"

身后那只猫加快了步伐,跟在我的屁股后面,一步不离。我仍旋入刚才剧情的玄机之中,目的地在陷落,每个人都在劫难逃。我在公墓门前的十字架前停了下来,教堂的钟声使我回头望去:剧院尖尖的屋顶在夜色中只留下一个三角形框子。当时他正是从剧院的窗口探头叫我别那么快离去,他指着窗外的防火梯,是让我爬上去还是他爬下来?我没有理睬他。倒没有原因。如果有,就是我下意识地感到他鼻子太平,他裤裆里的玩意儿肯定一寸小。

我摸到门边的按钮,灯亮了。猫遮住了脸,"关掉!"它简短地说。

我按了一下按钮,灯熄了。猫径直朝窗旁的桌子走去,它拿起火柴,点燃烛台上的蜡烛,烛火使房间换了一种气氛,一种我形容不出来的气氛。我听见猫在说,"这多有情调。"我吃了一惊。

门忽然打开,我打着哈欠去关门。门关了两下才关死。一个人拱着身体站在那儿。我上眼皮紧粘下眼皮,费劲睁开,才看清是几件衣服和几顶帽子挂在门侧钩子上。我意识到,那只猫在打量我,果然它说，你的背影真美。

我回过身，看见那只猫坐在我的椅子上，手里玩着我挂在墙上的一个人面石膏像。

从猫的手中我拿过石膏像，重新挂在墙上。我发现这只猫奇大，浑身毛发油黑发亮，爪子尖长，那双蓝眼锐利地转个不停。它看了我一眼，却充满了柔情。

来杯酒？我的声音细哑。

那黑猫蜷缩在椅子里，摇着尾巴。它不置可否的态度使我觉得有意思。我给自己倒了半杯 Port 葡萄酒，刚递到嘴边，那只猫跳到我跟前，接过杯子，一口喝下去。晃了晃脑袋，似乎觉得酒不错。它把杯子递给我。一点没看错，猫把爪子放在站立的双腿间，来回摩擦。

"唰"的一下，像拉链开的声音。我一动不动：猫在大腿间那个地方往上拉开一条缝，像剥皮一样，一个男人从里挣脱出来。那张猫皮被他扔在椅子上。

洗澡间的水在哗哗地响。我躺在床上，已准备好迎接这个男人进入的全部工作。不一会儿，洗澡间的门打开了，从里面走出一个应该承认是无可挑剔的裸体男人，特别是那玩意儿，该算我至今见过的第一。

他对着镜子重新套上猫皮，仅仅露出那玩意儿，他说，这样特别舒服。

我在床上翻了一个身，故意以背对着他，一边听着脚步声在房间里响着，逼近我，那轻轻的脚步声，仿佛一支缱绻情深的曲子，我深深地吸了一口气。烛火一闪一闪映出墙上白色的石膏面具、家具、吊在屋中央未点亮的灯。椅子吱吱嘎嘎响起来。那只黑猫，不，那个套着猫皮的男人自己对自己干了起来。我从床上坐了起来：他那疯狂的动作震得整幢房子簌簌发颤，摇晃不已。

花信

"这一摇曳在风中的罂粟不是献给战死的人，而是献给你。"
"你不用说了。"
"你从坡下面的溪流边的小路一边向上爬，一边张望。是的，你会看见我和她。"

我和他已经躺了整整一天。她来了。他让她躺在自己的右侧。她盯着我看，她只可能看到我的一个侧面，我和她之间隔着他。

她注意到我的目光在炉子边的木柴上游离，便也将目光扫向那儿。我与她都意外：如此见面。

他一手护着她，一手护着我，忙不过来。我过了很久才看出她是大肚子。他紧张？一点也不。他看着书，没有感到我早站了起来，机械地走在几间房里，端菜，摆碗筷。她在那儿，不停地捂住肚子，她很警惕我，这不用说。他手里的书在一页页翻动，他的眼睛盯在那儿，什么都看不到。

"他就是你在江边起雾时遇到的那个男人。"
"对。我抽烟越来越厉害，你抽吗？"
"不。谢谢。戒了好多年。当我躺在他的怀里时，你知道我怎么想你?"

"怎么想?"

"我每天起床为他做早饭,认为站在江边的那个女人是我。哦,说真的,在那一刻,我恨不得杀了你。"

警察,不,小偷,一个正在潜逃的罪犯。罂粟花已经谢尽。我的视线集中在涓涓流淌的溪水上。

他把发呆的她一把推到落地大窗前。她的衣服一件件掉在地上。他展览她的大肚子。落地窗外正在修建楼房,所有的工人,以及街上打着呼哨的少年,三三两两的游客,打扮古怪的朋克通通把目光投向她怀孕的裸体。他的眼睛并没有看着她,而是转过身来,看着我。

名片

清洁工一早就敲门。

我从镜子里看到自己精神奕奕,便露出牙齿,用手指上下擦了擦牙齿上的痕迹。用杯子接上水,喝了两口,在嘴里捣鼓一番,吐在盥洗槽里。

清洁工不一会儿就走了。

我拉开窗帘。凤夜,进入一个完全不符合幻想的温暖的房间,这感觉只有试过的人才知道是怎么一回事。一间旅馆,加上一个陌生男人。秘密的锁等着尖锐的钥匙左转右转,进入瞬间所占有的世界。我伸了一个懒腰,拿起电话。

飞机像地毯上的舞者一样穿过粉红色的晚霞航行。已经过了十个钟头，再有两个小时，在晚霞全部撤走每一滴色彩时，飞机就该降落了。于是，我回到这杯淡淡的杜松子酒里来，一边摇晃晶莹的冰块，一边祝愿邻座交好运。我接过邻座递上的名片，读着上面的地址。好的，如此这般。我们会使彼此满意的，我答应。

一张世界地图铺在地板上，我站在上面，先穿上裤衩，再穿乳罩，套上黑色丝袜，我戴上帽子，挑了件红风衣。那个瘦弱的有着长脖子的女孩在说：我幻想有一个硕大的阳具把我填满，把我撑起来。我把小小的安全套放进包里时，她晃过我的脑海。我在地图上原地打了个转。这是个阳光隐匿云层，雨水在别处施虐的正午，一个没有匕首或手枪，也不需要冲动的时刻。如果能擦抹去我的名字，我多么希望自己被人一分一厘一毫不差地吃掉，消失在另一个人的体内，把多年前的事重新发生一遍。记忆，仅存的记忆，帮帮我！

我把双腿张开，等着。

电话的铃叫了。门也响。他们一如往常睁开眼睛。他们说，你必须快走，等的人太多。悠着点，一个个来。

"结果你从一座城市到另一座城市，最后选择了这地方？"

"我去了磨坊。"阴沉的市场，人稀稀落落。旧沙发、旧床、旧书、旧唱片摊在地上售卖。街中心有一个乐队，正演奏一支嗖嗖响的曲子。灰鸽画着混乱的线条飞过。那乐曲像咒语。我摸了摸口袋里几枚硬币，它们狂跳着。我朝他站着的半朽烂的木桥转过脸。

整个城市就剩下这条小溪干净。他听了，吐了吐舌头，说，你不觉得你自己肮脏龌龊，臭气熏天吗？

他一拳一拳捶着木栏杆,像捶着城市的心脏。那沉闷的声音,使我晕头转向。

我承认我玩了把戏。不骗人,我的心一分钟也得不到安宁。我朝桥头旁的小路走了。

走出门,站在台阶上,我回过身与主人告别,发现街角一个人影闪过。与主人答过话道再见之后,我走进空空荡荡的街。"等等",身后有声音在叫。

我回过身,一个头发染成绿、红两色的男人站在一蓬芦苇旁。我下意识地摸着项链上的十字,举了起来。

那人轻笑两声,问,上你那儿,还是到我这儿?显然他把我当作了那种女人。

他指指芦苇遮住的一幢房子,"上我那儿吧,宝贝。"

我想了想,重新把十字举了起来,对准他的额头,他一下子不见了。

是谁在叫我的名字,声音极轻。我感到自己翻了一个身,双腿蜷成一团。

别慌。

我不慌。

别动。

我不动。

睡吧。

我睡。

我看见墙上那个白色石膏面具,歪倒在镜子边。

正反

沿街的人家，玻璃窗若明若暗映出房间里的家具、照片、花木，但没有人。我的脚绊了一下，跚跚地踱进一个花园。所有的花朵在水银灯下显紫黑色。那些花朵应该是火红的，像化妆盒里被无意折断的唇膏。

这天晚上，我又像童年时一样盲目地在街上狂奔。橡树在风中刮着熟悉的声音。我一会儿闭上眼睛、一会儿睁开燃烧着求欢的眼睛。

那个酒吧间。哦，那个酒吧间。

电视机正播放着足球比赛，狂热的吼声未能压倒喝酒的男女的喧闹。

"来一杯杜松子酒！"我手撑柜台，对老板说。

"小姐，是你！"

我的手收了回来。老板看到我一脸惊讶，说："小姐你怎么忘了，那天我还请你喝了专为你调的鸡尾酒。

"你最先嫌这儿冷清，说你当侍者，决不会生意清淡如此。你边说边干起来。你脱了全部衣服。只戴了顶帽子，穿了一条短裙。"

"有这事？"

"当然，"他一边往杯子里加冰块，一边说，"那天生意出奇地好。最后你仅仅在腿上扎了根绳子，夹顾客付的钱。你用阴唇衔住菜单，走来走去，让顾客看。你的身体满店堂飞。我看傻了。"

"够了，你这个意淫家！"我敲了敲柜台打断他满眼放光的想象。

但他描绘的那个下流又风情万种的景象却让我心旌摇曳。我没有愤怒，也没有生气。喝完了酒，我从皮包里掏钱给他。

他不收。小姐，你不想再留一会儿？想喝什么，随你挑。

我说，谢谢你。

"肯定是你，那天晚上你全身只剩下这副鹦鹉耳坠！"

我说，"好吧！"我向他承认那天晚上我的确来过。但我来等一个人。刚坐到靠窗那个位子，我便听到了枪声，打死了一个怀孕的女人。那晚你们这家酒店什么生意都没做。

他看了看我，突然埋下头。我穿过闹嚷嚷的人群，在走进柜台后面，推开内门的那一刻，我揭下头上的帽子，朝他挥了挥，然后跨了进去。

他瘦弱的身材，像女人一样的披肩发清楚地透了过来。我站在镜子的后面，他看不见我。

他往身上抹油，很仔细，不放过一个拐弯处或隐蔽点。他擦完油，将瓶子拿在手中，靠着墙。四周倒挂着刚刮毛开膛血淋淋的猪牛羊，中间还挂着一张猫皮。

他捂着嘴，叫了一声，便沉默了。

过了一会儿，他往头发上倒油，油从头发流到脸上，他搓着脸，微微仰起头。

我站在镜子背面，他看不见我。就如同身体内血的大门必须关闭，遗物必须留给遗孀和遗孤一样，他做他预定的事。

他抚摸镜子，突然号啕大哭。

脚步声，从屋顶朝下涌，清晰，沉重。

他打开了门,然后又退了回来。他掀开离门不远的一口崭新的棺材,躺了进去。在他慢慢合上棺材盖时,我认为他就是酒店老板。如果真是他,那他怀孕的妻子呢?

诗集

一个陌生人走进栅栏。他头上戴着一顶灰帽,一双手在衣服下伸过来,放在我想有个手放的位置上。不,那是两个人,两只手交换。他们是兄弟。一会儿,一人把我卷入一种旋转机中。另一人站着,叨叨不息地讲自己过去的种种艳事,讲得具体而细微的。

空旷的舞台。我是他们唯一的观众。他们在那里对话,反诘,讲自己难以忘却的事。灯光亮得跟白天一样,跟我的脸一样。画有鱼的布帘垂满舞台。我用舌头舔了舔自己的手,感觉到自己的眼睛随着舞台变换色泽,而自己的头脑被塞到这两个男人说的境遇中去。我叫了起来。我的头上面,鱼整齐地穿梭不停,轮换着变成灯光的影子。

舞台上的男人长出了胡子。两个络腮胡继续在说话,眼光梦幻一般越过我。终于我对他们谈的风流艳事已不感兴趣。那么,我还待在这儿干什么呢?他们的下流庸俗使我的笑声像碎玻璃飞散。这两个络腮胡莫名其妙。

那是一个开头。

对,目的简单,从那儿可以到十七世纪的城堡、未来世纪的仪式。于是我想到自己昨夜被抓回去的情景。

我被带到家里的吃饭房间。似乎三服内亲戚皆在,都是女人。我说,妈,你已经同意我走,为什么让他们把我抓回来?

我站在那儿像受惊吓的兔子。

坐在凉板的床上,母亲说,你必须答应我一件事。

家里那只猫慢慢经过我跟前,跑到凉板下咀嚼鱼刺。鱼腥臭似乎不是发自鱼刺,而是来源于房间里的女人们。母亲声音平缓,说你总让我,让这个家丢脸。

我的眼光第一次积聚了这么多年来对母亲的各种情感。母亲没有看见过。我的样子一定可怕极了,不然母亲不会闪避,动作那么大,随凉板坠落在地上。我首先想到猫必死无疑。果不其然,当众人把母亲扶在一把椅子上坐好后,抬起凉板,那只猫血肉压成一团。一个孩子在惊叫。大人拍打孩子。哭闹声。待稀里哗啦打扫一番后,房间又恢复了安静。

"你们把他怎么样了?"我问。

母亲旁边的两个女人说:"把他的鸡巴割了!"她们哄笑起来,"熬汤喝了。"

母亲一边制止,一边上上下下打量我,"不是我们逼你,而是你逼我们。"她顿了顿说:"你从小就想成为一个小说家。现在你靠写小说混饭吃,比要饭的好不了多少。听我最后一个奉劝:别写你自己的事!"她拿着从我包里搜去的稿子,将其撕成碎片,扔到我脸上。这就是为什么这部稿子片片断断,难以收拾成一个前后一贯的故事。

我接过母亲的话:"我是你们家的耻辱,我的事都太脏。"

"知道就好!"母亲看了我一眼,朝我挥了一下手,"走吧,走得越远越好。或许你最后会找到一个他,你满意了,平静下来。"母亲怜悯地说,"那时你可以回来。"

"我决不会回来的。"我踩着地上尚未清除的猫血,抓住洗脸架,在地上擦着鞋底。我想把粘在那儿的血擦干净。

是的,虽然从那时到现在已经经历了差不多一个世纪,我已经腐烂成泥土。但我还是要讲完最后这几句话:那顶众所周知的帽子落在地上,一本薄薄的诗集掉了出来。那作者你可以认为是徐志摩,也可以想象为王尔德。总之,它是一本颜色枯黄,带有折皱和污渍的诗集。台上在表演的一切只是可怜的重复。我突然明白,所有的人为我闪开路,是因为他们闭着眼睛。他们闭着眼睛,是因为他们只想看自己。而我拼命睁开眼睛到处找他,但如果他也闭着眼睛,那我怎么能找到他呢?

六　指

乌云几乎在一秒钟之内从高空压落到江面上。像是被蛇形的闪电拖曳下来,随着便听见炸裂江面的雷声。雨猛地冲入船舱。江浪把船舱颠成一个大斜角度时,我跟跄了一下,差点跌倒。我紧紧抓住舱顶备有救生衣的木架。这种天过江的人并不多,但船内一片尖叫哭闹,好像这船真要下沉似的。

我的心也慌乱地跳着。在喧闹中,听见有人在叫我的名字,使我定了一下神,"苏菡,"我又怔了一下,的确是在重复地叫我,虽然声音不大。我循声找去:一个闪电正好把坐在船尾椭圆形长椅上的一个男子照得清清楚楚:就他一个人,手臂张开扶在椅背上。他眉毛很黑,脸容清秀。舱内光线黯淡,没看清楚,但好像比我年轻许多,他好像正朝我微笑。

"我是六指呀!"看来是怪我怎么记不起他了。

"哦,六指!"我嘴里答应着,我一向怕别人说我高傲,目中无人,但我的确不记得这个男人。又一次闪电,船狠狠地摇摆,我再次趔趄,他却敏捷地站起来扶住我。刹那的光中,我几乎觉得他还不像个成年人,或许穿着风衣使他个头显小。

"好久不见了。"

"真的,好久不见了。"

浪一个比一个大,高高地卷起来,扑进未遮帆布的栏杆,乘客都往前三排靠机舱的地方挤。水顺着铁板淌着,我的皮鞋湿透了,凉凉的,很不舒服。这并不太燥热的天气,天气预告也没说有雨,竟下起雨来了。

"太巧了!"

"在船上遇见你!"

像是无话找话,但我没来得及觉得无聊。我在翻查记忆,究竟这个和蔼的青年是谁呢?

江浪太大,轮渡不得不开得很慢。涨水季节刚过,九月的江面异常宽阔,雨水模糊中看不到两岸。怎么办,我不会游泳。

"没事,"他好像明白我的心思,示意我坐到他身边的空位子上,"坐在边上,反而安全一些。"

天忽然亮了许多。我看见他的眼睛闪过一溜栗色,而眼白透出一点蓝紫,我从来没看到过这样的眼睛。

他很特殊,我感到了这点。坐在他身边,我心里踏实起来,翻船也不怕。对陌生男子,我可从不这样。可是,我仍记不起他是谁。他那种熟稔的说话口气,那亲密的神态,能肯定一点:我和他是相识已久的。我生平第一次发现自己记忆力并不好,脑子里似乎有一片毫无索引的混沌区。

江岸宽大的石阶上，有个孤零零的票房，绿漆已被风吹雨打剥蚀殆尽。丈夫站在那儿，我踏上跳板就看见了，心里一热，但随即寻思，怎么向丈夫介绍六指呢？我想还是问一下六指，却发现他早已不在身边。

"我就猜中你会坐这班船。"丈夫手里拿着一把伞，雨却停了，伸出手掌抓不到一丝一滴。天又变得阴沉沉。

六指怎么就走没影了。我朝四周望了一眼。一船的人正在走散，在码头仅露在水面窄长无边的沙滩上，那沙滩有无数条向北向东向西伸延的石径、小道。形形色色的楼房依山耸立，彼此闪躲着，仅露出一角或半顶、一扇窗。小路边繁衍迅速的芦苇，半截淹在污水里。芦苇后的小树，如人影在晃动。烟厂纽扣厂的机器声混杂着汽笛和浪拍击岸的哗啦声。百年狮子山庙瑟缩云团后，仿佛香火缭绕。

"你在找什么？"

"六指，"我想不必说这事了，却还是脱口而出，"在船上碰见的。"

"六指？"丈夫揽过我的腰，往梯级上走，"我怎么从未听你说起过？"

我心安了，丈夫不认识六指，他的记忆力是有名的。

"这么怪的名字。瞧你魂不守舍的样子。多一根指头。"丈夫这么说的时候，我骤然一惊，想自己为什么没注意一下六指的手呢？我说，"他的眼睛有点发蓝，很少见。"

丈夫没有答话，不愿意谈这个无聊的题目。

我今天去市中心开会，小说得奖公布大会。丈夫破天荒地来渡口接我。

什么都湿淋淋的，石阶越往街上越肮脏，污水溅得我的丝袜、白裙斑斑点点。我对丈夫说："看来你的伞白送了。"

他一愣,马上反应过来。"没得奖也好。"他安慰我说。我们沿着石级慢慢走,旅客大部分已赶过去,"谁让你把现实写得那么可怕,"他声调开始严肃起来,"《未上演的火舞》《火树》《火的重量》,全是和火有关的故事,你的火情结你不累,读者累不累?"

当了多年编辑的丈夫,抖了抖倒垂着的伞的水滴,"别怪评委不给你奖,该寻思寻思嘛,这个时代,每天发生多少精彩的故事,"他笑了一下,像是嘲弄自己用这样的语句似的,"创造典型,开拓体验嘛……"

"学会幽默了。"我不再想听,"别说了,行不行?"

"耐着性子,我毕竟比你年长几岁,是你的丈夫,听听我的意见,如何?"丈夫依旧轻声柔语,但听得出有点恼怒。

"我不想听。"我将自己的感觉想也不想便说了出来。

"那么,你听谁的呢?"丈夫问。拖过的木板地已开始干了,我换了一桶清水,重新系紧围裙。这城市总是下雨,太阳很少,房间里的家具生出了点点霉斑,虫也多起来,油黑贼脑的蟑螂不时从柜底溜出一只来。墙上的钟停了,天色阴白,不像晚上八九点钟。蹲在地上擦过道里木柜的腿,我的心空荡荡的,想得不到那个狗屎奖也不至于如此输不起。

电话铃响了起来。我将湿手在围裙上抹干,拿起话筒:"六指!"我低低地叫了一声,似乎怕在客厅里看电视的丈夫听见。我奇怪六指怎么有我的电话号码呢?

"哦,苏菡,你在家里?"六指的声音含有一种歉意,为那天的不辞而别?他声音听来轻飘飘的,但我感到特别亲切,好像我今天一直都在等他打电话一样。

"你能不能到野猫溪来,"他说,"瞧,今天天多好,难得有这么一个好天!"

"可我正忙着!"我扯了扯电话线,转身时却碰倒了木桶,桶滚下楼梯,水泼了一路,但一点声音也没有。

"你怎么啦?"六指听见了。

"没事,水洒了。"楼下是厨房,另有两间房,却总锁着。住户另有好房,不住在这儿。

"你穿过野猫溪那个石桥,顺溪水往上走,那儿有两个大草坪,一个在路上面,一个在路下面。不过你先忙你的,不急。我就在那儿等你。"

我都不知道六指说的是什么地方。我想向他说对不起,我去不了,那边电话已搁了。这天的晚饭不仅比平日迟,而且一开始就不对劲。"刚才谁来的电话?"丈夫不经意地问。

我还在想,那是个什么地方。六指或许本来就知道我的电话号码,当然要得到我的电话号码并不难,到作家协会或从任何一个杂志就可打听到。问题不出在这儿,问题出在哪里?

"你有点变了?"丈夫直截了当地说。他用最快的速度扒饭吃。

"什么电话?"我这才记起他刚才的话。

"别装了,你以为我没听见电话铃响吗?"

我吐了一口气,说:"是六指。"

"这个六指,"丈夫把风扇调到大档,其实下过雨后,这个号称火炉的山城并不太热,"怎么回事?"

"你说怎么回事?"我反问道。

"我对六指不感兴趣。"丈夫移了移一旁的椅子说,"我问你这几天是怎么回事?"

我吃不下去,收了菜,独自到厨房洗起碗来。我心不在焉,玻璃杯便从手里滑落，掉在地上，摔成几片。

我逐渐回到少女时代照镜子的心情，更早一点，七八岁。那时，我尤其喜欢对着橱窗或者没有一丝涟漪的水，看自己瘦骨嶙峋的模样。扶着木梯上楼时，我注意到自己竟穿了一件淡蓝花配嫩黄色的半长袖的连衣裙，这裙子很久不穿了，是我嫌它式样别致色彩鲜艳，走在街上，太引人注目了。雨像纺纱机上的丝线，挂在一所由古庙改成的小学的屋檐外。其实除了小学大门还留有古庙的飞檐画栋，里面古庙的形状所剩无几，念经房改建成两层楼的教室，礼堂还在，水泥、石头搭成的台子，墙上挂着伟大领袖的画像。领袖语录：好好学习，天天向上，立在画像左右两侧。

无室内操场，课间操改为每班自行活动。

就是说下面两节语文课，肯定是写作文了，向"十一"献礼。坐在倒数第三排靠窗的任天水同学这么理解。坐在他左边的女孩正望着窗外的雨出神。班主任的目光朝这边扫来，她戴着白框眼镜，鼻子生得很尖，个子小巧，和学校所有的老师一样的发型：齐耳垂的妈妈式。任天水用胳膊轻轻碰了碰他的同桌。我和丈夫喜欢傍晚去买菜，菜种类依旧，人却少多了，而且买完菜之后，可去江边散步。自由市场透明的遮雨篷搭建在倾斜的山坡上，像怪龙长长的身子。

"哟，这市场真是丰富！"六指穿了件白衬衣，衣服是老式的领，小了点，绷得紧紧的。他的模样很腼腆，脸那么白净，像是生了一场病似的。

丈夫刚走开，说去书摊买份晚报。但六指看到我的神态不像对我别有用心另有所图，甚至一点罗曼蒂克的调子也没有，仿佛我是他的妹妹，他是我的哥哥。可我不自在起来，感到脸在发烫。太糟糕，我对自己说，怎么像小姑娘。这个年轻人我只见过一次，仅通过一次电话。

六指要帮我拎两塑料袋番茄辣椒冬瓜,我说,这不重。我们走到一个正待拆建的废楼房旁。"很清静,这地方不错,听不见杀猪的声音。"六指说着,目光越过断墙,望着江水伸延而成的沟谷边上那个屠宰场。

"我很对不起你,六指。"将两塑料袋菜放在地上,我说。

"你没有对不起我。"

我的意思是昨晚我没去。其实我昨晚一直想去,实际上丈夫去开会,但丈夫的影子总在眼前晃动,使我感到自己是个贼,负心人。

看来六指昨晚一定等了我很久。昨晚天上的月亮,又圆又冷,像个大白玉盘。

"嘿,苏菡,别那么对自己过意不去。我给你带来一样东西,保你喜欢极了。"他的左手伸进裤袋里,说,"猜猜看。"

"我猜不着。"我耍赖,为了想早些看到。

他的手刚伸出摊开,我便把那东西抓了过来:一只小铜猫正眯着眼睛,身体盘成一团,憨态可掬,不过猫的身上黑黑红红的,像被什么东西熏过,但反而添了不少韵味。

我听见丈夫生气的声音:说好了在冬瓜摊等我,却跑到这地方傻痴痴地呆站着,你看看这是你待的地方吗?让我找了好久!

我四下打量了几眼——坍塌的铁门像双臂一样无力地张开,倾圮的楼房前有个水池,石山缝里一棵黄桷树已经干枯,只有一支枝丫还挂有几片树叶,池子里漂着厚厚一层浮萍,除了池水有股霉烂味,我看不出来这地方有哪点不好。

我默默地和丈夫走着。

渡船刚靠岸,旅客穿行在我和丈夫之间,卖茶水和水果的小贩在收摊。夕阳把最后一抹光芒投在我手里的铜猫上,我将它放入包里,快步上石阶,从丈夫手里取过一个装满菜的塑料袋。

"你不是不可以在市中区分到一间房子,干吗要住南岸?房子虽然宽敞一些,但破旧不堪,办什么事都要过江过水的。"

"图清静,而且依山傍水,风景空气都好。"

"现在好多事都靠交际,"丈夫说,"你太老实善良了。"

"既然老实善良都成了我的缺点,那么,你找个不老实的老婆不更好吗?"

丈夫刚拐进砌有碎石子的倾斜小路,像不认识我似的回过头来瞧着我,因为从认识他到现在为止,我是第一次对他这样说话。体操房里传来单调的声音:下一个,重来,弹起,翻……趴在窗边看热闹的小脑袋,不是红小兵,当然够不上进体操队的资格了,不过看着那洁白柔软的垫子,一身蓝蓝的运动服,想着自己也像燕子一样翻飞,心里也甜甜的。

学生用的厕所在体操房的左上端,间隔九十米长的石梯,一个梳两条小辫的女孩提着裤子,慌慌张张跑出来,正遇到任天水经过,她上气不接下气说:"有红爪爪。"

厕所里面传来哄堂大笑,一群女学生背着书包跑出来,兴奋地把一个书包扔在地上,齐声叫道:"苏菡被红爪爪摸了!""苏菡被摸了屁股!"

任天水走过去,拾起书包,拉着女孩的手,过了圆门,爬上吱嘎响的木楼梯,一个小山坡,正好在学校的围墙边,那儿有一棵抓痒树。十一岁的任天水手在树上晃了一下,树就一阵摇晃,他对女孩说,以后胆子放大点,别让人总欺负你。他一说,女孩的眼泪就滚了下来。

别哭,别哭,我带你去苗圃,摘桑葚。

女孩头一回发现，这个与自己已同桌三年的任天水，竟那么多话。他成绩好，但他从未评上五好学生。每次小组意见都是说他集体主义精神不强，团结同学不够。女孩在这个下午才知道，五年级那个漂亮的数学老师就是任天水的母亲。

任天水从书包里拿出一支笛子，他神情忧郁，但手指真灵活，变化出悠扬美妙的声音。她觉得远远近近的鸟，都朝他们飞来。风一会儿止，一会儿猛吹，天色变来变去。

写作累了，我喜欢一人去江边废弃的缆车那里走走，看江上往来不息的船，对岸隐隐约约的楼房，云遮起来时，船的一声声呼喊，和我的心境很合拍。

丈夫指着我的写字台上的铜猫，嘲笑道：你从哪里把它捡回来？

你说捡回来？我重复一句。

这种破铜烂铁，要知你还当个宝似的，我就不多事，把它卖给收旧报纸旧衣服的老太太了。难怪六指把铜猫送我时，我觉得有点眼熟，而且这铜猫生有年代久了的绿色锈斑。我想不起是怎么回事。

那束从江边采来的野花撒了一过道，我像没看见一样，走入卧室，关起门来，让自己静一静。

"你根本不听人劝，"丈夫手里拿着一摞稿子门也不敲就走进来，"居然把这样一个小说的女主人公叫自己的名字。"他把小说稿放在床边，"你这是种暴露癖。"我是第一次听到这样的宣判。

我说，你看我的小说，起码应先征求一下我的同意。

他眉毛跳了跳。我没发火，但他不明白我是多么不想说这句话。以往他也是对我的小说挑骨拣刺的，对此，我谈不上不乐意。但在这个下午，我突然感觉到自己多么可怜，或许丈夫太爱我一点了，或许他爱我的方式，让我承受不了。

带上门，丈夫下楼去了，他的心情肯定和我一样糟，脚步落在楼梯上，一声一声，听起来沉甸甸的。

我叹了口长气，倚靠床头，拿起写了一半的小说《水与火的竖琴》。房间光线太暗，我扭亮台灯。

敲门声响了起来，丈夫这次倒知道要敲门，但他干吗不让我有片刻清静的时候。我说，门开着，请进吧！门被轻轻推开，可没有人进来，于是，我抬起头，我怔住了：六指站在门口。

他说，苏菡，我正好路过这儿，便想来看看你。他手里拿着一束蓝色的野花。他真好，把过道里的花都拾了起来。

接过花，我一边让他进屋，一边说："我有一个感觉，你一直在我的房外，对不对？"

他看着我，微笑。罩在我心上的那股黯淡浓郁的霉味一下便消散了。

他走到窗前，窗外是一片小竹林。他蓝莹莹的眼睛在竹林上停留了很长一段时间，转过头来，正好对着床前我和丈夫的结婚照。"你丈夫长得很英俊，"他说，"苏菡，不过真没想到你穿起白纱裙这么美！"

但他的话，在我听来，仿佛在问：苏菡，你快乐吗？在这之前从没人这么问过我，我的眼里含着泪，我不会让它涌出来的。如果照片上的新郎是六指，或许我的生活完全不同。这个念头冒出后，吓了我一跳，这是根本不可能的，起码在跟男性的关系上，我比较传统。但我的心却不那么疼痛了。

我机械性地拿起梳妆台上的花瓶，往楼下厨房走去，想盛些水，插那束野花。

班主任孙国英习惯性地推了推眼镜，抽出一摞作文本的倒数第二本，翻开。她拿起擦子，在黑板上擦着，粉笔灰洒了她一袖子。"我让同学们看看庆祝国庆的作文应该怎样写。"

这个星期三下午最后两节语文课，苏菡耳朵嗡嗡响，和远处音乐教室传来的风琴声缠成一团。于是，她换了换交叉在课桌上放得规规矩矩的双臂。下课后，当任天水将凳子倒扣在桌子上，苏菡才想起，这天该他俩做清洁值日。她将书包放回抽屉。

黑板上是孙老师漂亮的板书：乘着批林批孔的东风……形势一片大好，越来越好……孙老师竟把苏菡从报上抄来的文章当成了样本，让全班学习，还得了"优"。

苏菡不想看黑板，她感到羞愧，低头扫着地。管值日的清洁委员李忠于跑了进来，说他等不了苏菡、任天水做完清洁，能不能先走一步？教室外正等着三个同学，准是去什么地方玩滑轮车。

任天水放下扫帚，过去接了李忠于手里的教室钥匙。苏菡细声细气说，地都快扫完了，就差抹桌子凳子了。她的意思是让任天水把钥匙赶快还给李忠于。但任天水傻傻地笑了笑，便弯身继续扫地了。

我听见房门钥匙响，忙将花瓶搁在冰箱上，心想，丈夫什么时候出去了？

这次六指必然会和丈夫碰头了，看来我最不愿意发生的事不可避免了。丈夫拿着垃圾桶，他去江边倒垃圾。

我的神情一定显得很慌张，我从不会掩饰。

丈夫马上就感觉到了，问我怎么回事？

我直说没事，没事。

他扔下垃圾桶，走上楼梯，朝书房兼客厅看了看，然后，往卧室走去，我紧跟在他的后面。卧室已空无一人，甚至连六指坐在椅子布垫上的褶皱也被抚平了。我的心轻松下来。

丈夫气恼地走入客厅,坐在沙发上,划燃一根火柴,抽起烟来。

雨噼里啪啦击打着窗框,我去关窗,却瞧见六指站在竹林旁的碎石块小路上,向我招手。我向六指做手势,雨点打在我脸上。"要关窗就快点,雨水都溅到我身上了。"丈夫不耐烦地说。

窗关上了,怕被丈夫看见六指似的,我拉上窗帘。天已经很晚。雷声阵阵,狂风凶猛。六指会淋坏的,这么大的雨!

我下楼拿了一把伞,走到门口。丈夫突然闪到我的身后,问:这么大的雨,你去哪儿?

不,不去哪儿。我竟不知道怎么撒谎。

丈夫拿过我的伞,说,你困不困,反正我困坏了,明天我还要去上班呢。

每天早自习,班主任老师孙国英都不来,由班长带读毛主席语录。翻到昨天结束的一段:凡是反动的东西,你不打,它就不倒。这也和扫地一样,扫帚不到,灰尘照例不会自己跑掉。班长用铅笔做过记号。就在这一刻,班主任孙老师走进教室,表情严肃。班长拿着毛主席语录离开讲台坐回自己位子去了。

三个白衣红徽章扎皮带挎手枪的公安人员与校工宣队的两个师傅走进教室,四年级二班的同学这才注意到黑板用发黄的水泥纸封得死死的。

孙老师和一个年龄稍长一点的公安人员说了声什么,那人点点头。孙老师走上讲台的台阶,仔细揭去用糨糊粘住的水泥纸——黑板上不就是孙老师昨天下午写的作文范本,黑底白字,清清楚楚:……在这伟大节日到来之际,我们怎能忘记台湾人民,我们一定要解放祖国宝岛,台湾人民还处于水深火热的深渊之中,过着牛马不如的生活……这是我写的。苏菡想,我背都背得出来。嗯,怎么忘了擦黑板了?她记得是擦了黑板的,打扫教室卫生,黑板不擦,清洁委员的小册子上也会记上一个"差"字。

"同学们再仔细看看。"孙老师的声音在说。大概是没有一个同学搞明白了是怎么回事,呆头呆脑地瞅着黑板,眼睛充满疑惑。

苏菡顺着班主任孙老师的手的指引:……我们一定要解放祖国宝岛台湾。

人民还处于水深火热的深渊之中……苏菡终于看清了,那个逗号,成了句号。而且移动了位置。

这又有什么不一样呢?只不过变了一个标点符号,但班主任孙老师已经肯定了这句话的性质。"这起反标,可以说是建国以来阶级敌人对我们伟大的党、伟大的人民、伟大的祖国最露骨的攻击和狠毒的破坏,而且选在国庆节前夕,可见其蓄谋已久,罪恶昭著。"

这几年常出现这种事,但很少追查到底。校门口、厕所也出现过反标,学校也紧张过,搜查书包,对笔迹,但都没有像这次这么声势浩大,教室外站着校长、政工人员,学校所在街道的几个户籍警,全是熟面孔,气氛阴森可怕。苏菡脸都吓白了。

"苏菡!"她听孙老师这么一叫,腾的一下就从座位上站了起来,"昨天是你和任天水做的清洁卫生,刚才李忠于说他把钥匙交给你们。"孙老师说,"回忆回忆,谁最后离开教室的?"

"我们一块儿走的。"苏菡眼睛低垂,她不敢看班主任。

"钥匙是在任天水同学手里,是不是?"孙老师将黑板擦在讲台的课桌上拍了一下,声音并不大,但苏菡浑身直打哆嗦。"太清楚了,苏菡,是不是任天水干的?只有他有教室钥匙。"许多年后苏菡想,班主任孙国英自然也有钥匙,而且要进入四年级二班教室真是太容易了,从门上的天窗爬入,踩在门把上,轻轻一跳就在教室里了,班上好多同学忘了书包本子什么的，都这么做，况且，那个","和"。"的变换，更不用说有多容易，可能谁粉笔一扬或不小心一抹，就成了那个样子。

"说呀，苏菡。"走近自己的班主任语气很温和，可这比厉声逼问更使她恐惧，她发现孙老师笑起来的样子真吓人。

"不……是他！"

当任天水被带离教室的时候，苏菡还未反应过来，她弄不明白，自己怎会成了任天水写反标的证人？她是吓坏了。"不……是他！"这句话的"不"与"是他"间隔太远，班主任孙老师离她最近，应该听清的呀，自然任天水也是听清了的。

"同学们，"站在讲台上的孙国英老师说，"任天水的反革命罪行不是偶然的，你们听他交上来的作文，全是放毒：

"老师说国庆二十四周年的节日快到了，让我们写作文。每逢佳节倍思亲。我想啊想，我天天和爸爸妈妈在一起，我爱他们。但我长这么大，还从来没有见过爷爷奶奶、外婆外公。有一天，我问妈妈。妈妈说，爷爷奶奶在你生下来的时候就在乡下去世了。我算了算，不是一九六一年吗，怎么死的呢？爸爸说我的儿子和我一样，喜欢打破砂锅问到底，爸爸难过地说，爷爷奶奶在乡下没饭吃饿死的。

"我相信爸爸的话，学校总让我们参加附近生产队的忆苦思甜会，吃又苦又涩的野菜汤，我吃不下去，但一想到爷爷奶奶连野菜汤都吃不到，我一大碗就喝下去了。那么外婆外公呢？爸爸妈妈不说话了。真是太奇怪了。夜里听见妈妈对爸爸说：我爸爸妈妈一去美国二十三年，也没音信，恐怕难以生还。妈妈还哭了。

"我明白了，外婆外公难以生还，是说他们也像爷爷奶奶一样死了吗？我才不信呢，我长大一定要去找他们，我们在十一国庆节团圆，这多好啊！"

太阳的余光使我身上的紫色布裙变得很淡，很柔和，跟这城市天气最好时天空的颜色一样。但我和丈夫脸上都像挂了一堵墙，家里像无人似的安静，只有吹风机的呜呜声在响。我刚洗过头发。

丈夫走了过来，说："我来帮你。"他脸上的墙出现一扇打开的门，"我们好好谈谈，行吗？"

如果你一直是这种态度对我就好了。我把吹风机和梳子递给他。

他一边吹我的头发，一边说，杂志社刚开过会，传达中宣部关于调整文艺方针的文件，要收缩了，纠正思想，报纸出版社杂志社属第一拨整顿。我拔掉电插头，对他说：你有什么话直讲行不行？吹风机停了之后，房间是真的静极了。

那好，你别生气。我看了你的小说，又没经过你的同意。小说结局能不能改改？

我用一条花手绢把披散在肩上的头发束起来。

你写的那个班主任，她和任天水的父母在"文革"前有仇，任的母亲在五十年代是特级教师，而她评不上。在"文革"最闹腾时期她没报复，是她身体不好，一直生病，而任的父母有海外关系，做人小心翼翼，甚至躲到偏远的小镇去。还有一个原因，长相平庸的女人嫉恨漂亮女人。这样的安排以及心理都写得很好。

丈夫已坐在我对面的沙发上，抽着烟，不让我有插话的机会："那句反标，绝非一个小学四年级学生所为，是有幕后黑手，受人教唆，当然是父母。对这样的现行反革命嫌疑犯，公安局岂肯轻饶，迅速查出任天水的外婆外公一九四九年不是去了美国，而是逃到台湾。这样的写法也很有意思。"

"你既然在谈我的小说，那也得听我说话。"

"你先听我说完，行吗？"丈夫熄掉烟，"我是编辑，天天看的稿有一打，什么样的小说题材没见过？但你是我的妻子，那就不一样了。"

"你不用说，我都懂。"我平静地说。他心里有气，我几天不理他，或许应说他有理由，"你不就是反对小说结局：任天水的父母被抓起来，关在学校顶楼的黑房子里，让小小的任天水去送饭。你别心里有鬼，我不是写你，尽管你父母也被关起来过，你也送过饭送过水，但你们一家人现在不都活得好好的吗？"真是好了伤疤忘了痛。

"你这就明白了。"丈夫脸上终于出现了笑容，"请问，我天才的小说家，你的小说越写越疯狂，居然把你笔下的任天水父母置于一场大火中，甚至连送饭的任天水也不放过，他人小，力气小，喊叫没人应，打不烂锁住的门，看着父母被火活活吞灭，而不逃走，情愿自己也被火吞灭。这未免太残酷了吧？"

"'文革'有比这更残酷的事。"我说。

"但不必照实去写。你笔下的班主任孙国英，哦，你了不起，用了真名，现在爬上区教育局局长的位子。万一上法庭，你有足够证据？"

同名的人多着呢？我感到自己根本不是丈夫的争论对手。

丈夫又笑了。"悠着点！伤痕文学题材早已过时。这篇文字略显平实，无助你的文名。还是写点轻灵淡雅的，诗意一些的。"他的手指敲着沙发，好像这桩事情已经不必多议似的。他转了话题，"我还想早一天当父亲。"

我再也坐不住了，目光触到桌上的铜猫，我把它拿在手里，站起身来。

丈夫看到我的脸色，许久没吱声。

"行了行了，你写你的，"丈夫恳切地说，"但至少答应我别直接点人名，把这个小说的结尾改得模糊一些，这起码的要求总是可以做到的吧？"

"不——"我冷静地说，"我这篇小说不是作为艺术来欣赏的。最多不发表。但如果有杂志胆子大不怕事，敢登，我就愿意承担后果。"丈夫没再说话，我也没说话。时间仿佛隔了一会儿，可能相距很长。我的手在铜猫的尾巴上移动，神思恍惚，我对丈夫说：我的铜猫像是被火烧过？

"给你说了半天也等于零。成天火、火、火，有完没完？不就你小时遇见过一场大火吗？"

"我遇见过一场大火？"我说，连我自己都不知道，你怎么知道？

丈夫不以为然地说："你小时住的那个地区发生过一场特大的火灾，烧死了一对夫妻，好像还有一个孩子。我跟着救火队跑了一个多小时，跑去看热闹。你手里这个破烂就是我在那场火扑灭后拾到的。"

"那是什么时候？"我的声音嘶哑而无力。

"好像是一个国庆节，嗯，国庆节后吧。我记不得了。"丈夫起身，打了个呵欠说，"今天看来说不通你，瞧着，我明天会接着说的，这是为你好。"他进了卧室。满城的焰火，天空被描得色彩斑斓，一块一块，一团一团，江上的汽笛齐鸣，对岸港口绽开了所有的霓虹灯，解放碑也灯火辉煌，矗立在楼群之中。夜山城，毫无倦意地欢腾着，爆竹从小巷、街口炸入天空，射向黑暗，偶尔落下一些小礼物来，绚丽的光亮，不断映出孩子们穿着新衣奔来奔去的身影。

我无法入睡。我的眼前总晃过六指的模样，已有好几天不见他了。但我感觉到他似乎就在离我不远的地方，只要我去找他，我就可以见到他。

清晨，我走出门。浓雾遮住了房屋、树、街道，远处的山峦更是白茫茫一片。我沿着石子铺成的小路慢慢走入雾中。小路上洒满了夜里爆竹纸屑，厚厚的一层。

宽的石阶，窄的石阶，上上下下，交叉迂回在低矮和高耸在山腰的房子之间，发黑的旧木板裂着缝，我小心翼翼，以免走偏了踩到路边房子的屋顶。这时，我听到了水声，和江水拍打岸的声音不同，潺潺的，像乐曲。顺着水声，我穿过桥，向上爬石梯。石梯右旁是峭岩，左边长满了粉红色的夹竹桃，雾在朝山下退，退得很慢。

六指好像在石梯顶端站着，如那个雨夜他向我招手一样。

雾散尽。我的辫子不知什么时候松开了。雾气湿透的头发、衣裙滴着水珠。我发现自己置身于一处临江靠半山腰的地方：一个大操场在路的下面，一个小操场在路的上面，成阶梯状。操场边上大多是新盖的四五层楼高的房子。我四下看了看，径直朝小操场的台阶走去。

两个篮球架在操场两端，靠近围墙的一端有个沙坑。这是一个学校？我绕过沙坑，沿着围墙走，见一扇门，便推开，走了进去。

大概是节日，学校放假，所以安静极了，几只麻雀从屋檐飞出，几乎擦着我的头。我漫无目的地东张西望。在一座残留着八个圆柱支撑的两层楼的建筑物前，我停了下来。被截断的部分，木柱和砖有着比我的铜猫身上还深厚的黑印记，微风里竟有一股呛人的气味。旁边的泡桐树齐腰，三个双杠一个高低杠立在空地上，那么单调。我走下长满青苔的一排石阶，凑近紧闭的门：里面黑黝黝的，似乎放了一些烂课桌椅凳和锄头扫帚之类的东西，灰尘沾了我一脸。

"来呀，苏菡。"我听见六指的声音。

我走上这幢残楼嘎吱响的木梯，停在栏杆前，顺着声音望去：站在江边的六指，人影显得很小，他手里拿着一片洁净的扁扁的小石块，说:"来呀,苏菡,你不是最喜欢打水漂,我们一起来玩!"

我感到脚步沉重起来,我在朝谁走去?我在朝什么地方走去?难道心是由于破碎了才那么鲜亮?

"你总是打得比我远,漂出的声音比我吹的笛子还好听!"六指在说。

我想朝他背转过身,但我办不到。

接过他手心里的小石片,我真真切切看清了:他的右手大拇指分叉出一个拇指,整个手掌黑乎乎的,烧焦了。石片一下从我手里掉出,却并未沉入江里,而是在波浪上弹琴般跳跃着。溅起的水花像喷泉一样漂亮。水模糊了我的双眼,我看不清,只感觉到石片仍在一点点弹远,然后,飞了起来。

带鞍的鹿

一把红底白花的伞出现在黑色、棕色、灰色的雨伞之中，打伞的是个女人，她擎着伞，步子很稳。雨点打在她的伞上，滚成几条线掉下伞沿，溅在地上。

那女人似乎停了下来，朝我站着的方向看了很长时间，我心里生出一种愿望，不想这个女人从我眼前消失。是不是因为她太像羊穗？她朝我的房子走来，我只觉得心一紧。紧接着，我的门上响一声、两声重重的敲门声。

我惊醒，从床上爬了起来。拉开窗帘，果不其然，在下雨。细雨霏霏之中，街上行人纷纷举着伞，却是清一色的黑伞，我打了个冷战。

"小径弯曲，边上叠着石头，这年这月这一天去找他找他。"我还记得羊穗那封信里的句子，"肠子生饥房子生空，岗岗有树，水水清澈透底。第五枝戊辰坠落生雾……"整封信就这样没头没尾，而信末注明写于一年之前。

我走回床边，整理被子，看到地上掉了一本书，不知怎么在这里的一本线装书。里面全是木版插图。我拾了起来，打开的那一页上的插图有点似曾相识，我瞧了瞧，把书扔到床上。

我开始穿衣。冬天已在身边，不能再穿这件藏青色绒线衫，翻开箱子，我找了一件厚毛衣套上。换衣时，我的手触到一件冰凉的东西：项链，三朵精致的花朵闪于眼底，这是羊穗昨夜送我的生日礼物，她偏着头把项链戴在我的脖子上。羊穗昨夜真的来过？想到这点，我很懊丧。昨夜，我头脑昏沉沉，没多喝，记忆却出了差错。墙上那面旧镜子里映出一个黑衣黑裤的女人，像个幽灵。丈夫死后，没有一天我的心不落在这深暗的颜色上。我是个人人同情的寡妇，返回故里，想找点什么东西填补自己的薄命。那天我打开锈迹斑斑的锁，进门便发现了羊穗的这封怪信，此后我就一直惶惶然不知所措。羊穗没有理由这么对待我，她不能这样对我开玩笑。现在她干脆擎着伞来找我了！我决定去找羊穗问个明白。

台湾歌星况艾艾小姐的声音飘浮在街上，像哭泣，又像傻笑，况小姐的脸毫无表情，她身段不苗条也不丰满，远比不上她的歌喉。在这个破破烂烂肮脏的闹市里，任何一种声音都是暗灰色的市嚣的一部分，连这滴答的雨声也不例外。离去多年，这个城市几乎一点也没有改变，这使我多少有些沮丧。经过一排搭篷的担担面、凉粉、汤圆摊位，我走进菜市场，菜的腐臭让我屏住呼吸，快步奔上一级级石梯，来到汽车站上。

羊穗本是我最好的朋友，但时光冲淡了一切。这么多年，占领我全部心思的是那场可怕的婚姻。我的丈夫，那时是我的男朋友，天天守在我的门口，那根电线柱子前，要我答应随他北上，去当一个助理工程师的妻子。我离开了故土，却不曾想到，这桩貌似美满的婚姻几乎断送了我，它始于热情之火，归于仇恨之火。每每想到那浓烟大火，我便后怕。这是我自己设计的陷阱！可笑的是，我是个没有什么大出息的画家，从一个城市的文化馆调入另一个城市的文化馆，始终没有起色，我的画无人欣赏。父亲、丈夫，包括那个小院都不存在于我的生活之中了，我还搞不明白，我的每一天是幸运呢，还是更大的灾祸临头？甚至我的梦，梦中我见不少人，我记不清他们是谁。到今天，我还觉得，"处于劣势"是我固定的梦境。

从公共汽车下来，雨小了，我便未再打伞，一两滴雨点落在脸上，精神一爽。细雨飘散，空气变得轻轻淡淡，雨使满街脏物流走不少，路面也干净多了。

向下倾斜的路，有人拉着一板车雪白的萝卜，从我身后蹿过来，腾空跳跃，往下猛溜。一眨眼工夫，这人和板车和萝卜便没影了。我怕滑倒，小心翼翼地往坡下走。这时，我才想起自己忘了羊穗家的门牌号数。灰暗的瓦一块搭一块重叠在眼底。我记起来，她家那砖砌的平房，在高高低低的房屋中算是最好的。绕过那棵快掉尽叶子的沙树，在沙树的旁边应该有一个扔满烂瓶烂纸的垃圾堆成的小山丘。一串又陡又窄的石阶，潮湿发青的苔藓滑腻腻的，一不留神，便可滚下石梯两旁枯草覆盖的山坡。残留在石阶上的雨水，溅在我的雨靴和我手里悬挂着的雨伞上。

凭着朦朦胧胧的感觉，我找到离羊穗家不远的小树林。雨点又渐渐大起来，像紫色的丝线挂在树林中间，天上却露出几束刺眼的阳光，照着雨的帘幕。

树林实际只有光秃秃的枝干，没有一片树叶，风裹着雨点穿过树林，抽出一片响声。我捋了捋脸上的头发，雨在手指间流淌，一阵凉意袭来，出门太匆忙，竟忘了系一条围巾。我搓了搓手，听到了身后的叫声。不错。我想，她是该出现的时候了。我回过了头。

"让你下雨找我？"这女人看着我的眼睛。她的脸上有凄苦的微笑。雨滴挂在她的额头、眼睫上。

微笑提示了我。为了掩饰刚才的窘态，我也笑了。我没有马上认出羊穗，是由于我正在想最后一次见她的情景。那是我结婚前一个月，她来看我。她坐在椅子上，不嗑瓜子，也不喝茶，神情诡秘。她问我，你真决定结婚？我点了点头。真要离开？我还是点点头。

她低垂下眼睛，两条腿紧紧靠在一起，脚底向外翻，像一个营养不良孩子那么坐着。过了好一会儿，她站起身，说想要我一幅画。

我和她来到旁边一间自砌的简陋房子。在奇奇怪怪的架子、颜料、纸、画布中找到插足之地，她在一张画前停住，半晌，说她想要这一幅。画上是一只鹿，鹿背上有鞍。其他部分尚未设计好，背景是山谷，非常黯淡的光，白底上只有几条灰色线，整幅画三分之二是白底。

我说这画还未画完，前景不知画什么好。她说没关系，我喜欢这种奇想，喜欢带鞍的鹿，驯服，是喜气之兆。我揭下画布，包好，送她出门。上车时，她说你不该这样。她是说我不应婚，还是说不该告诉她我结婚？对着开动的公共汽车，恍惚之中，我朝她挥了挥手。她自己是已婚者，为什么对我的婚姻大惊小怪？

"看你又迷迷糊糊的。"羊穗一把拉住我。小树林下雨后，泥土松软，一踩一个窝。经过那幢平房时，她说，你那天迷迷糊糊的，撞到我身上还不知是怎么回事。我说，那天，我掉了一串钥匙。

"爱掉钥匙的女人得小心保护自己。"她又说起以前常说的一句话，然后伸手去擦脸上的雨滴。

我直着眼看羊穗，看着羊穗憔悴的脸，我说，我正要找你。但我的埋怨心情消失了。她背对那个垃圾堆成的小山丘,说:"上哪儿呢?"

我说,"随便!"那意思是叫我上哪儿,我就上哪儿。"但为什么不回家呢?"

她说,女人一结婚就没了家;女人一属于男人,就没了魂。"我已经没了家,只有魂。"伸手去摸她憔悴的脸。我说,羊穗,你还活着吗?我不知怎么冒出这么一句话。她好像没听见我的话。她睁大的眼睛其实并没有看我,只是朝着我这个方向,眼光飘散开去,闪闪烁烁。

"你的信写得那么含糊,叫我怎么办呢?"

羊穗说:"我写过信?"

我说:"一年前写的。"

"那我怎么能记得写的什么?"她转过身去,好像要忍住眼泪。

回到家,我拧开水龙头,把雨靴上的泥浆用水冲了冲,将雨伞撑开在桌子边。换上拖鞋,我按下录音机的键钮,房间里响起钢琴协奏曲,进入欢乐部的快节奏。轻佻的旋律使我坐立不安,我抓住椅子的把手,放声大哭起来。

说实话,我记不清自己是先回了家,还是与羊穗不辞而别之后在那棵沙树前走来走去的。但我在沙树前下了决心却是肯定无疑。"石头架石头,改头换面家中树,爪子深浅,一枯一荣。"羊穗信里的怪话跳入我的脑海。看来不能靠羊穗弄清她的谜,我得自己去揭开一切。于是,我径直朝对面那幢平房最里一间走去,我敲响了羊穗家的门。

一个面目清秀,略带文气的中年男人站在门口,他问我找谁?

"羊穗在家没有?"我说。

他一听,眼睛闪了一下,但马上黯淡下去,看了看我,把门拉开,问我是否愿意到屋里坐坐?

房间里光线很弱,窗帘拉开了一半。东西堆得乱糟糟的,报纸、杂志撒了一地,被不折叠,看来,羊穗的丈夫把报社移到了家里。

他拿着一个杯子,往里放茶叶,倒水时,他说:"她死了。"他说这句话时,手一抖,开水倒偏了,洒了一些在他的塑料拖鞋上。

不会吧!我刚要说,但我看见这个男人眼中真诚的哀伤,我摇了摇头。

他把茶杯放在我面前的凳子上,"羊穗不在了,她死了,有半年了。"我说:"刚才我还和她在一起。"我的话使他一震。他皱着眉心从我的头打量到脚,说,我知道你,你真的变化不大。

他是近视眼。我不相信他看清了我。你怎么知道?他说他当然知道。他让我转身去看身后的墙。

我从椅子上站起来,墙上挂着一幅画:一只带鞍的鹿正欲抬脚奔出隐隐约约的山谷,奔出画纸。画上大量的空白在一寸二寸地分割余下的世界。一切都不可思议,只有这幅画和画上我自己的签名让我确信,这是羊穗的家,我跟羊穗曾有过一段不同寻常的情谊。

"羊穗是怎么死的?"我吞吞吐吐地问。他叹了口气,说他要是知道就好了。说这事一直在折磨着他。他说,因这幅画,他取了个笔名,叫陆安。

"陆安"这个名字我并不陌生,我转过身去看这个男人,第一次看出他长得不仅文雅,而且英俊。我背得出这位诗人的一首诗:

除了雨水就是脆裂
江水之上树枝间夹着一页信
蜷缩翅膀三次了三次都飞不走

他的心狂沙喧腾
　　在路边遇见一个女人垂着眼睛

　　诗虽然古怪，但情真意切，叫人羡慕这忠贞不渝的爱情，我从未得到过的爱情。我看着羊穗的丈夫，他的脸苍白，那双深陷的眼睛既真诚又善良。我只能相信他。

　　羊穗在江里游泳，溺死了。回家的路上，我反复琢磨她死了这个说法所包含的意义。羊穗写给我的信："这年这月这一天找他找他"、"石头堆石头"、"水水清澈透底"不太像一个正常人的思维，或许是她处于极端的恐怖之中，无可选择地将文字表达成这样。她丈夫说，一年前她曾被送入精神病院，强迫性忧郁症。或许是由于精神病才淹死的。那天她丈夫在报社开一整天会，不然肯定不会让她出去乱跑。"我没照顾好她。"他的眼泪是真的。
　　公共汽车摇摇晃晃地爬坡，我把注意力转向窗外，从窗子往上望，可以看见闻名于这个城市的精神病医院。葱绿的松林，高耸入云际。那儿风景的确美丽。我问羊穗的丈夫，为什么要把羊穗说成是疯子？他诧异地看着我，摇了摇头。事情越来越像这无常的雨雾笼罩在我的身上。我不愿相信羊穗是精神病发作淹死的。她丈夫难道隐瞒着什么重大关节？我的思维已被逼到尽头，胸口压得喘不过气来。隔着玻璃窗，对着外面灰蒙蒙的天空、街道、房屋、人流，我猛地干号了一声。一车的人。目光唰的一下射在我的身上。

　　母亲摸着我的头发，说，你真好，让我和你父亲埋在一起。我已故的丈夫躺在我身边感叹，一个已成骷髅，一个体温还未凉尽，他用胳膊捅捅我，以后我们也这样。

羊穗对着墙上那面镜子化妆，我听她讲下去，她说，两个熟睡的人没法看见彼此模样，如能看见，两个人肯定没法待在一起，属猪的是猪，属虎的是虎，属鼠的是鼠。她停住了手中的眉笔，用面巾纸擦了擦刚画上的眉，一个劲儿地说，活着多好，看人演戏，自己也演。男人，永远看他们的背影，也把自己的背影给他们看。她挑着头发叹息，她和我一样，三十一岁就有了白头发。

当我庆幸自己未有孩子时，她说，她运气也不错，总是怀不上，她吐了吐舌头，想做个鬼脸，却是一副哭笑不得的样子。

江水荡漾着一轮光波，反射在我身旁关严的窗框上。四周变得静悄悄的，我根本看不见坐在身边的乘客。江似乎不太宽，可以望见对岸泊着的船的大致轮廓，那桅杆上的旗任性地在风中拍打。

船开始行驶之后，我庆幸自己未去那个精神病医院，而是顺江而下，到了这个小镇。几只鸟频频掠过寒冷的水面。山坡上有稀稀落落的榆树、松树、生着枯黄叶片的竹子，歪斜地立着，像一根根电线杆。

在去精神病院的路上，我突然明白，把羊穗当作精神病人调查就等于背叛了她，就坐实了对她的诬蔑。我不能误入歧途。我应当帮羊穗洗刷或干脆抹去这一段历史。也许我这调查不客观、不全面，我和羊穗都是片面的人。我们活着，死去，都是片面的，有什么必要全面？

可能是由于阴雨不断，小镇冷冷清清，看不到人影。被江水冲刷干净的卵石，夹在沙与水中间，上面的纹路或深或浅，个个都像问号。

沿着一条弯曲的沙地，我找到水上公安局所在的三间砖房，打听半年前那件浮尸案。

接待我的是一个二十七八岁的警察，个儿挺高，脸长得有棱有角。

他坐下后，双手捧着一个罩着塑料网的茶杯。是怕水烫还是担心玻璃杯滑手？江风灌进屋里，窗上有一块玻璃是破的。"这屋子真冷。"我站在他的桌子前说。他不给我倒茶。我看出他明显的公事公办的冷漠。

我自己坐了下来，讲明了来由。那个警察让我在一张表上签字，然后说，是有一具女尸沿江漂下，在这里被打捞上来，已经快腐烂了。很久没人来认领尸体。后来有个男人跑来，说他是这女人的丈夫。我打了个寒噤，羊穗怎么漂到这么凄凉的地方来！死到这里来！

"是陆安？"我问。

"不，好像名字不是这样，是三个字。是报社编辑，要是我没记错的话。"

我解释这是某个人的笔名。我告诉这个警察，这女的是我的好朋友，她丈夫告诉我，可以找你们问问。他脸上似乎浮出一丝嘲笑的神气。

"有什么可问的吗？"他说。

"法医的记录在哪儿？"我口气挺冲。他惊异地瞧了瞧我，然后说："有疑点？"

我点点头。

警察掏出一大串钥匙，开门走进内室，窸窸窣窣了一阵，然后拿出一个纸夹，一边走，一边拍灰尘。他坐下慢慢翻开，边看边念，女，三十岁左右，死因：溺毙，全身皮肤无明显外伤痕迹。肠胃内无异物。他合上文件夹，轻描淡写地说：每年夏天江里都要淹死人，漂到这儿的尸体不下几十具。这是件正常案子。那张端正的脸时而拉长，时而挤扁。

我站起来，走过去。问他能否让我看一下文件。

或许是我脸上那种严重的神气使他不由自主从椅子上站了起来，但手里并未放下那个文件夹，"你想知道什么？"

"我想知道那男的凭什么说那女人是他妻子。"

他小心地翻开文件夹，看了一阵说，尸体上有项链，项链上有个金环。男的就凭这个认领了尸体。

我问金环是什么样子？

"嵌了三朵花。"他回答。

那不就是羊穗昨天送我的项链吗？我取下脖子上那条项链，放在手里，沉甸甸的，闪着耀眼的光泽。三朵花在项链的中部，相连而成。我拿给他看。这个警察拿着端详了一阵，然后还给我，笑笑，说，就像这样子，很像。

我握紧项链，体会着环上花瓣的棱角弯度，我的心反抗着我，我感到不应该说，但还是喊了出来：不是很像！就是这一条！

警察手指弹着桌子，看着我，轻轻笑起来，"如果真的就是这条，怎么到了你手里？"

我没有回答。我只是喊起来：肯定不是游泳死的，有人害她！警察不再笑了，他的眼光看不出是讥刺还是怜悯。

反正我不相信我不会相信。我收到过她的信！我一面说，一面奔出门去。

我奔向江边，冷冷的风吹打着我的衣服，一两艘船靠在岸边，江面细窄，水流平缓得出奇，我向轮渡口走去。

雨，又飘起来，路面湿漉漉的。关上窗，我坐在床上，我看见了那本线装书，拾了起来。

突然，我的手停住了。这是一幅极熟的图：山上有一鹿，背上有鞍鞯，但没有骑者，地上躺有一个女人，似乎死了。

我感到热血在往上冒，是谁完成了我未完成的画，先我几百年上千年？那上面还有谶语：

木易若逢千女鬼

定于此处丧金环

下面小字注释：象谶皆明指安禄山之乱杨妃碎于马嵬明皇幸蜀惜当时见之不悟。

不！我喊起来。杨妃碎，就是羊穗。金环不是杨玉环，而是我项链上的金环！

鹿鞍当然是陆安，陆安害死了羊穗！他墙上挂的画点穿了凶案。不对，陆安的名字是羊穗死后取的。他有什么必要取个自投罗网的笔名呢。到底是图谶预言了凶案，还是图谶导演了凶案？它构造了国家大乱，贵妃之死，也能构造世界千变万化之后一个女人的命运？或许它注定就要被重复千次、万次、亿万次？

我瞪着眼看着这发脆的纸片，汗珠冒了出来。想到床上躺一会儿，但没法闭上眼睛静一静，眼前是纷乱的问号和词语，往事支离破碎循环往复。羊穗听我讲述童年时，自始至终没插一句话，她那副专注的神情使我泪水盈盈。

她盯着墙上的一条裂缝，目光在这条缝上游移，她说我不该穿黑衣服，这种颜色使我的脸瘦削，眼睛深凹。她说她记得我的那件粉色连衣裙，上面的荷花，不，是葫芦花，红中带黄，黄中露红，鲜艳之极。她不好意思起来，停了停才说，真迷人。她垂下了头。我说，那葫芦花是紫色显蓝，蓝中带青。羊穗用手制止我说下去，"你那天真美，把我看呆了！"她的头发剪到耳边，耳朵上分别挂着一只蜘蛛和一只蝴蝶坠子。她取下红框近视眼镜，拿在手里。我一下找到一种感觉，提起很多年前曾接到她的两个又短又干瘪的电话，那电话是说她结婚的事。我感叹当初她和我的安排真好：约定互不参加对方的婚礼。这样谁也找不到仇人。

羊穗用手指去擦镜片上的污渍，她根本不关心我的生活。当我这么想的时候，却听见她在叫我的名字，"你得为我查清底细。"她几乎是哀求，声音哽咽到听不见的地步，但我听见了，字字如针，扎在我的心上，我说，羊穗，你干吗躲着我？多年来只有一封信，我还是前天才看到。我口气里充满责难。我在这一刹那竟认为自己许多年来的不幸似乎跟羊穗突然中断的友谊有关。

黄昏时分，我又来到江边空无一人的码头上，我沿着跳板走到一个废弃的趸船上。乌云在慢慢散去，但天越来越暗，压了下来，停靠在不远处的船只亮起微弱的灯，凄厉的汽笛声，在空荡荡的江水上悠悠荡荡，散到两岸山上杂乱的民居中去。

"这年这月这一天找他找他。"如果我没有搞错的话，这个"他"肯定会出现在我凭吊羊穗的这个时候，而且一定是在羊穗淹死的这个地点。"他"既然害死了羊穗，也不会放过我。

江水倒映着两岸的灯光，波浪一阵阵翻打着趸船。风，又冷又硬，我抱紧了膝盖，望着江水发呆。但我背后的跳板上响起了沉重的脚步声。我听着脚步声。

他来了。

我回过头来，看见一人穿着灰雨衣，在小雨中顺跳板犹犹豫豫地走来。一个高个儿，背有点驼。于是我转过身，慢慢地站起来。

陆安，我早就在等你来。我画那张画的时候，天知道是谁刻的那幅版画，几百年前……现在我读懂了你的诗。

那人显然早就看到了黑暗中的我。他步子放慢，试探性地往前走。

他从雨衣里掏了一件东西。

一道手电光向我脸上扫来，我挡了挡眼睛，我认出来人是下午见到的那个警察，不是陆安。

"你吓我一跳，我以为是她。"他说。

"你以为是谁？"我迎上去，逼问他。

他站住了，熄了电筒，眼睛看着自己的脚，说，"你在这里做什么？"

我一直逼到他的面前，说，"你姓魏，'千女鬼'。"

他吓一跳，问，"你怎么知道？"

"我知道。"我一字一句地说出自己的判断，"你们都是男人，你们都有可能。"

那警察脸上露出恐惧的神色。他忽然转过身，往岸上走去。

一声长长的汽笛在这时拉响，飘着细雨的码头上已经空无一人。羊穗，我注视着流淌不息的江水，对她说，你是个魂儿，你为什么就不可以安心地做个魂儿？有魂不是很好么，为什么一定要弄清你怎么变成魂儿的呢？

我把手里的项链，慢慢放入江中，它一闪便消失了。

窗边的天空露出淡青色时，我准备离开这城市，我提起打点好的行装，在关门的那一瞬间，泪水涌出了我的眼眶。我锁上门，把钥匙从钥匙链上取下，然后，像多年以前一样，我把它压在羊穗知道的那块砖头下面。

这个门为羊穗留着。当你被这个世界追踪得残缺不堪时，我希望你能躲进我的这间小屋喘一喘气，如果那时：我又一次来不及赶回来帮助你。

近年余虹研究

一

只有那个年轻的邮递员，留着修剪整齐的小胡子，只有他知道这个孤身老太太早就等在那里，每次不等敲门，她的门就开了；几乎白尽的头发盘在脑后，刻满皱纹的脸毫无表情，接过他递上去的一叠邮件，那张脸回到更深的冷漠里。赌气？似乎人人都欠了她的信。邮递员想笑，声音塞在喉咙咯咯响，他低下头赶快走开。她每天都能收到六七封信，有时更多，在这难得写信收信的街坊中俨然是邮件大户。大部分信来自大学中文系和文学学术刊物。别的老太太打麻将上戏院练气功抱孙子享清福或有幸做儿女的保姆用人，她不。

乌砖黑瓦的房子长满青苔，一个个小厨房伸出原就狭窄的弄堂，邮递员小心绕过破筐烂罐，每家门前放着待清理的马桶，飘来一股新鲜的粪臭，他重重地打了个喷嚏。清晨街上冲过汽车摩托喇叭声，近在咫尺的市嚣一点一点匍匐过来。

她掩上门，给自己一个听不到看不见的空间，很安谧。其实她也清楚自己不过是在内心硬撑出一片安谧。她端坐在桌前，从抽屉里拿出剪刀，小心地剪开信边，一丝不苟地把信按一定的顺序摊在桌上——按大学与学术机构的名气排，老花眼镜把她的脸推远，和纸上的字、标点符号保持一定的距离，使她有足够的耐心，取出一个厚厚的笔记本。那笔记本质地优良，硬壳绸面，内页有些泛黄，经历了不短的日月，但保存得很好。这双枯瘦的手，老年斑也没能盖过鱼鳞一样的伤疤和厚茧，仔细地编号记录信件做文章的摘要。整个阴沉的上午，密密麻麻地在老式的派克金笔下滑入清秀而齐整的字迹。

磨得光滑的椅子，残剩的漆被新漆覆盖，新漆又被落入同样的地步，这恰如深渊上空肯定的决心，忍耐力的象征。她坐在这把椅子上，一个小时一个小时，日子艰难地从黑暗中挣扎出来，又必然无可奈何地退回黑暗。日常生活中的烦琐无聊，常会带来片刻背弃荒凉悲号的黑暗，那是她不愿触动的记忆。她很少出门。一个衰弱的老女人在遍地嫩笋似的年轻女人摆动的曲线之间，逝去的年华只留下彻骨的仇恨，黄土已越过了她的胸口直扑咽喉，她对自己并没有怜惜，也没有审慎的假定。倒挂凤尾在玻璃缸里慢悠悠地游着，天生不成比例的灯笼挂在头顶，一串串水泡从一张一合的嘴里扔出，擦着灯笼散开。玻璃杯子上沿沾着细小的水珠，有的积成一滴重又掉进水中，被倒挂凤尾吸入体内。或许曾有池塘冒着轻烟雾气，越过葱绿的树丛，汇入云端。虚假的强徒，可敬的弱者，谁又会懂得呢？至少现在这小屋的薄门给她安全、自由甚至愉悦。每个阴霾的下午，重读笔记，有时按号码找出旧信，好比在泥淖的混乱里看到神示的光芒，一瞬即逝的宽慰掠过她的脸上，皱纹像燕子来去的线条，偶尔一些活泼的幻影会从官样式的句子中跳出来，她的眼睛变得像冰一样发亮，这一切在点明一个久存于心中的预兆。她干瘪的胸部触到桌沿，信从她的手中一封封摊开，如魔术师心爱的纸牌。

  1、胜利东返人士，艰难竭蹶八年，见十里洋场繁华如昔，感慨油然。余某日被友强邀至卡尔登舞场。仕女衣服丽都，霓虹奇彩炫目，妩媚而睇，狐步而舞，令人心荡神迷，目不暇接。友人忽指舞池中一翩跹丽人云：知否，知否，此即沦陷期上海著名女子余虹，笔彩华美，顾盼风流，人若其文，可谓才貌双全。友又云胜利后上海市党部拟检控余虹与伪逆关系。讵料接中统指令，谓余虹乃我方同志，地下工作厥有巨功，此案遂寝。嗟夫，如此天生尤物，必应乱世而生；世乱无已，未知祸将及于何人耶？曹菊仁著《文坛秘辛》。民国三十四年香港五洲书局版。第二十八则："惊鸿一瞥见才女。"此书纸张粗劣，印数极少。唯其中涉及汪伪时期文人活动诸则，凿凿有据，似非向壁虚构。笔者曾在伦敦大学东亚图书馆珍本库见到一本，该馆拒绝笔者的复印或照相申请，无法复制供各位同人行家甄别，憾甚。

二

  黑暗漫不经心地走向她，她没有点灯，一堵青灰色的墙，逐渐打开的月光像刀子插在墙上面，紧掩的窗帘难以抵挡那已经不太近的凶戾之气，隔壁传来小孩类似笑声的哭啼，使整条里弄僵硬的外壳更加真实。她已不像当年那么害怕黑夜了,平躺在床上,她从容地回忆邮件中那些千疮百孔、但仍然挥发着墨汁香气的词句,满足的感觉便在临睡前拙笨地来到她可怜的心中。问题是她太容易被惊醒,梦与现实的齿轮相互啮咬,白发纷乱散在枕上,她隐匿在发丝之中的脸庞苍白无力。时间之流毫不退让、顽固地只朝一个方向行进,她无法控制那冰凉的流动。

敲门声是在一个初春倒寒天冷意彻骨时响起的。

她蜷缩在床上,像蹩脚的雕塑家堆起的塑像。不做梦。梦轻俏的拇指轮换着收集残迹,随心所欲,也可以说无意之中把她变成一个攥紧的戒备的拳头。她对自己看得清楚,同时理所当然地不想看清楚。敲门声又响起。她动了一下,并不是倨于见客,只是上床好不容易等着冰凉的脚暖和过来,不想让不速之客叫起,在这春寒之夜。室内弥漫着一股霉湿味,像监狱农场,那时她还不老,能抗得住比风寒锐利百倍的痛苦。她在小得转不开身的厨房与一间做卧室兼书房客厅的拐弯处停住了,回视房中简单的旧家具,四壁光光,如一个洞穴,在灯的阴影深处,出现一丛逐渐萎谢的桂花,绕在花的折叠之中出现了久违的歌声,就在床的那头。她为自己的下意识感到莫名其妙。今夜是有点特别。

站在门外的是一个年轻女子。

2、中国文学研究权威伯克利加州大学白智教授在《东方学报》著文讨论余虹在文学史上的地位。Cyril Bert, The Flapping Wings: Yu Hong the Forgotten Feminine Feminist, Oriens Extremes Vol. Ⅳ, No.5, PP. 225-140。该文认为中国现代女作家比男性作家优秀,男作家的灵性常被各种世务俗念壅塞,或受实际政治操作所累。而五四以来女性作家冰心、庐隐、淦女士、凌叔华、张爱玲、余虹等，语言自然流动，对汉语之再生比男作家更关注。白智教授对大陆文学界重视余虹表示欣慰，并说夏志清（T. C. Hsia）五十年代末推崇张爱玲，过了二十年才在大陆得到反响；他推崇余虹，仅两年就催动了大陆的余虹热，此乃中国文学之幸。

三

他拿起雨伞，没向我告别便离开了长椅，走出二三米远，投来厌恨的目光，那么陌生，直到这个时刻我才有些明白，一个月来他躲着我，不见我，真像曼玉告诉的一样。昨晚曼玉扔下的檀香木扇子，像她周身散发的精灵般的气息，女人比男人可爱是天经地义的呀，即使女人有这错那错，也比男人强十倍……

"你为什么要把我逼疯？你装好套子让我一步步钻进去。昨天我一个人坐黄包车去赴宴，你来晚了，拉开舞伴就在大庭广众中对我发狠。"

"怀月，"他从梦中把我叫醒，我的白纺绸睡衣被拉开，他正用嘴唇轻轻吻着我沾着点点滴滴泪水的脖子。

……

女孩几乎是一字不差地背了下来，接着声称自己如何喜欢这一段。灯光照着女孩鲜红的薄毛衣，细长的脖子戴了一根银项链，五官极像某一个人，但没有那双忧郁而安详的眼睛、瘦弱细长的手指，当然也没有一张波蒂切利画中的脸。哦，波蒂切利，叠印于一层层欲死不得的痛楚的颜色之中，旋转的水是从哪里来的，又回复到哪里。打个比方，很像此刻她揣摸女孩声音动作的方式，女孩非要扶她坐在那把唯一的旧围椅而自己选择坐在床上，显然是想制造一种适合她们交谈的氛围，这还必须要有点目光随便，那随便不是说漫不经心，而是钦佩的注视中带着亲密的自如，"金鱼真可爱，游得多美！"女孩讲话之中顺便插一句。还说下次来一定带点红粉虫什么的喂它，加上她脸上的孩童般纯洁的笑容，这一切的确把她引进了一个值得继续走下去的真实世界。她突然想到自己一生中也有过如此丽人相伴的时光，她的头昏浊沉重起来。信比来客让她轻松，信无法强迫她回复，来客就麻烦得多，难以说清深沉的健忘是时间炼制的技巧，还是应该归于有意的错误和混乱，在这样一个晚上，她的背紧紧地靠着椅子，发现自己是个完全不愿意和任何人交谈的人。

幸好，能直接找上门来的人不多，一年半载或许有一个。旧相识老友早就星散，死的死，死了不再说话；活着的，却已怨恨太多，不堪回首，各走各路。那些在办公室高声喧哗的年轻人根本不知道她的名字，更不用说见过她了。她离开时，出版社还叫作"紫星书局"，而现在名称改，领导改，同事改，地址也一改再改，旧迹在流水中销声匿迹，谁还记得一辆军用吉普把她带走的那个乱雨纷纷的早晨？恐惧自然地积留在逝去的乌有中，一年年顺春风浮升开去。只有给她转信的门房、寄工资的出纳，知道退休名单上她现在的地址。

女孩从一个大牛仔布包里取出一本黑壳的旧相册，没有打开，而是抬起脸来柔和地看着她，说了下面这句话：

"你当然有她的照片咯？"

她没有回答这样具体问题的习惯，或者说女孩提及的名字再加以那种自然而然的神情一下把她抛到她不愿意置身的水中，那湿漉漉的滋味，需要一个人好好躲起来才能清理干净。

"没有，我没有。"她干脆而冰凉地说。

女孩分辨出她挣扎的痕迹，说对不起，我刚才忘了，都说您的材料已经全部散失。这才打开相册，挪了挪身体，把相册放在两人之间：她椅子的扶手上。

在她的老花眼镜下，一张已经很陌生的脸飘浮出来，细白的皮肤下仿佛可以捕捉新鲜的血脉，仿佛在证明具体而微的一个眼神，一声轻轻的叫唤，那个时代的装束发式，那个时代的动人青春，在这把应该扔掉的木椅的扶手上，整整半个世纪突然通过一张泛黄的照片倒翻过来，这动作过于急速、轻易、彻底，她措手不及，感到自己要晕倒。但大半个世纪的习惯指挥着她的理智。"不太清楚了，您看这四个相角，是我重新贴好的。"女孩的声音像一只小虫子嗡嗡响在她的耳边，她取下眼镜，那件紧裹在身上的丝质蓝紫花相互缠绕的旗袍、卷曲乌黑的头发变得模糊不清。女孩翻相册的手停住了，涂了浅浅一层玫瑰色指甲油的手指搁在枯黄的册页上，像一枚枚象牙别针，把她一动不动夹在那儿，她的呼吸急促起来。房里昏暗的灯光避开她，有意把她留给慢慢潜上来的黑暗。

3、现代文学史界大多数人的意见，认为余虹属于"新新感觉派"，着眼于余虹继承了刘呐鸥、穆时英等人致力的都市小说。上海师范大学中文系陈知山教授最近提出不同意见，他指出余虹的小说情节紧凑，色彩浓烈，语言华美，其性描写常涉颓废而不避，与当时国统区徐、无名氏等人风格相近，而青出于蓝。余虹最著名长篇《霓虹之都》（一九四五年）以日伪期上海舞场男女情爱与政治纠葛为背景，只是一种历史"锚定"，徐《风萧萧》，无名氏《野兽、野兽、野兽》，也都以当时政治活动为恋爱故事背景，实为当时风气使然。余虹应视为海派文学的最后异彩。摘自陈知山《余虹流派归属质疑》，《现代文学研究》第四卷第六期。陈教授以博学知名海内外，却没有指出他的理论本有实证基础：徐迟至太平洋战争爆发之后，于一九四二年才离沪，余虹创作生涯从这一年进入成熟期。每期发表余虹作品的《紫星》杂志社主持人陈雯人，曾为徐密友，当时上海报刊甚至称余虹为"紫星女"而不名，其中师承关系，极可寻味。——笔者注

四

白色的药粒含有顽强的推动力，替她驱走了又一个无眠之夜。一个年轻女子和另一个年轻女子犹如两面相对的镜子，身影重合在一起，她躲在安眠药里装作没看见，柔软的白色房子，透明地把那个夏天的傍晚还给那个夏天的傍晚：

哦，是你，真好！她被开门声惊醒。她病了，躺在床上。空气里飘过来一片淡雅的桂花香味。你的声音甜润，说费尽力气才买到桂花，跟第一次来杂志社一样，忧郁的眼睛微显羞涩。其实打动我的不是你对我执拗的崇拜、对文学的热爱以及你的聪慧，而是你有一张波蒂切利画中的脸，从海波声里诞生的女神，那致命的脸啊！

玻璃缸里两条珍珠凤尾相对嬉戏。你看着看着掉下眼泪。当我告诉你，我的未婚夫对你来说不是一个问题，其实他从来也不是你的障碍。好吧，他离开了我，你来了。

夜上海夜上海
你偷走了我的心
……

全是因为有了你还是其他？

全部，像你的全部一样。温情脉脉的歌声抚摸着一双握着的手，女人们特殊的语言相互探望，孤独缩小体积，内疚地把光线投向玻璃缸里的鱼儿。好的，就这样喃喃自语：一个美丽又格外伤感的时刻为什么应该停止？

中午太阳直射下来。屋子里的霉味固执地盘桓在衣服被子鞋家具三合土地面上，附在她一身松弛的皮肤上。快七十岁了。老编辑中，通家多矣，专家难寻。"详尽地占有史料"这专家第一要求，她当之无愧，而且旁人难以超越，她的沉默令文学界迷惑不安，猜测纷纭。

她换了一种姿势，掩卷叹息，面颊深深的鱼尾纹，顽强地掘进，两鬓白发像晒干的麻粘在头顶。正如她惶恐地等待的，从阴暗的空间传来一阵轻快的脚步声，太阳光在霉味的空气里加入使人无可奈何的压抑感，那脚步声停在了她的门口。她愿意阻止镜像与真像复合，她差不多一直就是这么做的。如果是那个女孩，哦，但愿不是她。为什么每次想到她，自己的胃便忍不住一阵抽搐，喉咙里冲上一股难闻的气味？

女孩用勺子将小红虫细心地放入玻璃缸里，倒挂凤尾过节似的穿来窜去，"我给您带来我外婆的日记，"放好勺子，女孩的脸转过来，兴奋的声音在说，"您想想，我都记不清外婆是什么样子了，现在一下子知道那么多。从她的日记中我才明白你们曾是很不一般的朋友。"

似有一把锋利的锥子，逼向她，让她举手投降，一口假牙在嘴里撕着她迟钝的齿龈，不过，当女孩把一个绸面笔记本打开放到她的手中，她的心仅仅轻轻抖动了一下，而目光越过笔记本、女孩，还有她自己，于是她将本子轻轻合上，放在桌子边，希望女孩能明白这个信号。她真心地抱歉，对任何人她都如此彬彬有礼。

"你们后来再没有保持联系？真惨！"女孩问，但她没有回答。"或许她为人妻，为人母，必须切断这段经历，这真令人伤心！"并不太亮的房间，女孩站了起来，试探性地看着她与时间宁愿弯成曲面，无力却又顽固地沉默着。"是您，是您给了她许多男人都无法给的东西，在你们认识的那些年月里……"

她知道到了无法再不说话的时候了，便张开眼睛，清清嗓子，尽可能清晰地说："我不懂你说的什么意思？"

终于撬开了她的嘴！女孩异常高兴，于是滔滔不绝起来，说外婆一直感激她的长年保护，先是汉奸罪名，后是特务嫌疑，这些罪名谁受得了！虽然受尽了罪，外婆在"文革"中也不好过，弄堂里的造反派不知从哪儿搞来了材料，说外婆曾为日伪投降而痛哭三天三夜，又是破鞋交际花、资本家老婆、暗藏的反革命，每天在里弄里挨斗。

"我没有保护任何人，我没有这个能力，"她声音苍老，此时却很清晰，"你想要什么，就直说吧，别再绕圈子。"

女孩一时不知如何说下去是好，随手拿起绸面笔记本翻着，一张剪报夹在笔记本里，当年"评茶会"的合影，当然是她，站在中间风姿卓绝，美丽超群。女孩递过剪报让她看。她却把灯拉过来照着自己。女孩的眼神里出现了她常见到的惊骇：她的眼窝深凹，两道刀伤带着飕飕凉气侧过脖子，一清二楚，然后她举起双手：粗糙，变形，左手几乎致残，不仅手指伸不直，而且在不断地发抖。

那不是我，明白了吗？

女孩打了个冷战，"我想您不至于说不认识我外婆吧？"

笑容又回到女孩的脸上。

4、北京大学比较文学所所长乐黛云教授《女性主义在中国》一文，指出中国现代文学真正具有现代女性意识的作家不多。大部分女作家写的仍是传统的闺阁文学，张爱玲为其成就最高者。丁玲为女性主义文学的前驱，可惜过早转入无性别的革命文学。余虹早期的作品，如短篇集《残缺》（一九四二年）、中篇《两道门间的风》（一九四三年）强调现代女性的自由精神，以致长期被认为是黄色小说。乐黛云教授在另一文中认为黄色与否，取决于作者态度。如果性描写只是演示男性单方面的性幻想，视女人身体为工具，即黄色淫秽小说。中国小说从《金瓶梅》直至今日流行的"《金》味小说"，均属此类男子意淫式低级趣味。乐教授指出，只有心灵最开阔的女作家才能达到此境界，为女性精神找到一块福地。近年余虹生平资料络绎发现，必将有助于我们理解这位作家的创作。

五

她惊恐地转开脸。女孩带来的甚至不是昔日美好的投影，而是一种利器，粗鲁地捣破那层薄薄的外壳，朝无法宣诸言辞的根袭去。

并非往事过于沉重，她本是只有过去没有现在的人，此刻更加感到面前是条没有出路的死弄堂。人类编造的历史就是这样：从第一步开始，每一步误解都以前一步误解做依据，于是整部历史似乎事事有据。

男人不过是点缀，女人是肉中之骨。你说不走了，眼光沾有雨天的潮湿……已不可能了，什么都不可能了。这坚定不移的决心来自她内心，因此她必须坚持到底。如果脱掉这几乎终年一个颜色的青蓝衣衫，换一件稍稍鲜艳的衣服，涂一点润肤膏，或者在毫无血色松弛的唇上添两笔淡淡的口红，或许她还能自认为是那部历史的延续者？

女孩又坐到床边聊了起来，说用电脑写论文，既方便又快。然后谈到她的外婆生前一些小事，听起来不奔主题，指向却很分明。

"我明白您的心，"女孩说，"您帮助创造了一个美好的神话，可能当初你们分手时，还有一番痛苦的挣扎，不得不各奔东西的绝望？"女孩握住她只剩指节粗大的手。年轻女人令人心醉的柔软，顺着她残破不堪的脉络，往她冰凉的骨头袭来，她还怕自己的血脉依然热起来么？女孩善解人意地说，"您为余虹这名字受了那么多苦，历史已经把余虹推入黑洞，您不想再把她拉出来，我能理解您的心。这样安排也好，余虹，一个永恒之谜。"

的确和女孩想象的有某种类似，那最渺茫的时刻，被定格在记忆之中，从来没有淡去。但与女孩乃至人们的猜测大有出入，不仅我们没说共生同死，甚至连告别的话也没说一声，你便匆匆拂袖而去。一九四五年叫人透不过气的夏天，原子弹蘑菇云的影子投到上海。你审时度势，迅速嫁了人。然后那个夏天完完全全堕入了乌黑的雨水之中。你知道没有一种香气可以持续。可不，她闻到几十人同居一室的汗味，混合着开口尿桶的骚臭。劳改农场改脑改心，但改不了头顶的天空。在那个清晨突然醒来的一刻，她不明白自己为什么仍然记得那人手上钻石戒指的闪光？怎么说，你想翻开这一页？呵，这一生最残酷的玩笑！雨声塞满了她的身体，夸张地响着。

5、《文学史料》今年四期刊出《余虹生平新证据》一文：上海公安局档案处应中国作协研究部所请，从彭飞的交代中找出以下材料供本刊发表。彭飞同志解放初在华东局宣传部担任领导工作，一九五三年受"潘杨案"牵连入狱，一九六五年死于狱中。抗战胜利时，彭飞在中共上海地下文委工作。彭飞坦白书此页题为"关于余虹"。

"一九四六年秋市委决议劝说大后方回来的作家停止指责沦陷区作家，消除隔阂，以利于建立广泛的统一战线。为此应让沦陷期文坛新人如张爱玲、苏青、余虹等参加进步杂志，如李健吾的《文艺复兴》，柯灵的《万象》等。为此，我让郑振铎去联络这些作家。郑基本上做好了这一工作。只是有一次他来见我，说他很纳罕，搞不清余虹的情况，望地下党帮助查清。他去余虹作品出版者紫星书局，找到编辑主任陈雯人。陈年轻美貌，言辞锋利。她说余虹只是个投稿者，从未谋面。郑问陈余虹地址，陈取出《紫星》账本，翻出寄稿费地址，一直是一邮局信箱。郑振铎反映说余虹风格奇异，题材颓废，作品情节隐隐约约似与政治有瓜葛，有人指为汉奸特务作品，但小说不足为凭。我将郑说的情况报告地下市委杨用同志转保卫局，请求调查。此事结果如何，杨用同志从未向我提起。《紫星》杂志政治上中间偏右，标榜纯文学。记忆中陈雯人解放后出版局留用。"

《文学史料》主编伍复辉研究员按：长期以来关于余虹生平传说颇多，均无佐证。此文是迄今为止唯一确实材料，足堪珍视。公安部门应文学界所请，有选择地公布四十年以上档案材料，这也是第一次，令人振奋。《文学史料》编者无法看到作协机关档案，那里秘密更多。彭飞这份简短之极的交代材料实为陈雯人被捕并蒙受冤狱三十年之久的直接原因。陈于一九五三年因彭飞交代之牵连，被捕入狱，三年后，因无法定罪获释。未几，一九五七年，因为对肃反不满定为极右分子，再度入狱，押送青海劳改，一九六五年释放。"文化大革命"中因余虹汉奸嫌案再度收审，一九八二年再次因无法定罪而释放。

六

她睁开疲倦的眼睛，金鱼蛊惑、温暖地升上来，它重复地翻动，柠檬黄的鳞闪着光，透过玻璃，轻轻抓了一下她的心。她放下剪刀、信。剪开和未剪开的信在桌上已堆了一大沓，既未整理又未记录，几天来她甚至不再读旧信。敲门声不过是荒唐的循环，她装作听不见，一些细小的痕迹表明，她走上了她一直躲开的残酷后面的那几步台阶，台阶如此明确，她却巧妙地躲开几十年。笑容为她的脸注上更加残损的注释。几十年来她第一次想看看自己的容颜。可是房间里却找不到一个镜子，她只能弯下腐朽的腰去拿洗脸的瓷盆，从厨房的水管接了半盆水，又倒了一些开水。

面对一盆清水，一个虚幻的人影，在她的手中摇晃不已，她的手松开盆沿，水仍平息不下来。空气里喧哗着过路人的声响，她的手放了回去，脸埋进水里，然后仰起脸来大声喘气，水顺着面颊流下，滚落。她动作缓慢地脱掉外衣，换了一件黑红花交错的夹衫，红花只是仅仅隐约可见的小圆点。她以不同寻常甚至用几十年不曾有过的心情等那女孩。

正如她所料，夜晚翻过白日，刚刚展开疲倦的一袭黑衣，女孩就来了，问她是不是病了？嘘寒问暖之际，拿出每次不忘而且包裹得漂漂亮亮的礼物。她的五成新的衣服显然让女孩很高兴，女孩的话是真心的。女孩不提前几次被拒之门外的事，她也没必要解释。

女孩开门见山地说她找到了外婆的手稿，明显与余虹的诗几乎完全一样，在世的余虹诗作，她知道，不过七首。

她站了起来，把女孩给她的一页复印的字拿到桌前，拧亮台灯之后，戴上老花眼镜，娟秀的笔迹一如那张她发誓永远以陌生人待之的脸：

  之后
  选择一种花
  比如百合

残存的恐惧后依然有淡淡的香味

可是我叙述的每一件事

显得失去了意义

从你放上来的手

我明白

天依然很黑

"您看，与《紫星》上发表的只有一二字不同。虽然有些暗示恐怕她和您两人知道。我可以想象那是一段多么美丽而惊世骇俗的罗曼史。"

她打断站到桌子背后正说得来劲的女孩："这是她抄的诗！"

"我查过日期了，"女孩并不理睬她一脸愠色，照样温柔清晰地发出每一个音节，"我外婆的文字在前，《紫星》发表在后，肯定是她的作品，这是我外婆即余虹的确证。"

她的手在玻璃缸上轻轻摸着，如果水中的鱼儿是她，那么她就不会后悔了，是呵，你的确了不起，你总让我没有退路可走。她转过身看着女孩。背光的侧影让女孩的眼睛在神秘里闪烁。这次真的被逼到了底，几十年来没有在任何威逼下透露的秘密，有可能守不住了。这个女孩绝顶聪明。与其与之耗时间，还不如自己翻开底牌。

"好吧，既然你如此肯定，我只好告诉你，没有余虹这个人。"

"那么我外婆呢？"女孩天真但焦急地问。

"你外婆与此无关，她不是余虹，她只是常帮我抄稿。"

女孩的无邪在一瞬间全部消失，突然声色俱厉地说："你这么说对得起我外婆吗？"

她声音颤抖却明确："这不是怎么说的问题，而是事实。"

"怎么知道你说的是事实,我说的不是?或是我说的是事实,你说的不是?"

"你……你放肆!"她像一片薄纸飘落在椅子上。

女孩靠近她,手放在她弯缩一团的背上,语调比先前更加温柔,"五十年来这么多人对你放肆,你怎么不朝他们发火?"

停了停,女孩说知道余虹是在她们特殊感情下产生的,如果外婆能活到今天多好,她们可以一起庆祝历史给余虹应有的地位。

她一句也未听。盘子里的罗宋汤鲜艳的色彩在晃着眼睛,她和那人离开座位,走出典雅精致的西餐厅,两人的旗袍开衩很高,碎步轻盈,高傲的脸,是的,两个人都很高傲——那每个人,或每对人只有一次的青春时代。

6、上海《文汇报》五月十七日报道:"历史迷雾终揭破,祖孙才女传佳话。"

青年女诗人符蒿昨午在复旦大学中文系学术报告会上做了"余虹身份研究"的专题报告。她在报告中用幻灯投射手稿、信件、日记、照片等,证明余虹是她的外祖母林玉霞的笔名。与余虹作品印证,无不相验,足以令人信服。符蒿准备在大量资料基础上,撰写我国第一部《余虹传》。在回答记者问题时,近年来诗名日著的符蒿表示,家传的文学气氛,帮助她形成自己独特的文风和精神追求。

七

她没能在笔记里记下这则有关余虹的新闻报道,这是她唯一不知道的关于余虹生平新资料。她的笔记本锁在抽屉里也未能取出。

玻璃缸里的水所剩无几,张着嘴呼吸的鱼是一个芬芳的象征。她心慌气促,点起了一支烟,但又按灭了。她们俩凭着外白渡桥栏望着黄浦江,她迷惑地问:"你为什么要用笔名发表呢,怕麻烦,还是开玩笑?"她对那声音摇摇头。没有一种香气可以经得住所有的雨季,但香气进入另一个身体,活下来就不一样了。

秘密之径纵横,永远把她引向歧境。历史无情,你愚弄历史,历史必反过来愚弄你。而她一生为之受苦的却不过是一个小小的名字,盘桓在她内心的抗议早已决定了输赢,谜来自于她,在她想怎么处置它时,她仍旧是它唯一的主人。

她颤颤巍巍移向床,非常小心地躺了上去。乌黑的水卷走炸裂在心底的碎片,带走了记忆中的一切,夜上海之歌也好,飘着雨点的清晨以及波蒂切利式的脸也好,都显得如此媚俗。生命轮回往返,大都一样,但是偶尔也有例外,如果适逢这千千万万的偶然,她能得到,她将重新开始一生,不伪饰不苟且,做一个真正的女人。试试,是的,一定得试试。她下决心这么做,于是她就这么做了。

雨绵绵的暮春之晨,邮递员又走过她的门前。

他原以为这个老太太会继续给他的工作增添负担：每天得退回一堆信件。他没想到信件不仅少了，而且几乎立即绝迹，再没人寄邮件给这个连骨灰都无人存留的名字。

内　画

　　小毛晕倒的那个下午，太阳光刺白，吸口气，像是从炉子中吐出的炭火。他身子一偏，抓住路旁的电线杆，电线杆太滑，他眼一黑，倒在了地上。过了几分钟，或许更短的时间，他觉得有人俯下身，将他抱起，脚像是碰到门框一类的东西上。身体被放平。有人分开他紧闭的嘴，往里灌一种苦滋滋的水。然后，他脑子模糊一片，睡着了。

　　门"哐"一声关上。小毛身子动了动，四肢无力、瘫软，喉咙干渴得厉害。他睁开眼睛：一个窗台，堆满发黄的线装书，像破烂砖头。房间里有股浓浓的草药味。小毛马上猜出自己在下石板坡那个孤老头家里。老头会摸脉看病，平日这一带的人有病去找他，没病记不起他。老头傻瓜夜壶一个，一旦有人去找他，他仍给人看病。

　　小毛一脚踩在地上，跋了床底的凉鞋。房子光线暗暗的，墙纸一块块飞起，斑斑脱落，书柜、桌子和床，几件简单的家具，都旧兮兮的，漆磨得只有缝里的还在，却很干净。小毛东盯盯西瞅瞅。柜子旁边倚墙钉了许多木架，最下面搁着一束束一捆捆草药。第二格全是大大小小的瓶子，有些空有些满，装了不少跟谷粒一样的东西。他的手摸住一个两寸左右高的瓶子，瓶子呈泥巴色。小毛往自己布汗衫上擦，瓶上的灰把衣服弄得一道道黑，这才露出圆润光滑来。他把手指往瓶口插，只进得去小手指。就这么丁点大洞口。掉在草药上的盖，跟玻璃弹子球差不多，晶莹透亮。小毛越看越喜欢，合上盖，想也不想，就放进了裤袋。踮着脚，轻轻推开门，外面是厨房，厨房靠墙有两条长凳，平日老头在这儿看病。街上一个人也没有。太阳还恶狠狠挂在天上。小毛提提裤子，顺着屋檐朝家里走去。

　　小毛掰着指头数哥哥从船上回家的日子：应当就是快开学的这几天。今天忘了数，哥哥却回来了。惠姐站在哥哥的身边，在帮着整理哥哥的帆布包，漱口用具洗换衣服啦，还有夹到这些东西里的花生、红枣。惠姐的辫子剪短了，垂到肩上，很精神，特别是她的眉、眼睛和嘴唇跟描的一样好看。

　　小毛心里叫她嫂子。

　　送走惠姐，哥哥说："妈，别再给人带小孩、洗衣服了。"

　　"你爸那点抚恤金，你那点工资，怎么活。"母亲一边洗碗，一边说，"你办喜事需要钱，我身子也硬朗，还做得动。"

　　哥哥想说些什么，嘴动了动，没说下去。哥哥一时半会儿结不了婚，惠姐的父母不同意女儿和她的同学恋爱。那个势利眼，成天泡一杯茶，有什么了不起的，不也跟爸爸一样，是船上的轮机手？以为女儿漂亮，应当高攀，不是永远做女工的土坯子。

　　托儿所院墙下，是聚集的老地点。椭圆的一段墙，有一片灌木。茂盛的野草中洒落着臭烘烘的白花。小毛去晚了。他就蹲在墙脚跟。

托儿所与中学相对，中间隔了个水塘，里面浮满了烂菜叶和胡萝卜缨。

三条黑影蹿过来，高个，走在前面的是柳云。小毛赶快站了起来，说他哥哥工休回家，看得紧，一时没能出来。

柳云居然没怪他，手里拿着一摞书，扔到塘沿边。顶上一本画着一个外国大胡子。那是小毛盯了很久的东西。小毛不急，柳云不喜欢书，只是好偷书、好女孩子。

柳云大小毛三岁，初中未读完，便在街上整日晃荡，抽烟，喝酒，唱黄歌，什么坏事都他领头，人却生得像白面书生，加上会几套拳脚，爱打抱不平，在这几条街，有一呼百应的威风。蝉儿像突然发现他们，叫了起来。风热腾腾地吹着。小毛拍了一下叮到胳膊上的长脚蚊，没打着，便被柳云拉到路灯下。他注意到柳云的头发，用火夹子烫了两道波浪，衬衫干干净净，不像小毛和其他街娃大热天总是脱光了上身。扒图书室窗的活轮不上柳云亲手做，柳云总是远远地指挥。

"你家来的客人是谁？"柳云问。

"我嫂子。"小毛说。

"甩人现脸！"柳云说，"还没过门，嘴吃了糖。啥子时候也给兄弟我介绍一个你嫂子那么鲜货的。"

柳云口气玩玩耍耍的，而神态是真动心。他换了好多女孩，每次一追一个准。小毛急了，想拔腿就走，手却从袋里掏出小瓶来，捏在手里。他看了看柳云，咬咬牙，递了上去。

柳云不以为然地接在手里，昏黄的路灯下瓶子十分一般。

"把你腰上的手电筒打开，看这儿，两条鱼嘛！"小毛说。

柳云不用手电已看到了，瓶子玲珑晶莹。他左右端详，"我要了？"

"那你就别找我嫂子那样的！"小毛说话不太清楚，但意思很明白，你别打我嫂子的主意。柳云的风度是头档，没有女孩子不喜欢他的,他想干什么肯定能干成。

"你想到哪里去了?见了你嫂子我会躲得远远的。"柳云拨亮手电筒,一束光强烈地对着小瓶,"哪是鱼呀,两个人抱着,古人的头发,还有树,山水。"柳云尖叫,"没穿家什,光板板的。"他让小毛看。小毛胆子小,听他一叫,更不好意思看。柳云指着塘沿边一摞书,说:"小毛,那些书都归你了。"

哥哥白天在一个建筑工地打零工。和惠姐谈恋爱是在晚上。小毛再捣蛋也只能装乖。被哥哥强迫休息的母亲,在家里料理家务。母亲腾出空来,长了几双眼睛盯小毛的功课,小毛的上床、起床、吃饭、上厕所。小毛急得像笼里的猴子。

这天小毛上街打酱油,前脚跨出店铺就瞥见那个孤老头朝三岔路口走来,衣服比平常还邋遢,眼睛东望望西瞧瞧,蹩手蹩脚的。正在挑菜的中年妇女握住在吃冰糕的胖女孩,拦了老头,叫胖女孩亮出舌头,让老头看。

老头手一甩,自顾自地走路。

女人跳起来,越过摆菜摊的小贩,骂老头,骂得三十六朵花儿开,是街井最普通的一类。

"去,去,去医院!"老头冰冷地冒出话来,踉踉跄跄,走上石阶。

女人没料到,忽地闭了嘴。街上看稀奇的人也怔住了:老头从来是看不起医院的,而且,一向比糯米圆子还好打整,今天是怎么啦?

小毛脸白了一秒钟红了一秒钟。又不是偷,那种瓶子,老头多的是。一定不是为了这个事。小毛还是闪进一个门洞,等到老头走过才出来。

"小毛,你好好看着我。"母亲把一碗炒绿豆芽放在桌上,碗里一点油星也没有。母亲手在围裙上擦了擦,"你干了什么?"

"没干什么。"小毛声音细弱。

"你会赖,你敢对我赖?"母亲拿准了他似的斥道。

小毛用本小说盖住脸。母亲拿了酱油,说等你哥哥回来,让他和你谈。

"谈什么?"小毛不怕母亲,但怕哥哥,跟怕爸爸一样。爸爸工休回家,就带哥俩去山后溪沟或堰塘钓鱼。爸爸不生气时总是笑眯眯的。哥哥和爸爸长得像,五官线条粗,黑又壮,极神气。小毛则细皮嫩肉,怎么晒,也晒不黑,在太阳下乱跑一天,不过微微有点泛红。这点,就让他有种立不起桩桩的感觉。

"刚才户籍来过啦,香烟厂又丢了几箱烟。加夜班工人看到,几个半大孩子干的。"母亲在准备凉面的调料,"去派出所坦白会从宽,不然要关鸡圈坐牢的!"

小毛出了口长气。他扔下书,笑容绽开,到母亲跟前,给母亲扇扇子。他向母亲保证,自己不会做那种事。浑身上下热络撒娇。母亲摸不着头脑。小毛想这种事还有谁,肯定是柳云。

晚饭后,每家每户将椅子、席子、凉竹棍搬到房外准备纳凉,午夜气温退去后才进屋继续睡觉。

邻居老五一见小毛妈妈就说开了:"那几个偷烟的龟孙子,已被逮着了。"

"逮走了?"小毛妈妈问。

邻居脖子瘦长,趿一双木板拖鞋,点头说:"何止烟,啥子都偷。逮得好,逮得好。"

正在往竹躺椅周围泼凉水的小毛,瞅着母亲,眼一溜,那意思为:不是我吧!母亲笑了。这下柳云算完了。小毛可惜瓶子。瓶子上的云和山水,近在面前似的移动。他后悔送掉它。盆里的水淋在了脚上。

哥哥和惠姐一前一后进门。小毛忙着给他俩倒凉茶开水。这时有人叫他的名字。

小毛从窗口望去,吓了一跳,柳云站在街沿上。偷香烟厂的不是他。

柳云不请自进,说来找小毛借本书看。这家伙从不看书。小毛嘴里说,我这就找。惠姐给柳云让座。哥哥在厨房打洗脸水。惠姐说,喜欢看书,都爱看些什么书呢?

柳云装得倒跟真的一样,说他喜欢看故事。

惠姐笑得灿烂。在小毛听来,她说话声音都变了。柳云外表长相,不像十七岁的少年。

小毛拿了两本书,自己先站在门外,说:"书都在这儿啦!"

柳云有礼貌地与惠姐道再见。哥哥端着脸盆进屋,和柳云正擦肩而过。

柳云三步并两步在前面,小毛后面紧跟。在水塘边,小毛还未说话,柳云转身推了小毛一掌。小毛结结实实坐到地上,正好是个凹坑,积满了污水,小毛汗衫裤衩溅了个透,手里的书也落进了泥里。

柳云说:"看你心眼歪斜着,不欢迎我!我确实他妈的是借书。"

"你龟儿说话不算话。"小毛爬起来,突然头一拱,柳云没注意,一个踉跄,险些下了水塘。"你还我瓶。"小毛嘴里叫嚷着。

"你说话算数?"站稳后的柳云火了,"给的东西还能要回?"他对小毛真动手了,又狠又蛮。

"下次再敢那么对老子,老子就叫你喝干一池子臭汤。"柳云说。

柳云没有毒到底,还算手下留情,小毛便更恨柳云。

母亲见小毛一脸是血,慌张了,怕邻居看见,伸手把小毛拉进房内,将房门关上。

小毛不说,那是鼻血,他一声重一声地呻吟。哥哥在桌子后问:"谁干的?"

小毛脸上没表情,像没听到哥哥的话。母亲用棉条塞住小毛鼻孔,擦去他脸上的血,叫他朝后仰。"造孽啊,小毛,怎么弄成这样?"小毛最烦母亲流泪。

小毛的确周身都痛,而且身上一股脏水臭味,但不是母亲和哥哥看到的那种疼痛。

母亲打开五屉柜,找干净的衣服,记起来了:"莫不是晚上来找小毛的柳云?"

小毛没摇头,也没点头,有母亲这句话就够了。哥哥绝对会去找柳云。哥哥饶不了柳云。

母亲把小毛清理干净,在有青块的地方抹了酒、蓝药水。小毛躺在母亲的收折竹椅上。母亲给小毛摇扇子。

大小星星,像一个个飞虫,跟云捉迷藏似的躲闪。风凉了下来,街上已经没有行人走动,很静。母亲和小毛回到屋里。

"你哥哥呢?"母亲眼光四下找寻一遍说。

小毛从床上坐了起来,说去找哥哥。母亲将小毛按住了。

这一夜小毛尽做噩梦。他大喊着醒来,已是清晨。记不得昨夜哥哥是什么时候回来的,昨夜发生了什么事,他也记不得了。家里空无一人,母亲可能到集市,买从郊外刚挑来的蔬菜,哥哥当然是上班去了。

小毛从水缸里盛了半瓢水，喝了两口就泼了。他发现窗框上搁着半页纸，压了块烂砖。

他拿了起来，字迹歪歪扭扭，落款是柳云。柳云在字条上说，事情算拉平，他不会再到小毛家来，小毛也别找他还东西。小毛心里打个疙瘩，这不是柳云，柳云多倨傲的人物呵！想来柳云是被哥哥揍服了。

怪糟糟的，小毛嘴里咕哝，感到四肢一点儿也不痛了。把字条揉成一团，扔出窗子，小毛在心里原谅了柳云，他应该比柳云更傲气。

小毛把一碗稀饭吞下肚，想也不想就出门了，假若母亲回来，他便没机会出去了。

到哪里去耍呢？小毛没目标，他在三岔路口，原地蹦跳了好几下，一溜小跑朝坡下奔去。

废弃的缆车道上，稀稀拉拉走着从轮渡下来的人。远远的，看不清楚。小毛面前的江岸是回水沱，微微倾斜的河滩比学校操场还大，没有怪石暗礁，浪少，水缓，沙子细软。三天两头会有淹死鬼从上游漂来，在回水沱打转停下。小毛不在乎，淹死人的江水不还是江水吗？一阵狗爬式后，他翻过身来，并不清澈的江水荡着他十四岁的身体。太阳还没有猖獗。几个与他年龄相仿的少年在打水仗。对了，早晨没多少人游泳，以后就挑这时候。他眯上眼睛，无云的天空降落到离脸只有一臂长的地方，厚重，推也推不远。耳畔是江水拍打岸有节奏的声音。四年前，一场大火，如果爸爸不救别人，就能从船上跳进江里，他可以一口气游到对岸。小毛往岸上移动。泊在海绵绒一样的沙滩上，他把脸贴在上面，凉凉的江水浸着他。他像条鱼。

一只手把小毛的脖子捏住，仅轻轻一捏，小毛就喊爹喊娘的。

那手松开了。小毛翻过身，抬眼去看：孤老头。小毛本能地一哆嗦。

到孤老头家的路上，小毛一直想脱身，但老头手抓得很紧，胡子都白了，还那么大劲儿。

老头揭开碗盖，吹着碗里水上面的茶叶，说："把烟壶还给我。"

小毛摇头，表示不懂老头在说什么。他跟在老师办公室一样，双手垂立，头微低，不是装给老头看的。他被老师留下来惯了。

"小小年纪，怎么耍赖？"老头不解地说，他找了小毛好几天，那天小毛中暑，他救了小毛，小毛却当了小偷。

"我不是偷。你乱说。"小毛嘴翘了起来，一屁股坐到桌子边，指着木架里大小瓶子，说，"不都是些药瓶罢！"

"那些是药瓶。"老头说，"但你偷的不是。"

"它不在我这儿，"小毛失言了，想补一句，却吞吞吐吐，"你……老糊涂了。"

老头站了起来，在屋子里走来走去，端起盖碗茶，递到嘴边，突然"叭"的一下砸在地上，茶水、碎成块的瓷碗洒了一地。

小毛张口结舌看着老头，老头火气爆出了似的，显得心平气和。

护城河，新鲜的天空。那天空下的京都，天的蓝，配上紫禁城内的金碧辉煌，神话一般的世界！一个高鼻子的洋人，有件小玩意儿，倒出了点，轻轻一吸，打个喷嚏，呼吸畅通，万病皆消。洋人是个戏迷，结交了男扮女装的旦角。他听戏，当票友。英雄失意怜儿女，虞兮一歌泪如雨，花枝莫是美人魂，犹自仙仙学楚舞，乌江之恨己亥年。洋人要离开了，他把小玩意儿留给旦角。

旦角朝夕思之，终于病倒了。请了一轮轮郎中，病无起色。后来，一个到京都访亲友的年轻郎中，三服药就救回了旦角一命。旦角把十八岁的郎中当作了洋人。光阴荏苒，到了民国初年，军阀混战，郎中得回南方，妻、老娘在等他。

无限江山共徘徊，别时容易见时难。李后主的词，在玩意儿内壁。大师马氏题的，那款那印，配上内壁原有的祥云，连绵山水，双人环抱，乃天作地合啊！生就一双让凡人一见愿为之死的眼睛。

老头说，因与郎中离别，烽火连天，书信隔绝，一年不到，旦角失踪。也有人说旦角生命结束于自杀或战乱。

小毛听得稀里糊涂。

"你把偷的烟壶赶快还给我。"老头突然定神看着小毛说，"凡是宝物，得之不义，必有不祥。你小孩子懂什么。"

老头前言不搭后语：那东西是淡蜜色，最漂亮的色泽。内部自然的纹路让你想象无穷。顺着纹画，罕见的人儿，堪称传世之作！底端内凹，随着两个妙不可言的身体起伏摇动。别说由名家数年心血制成、洋人倾囊定购，玉髓宝胎，真正宝石。

这最后一句话，小毛听清楚了。那好看的药瓶就是老头儿说的宝石？骗子罢了。老头穷得屋子里只有这砖头似的发黄的书，他明明是在诈我。小毛想。

"你得给我拿回来！"老头几乎哀求道。

"我没拿。"小毛决定抵赖了。

老头哈哈大笑，有一两分钟止不住。

小毛毛骨悚然。老头拍拍小毛的肩，很关怀的样子，说："回家好好想想，不要紧，想好了，再上我这里来。"

许久不见惠姐来了。从哥哥的神态看不出点滴原因。哥哥不提那晚替小毛报仇的事。哥哥和柳云必是一番恶斗，不用说，比哥哥矮一头的柳云被击败,即使柳云会半撇子拳脚,也不是从小打群架的哥哥的对手。不然,柳云有这么守诺言?甚至,有好长时间,连个影子也不在街上露。

小毛要翻台历,哥哥还有一周就要上船了。"还去工地吗?"他问哥哥。

"不去。"哥哥说,"去钓鱼?"

小毛点点头。"叫惠姐不?"他觉得自己犯傻,这还用问吗?

"不用。她忙。"小毛没料到哥哥这么说。哥哥像不愿提惠姐似的。当然,这不过是小毛一瞬间的感觉。假如有问题,那么就是哥哥和惠姐想结婚,惠姐父母不赞成——老话题了,没有解决方法。小毛为哥哥着急。

拿起鱼竿、饵、装在小塑料口袋里的蛐蟮小虫,哥俩一前一后走着。秋老虎过后,气温低多了。阳光斑驳,插过树枝,照着的地方烫灼,被遮住的地方阴凉。他们没说话,顺石梯往山上爬。后山的堰塘,居高临下,一边钓鱼,一边凭眺山下百船张帆过。和爸爸在一起的日子重现眼底。小毛心一喜,哼起小调,谁也听不清词。他忽然停住:树荫下的斜坡,孤老头盘腿坐着,像无意又像有意在那儿,布衣裤,薄薄的,极合体。头发白尽,梳得纹丝不乱、发亮,如擦了皂荚树油。小毛不由得朝老头走去。

"小毛。"哥哥声音不大,但有劲儿,生气一般。

小毛折回,蔫蔫地走在哥哥的旁边。

"你怎么搭理他?那人可是臭名得很。"哥哥训斥道。

"他会看病。"小毛为自己辩解。

"受管制的,旧社会的残渣余孽。"

小毛将鱼竿竖起,鞭打树,树叶摇晃,一片片掉了下来。

走过山坡，又宽又陡的马路，一条通向烟厂，一条通向织布厂。他们跨过织布厂的那条，进入了田间的小道。哥哥说，那老头故事有一筐。小毛好奇，追问。

什么故事，哥哥也不知道。小时大人讲那些故事丑，小孩子不能听。这个下江人，还没解放，嗯，大约四九年那阵，他老婆受不了他，带孩子离开了。他生了场大病。病好后，说会看病，竟有人信。反正这种人能躲远就躲远点好。哥哥叮嘱小毛，别去惹。

偏要惹，小毛想。孤老头给人看好许多病，半夜敲醒他，他从不拒绝。街上那些长嘴婆娘懒脚汉，图方便，不去医院排队缴药费受气，连声谢字也不必说。小毛咒着人，所有人。他逃开挑粪桶的一队人，鼻子屏住气，不让粪臭钻入。

堰塘由生产队的人管理，新规定：收费，凡钓鱼者一人两角。小毛和哥哥四角。一场《洪湖赤卫队》电影才五分，四角可看八场。母亲舍不得花这钱。电影院的门，小毛是在爸爸在的时候进去过。哥哥付了钱，他俩被放入将堰塘围起来的竹栏内。钓鱼的人不少，堰塘边消愁解闷坐着蹲着清一色男人。黄桷树下，两个捧着小人书的女孩特别显眼。

小毛把一个空塑料袋装满水，放在石头架起的坑里。挨着哥哥坐下。能看见山下船开在江上的地方都被人占了，仿佛爸爸被驱赶得远远的一样。小毛丧气地伸开双脚，吊在塘沿上。

几个钟头过去，下山之时，小毛的手里提着网兜筐住的塑料袋，袋里有三条比手掌稍大的白鲢，在水里摇动身肢，嘴一张一合艰难地呼吸。"准是生产队的家伙把大鱼都转走了。"小毛咕哝，然后响亮地骂了句脏话。

哥哥将两根鱼竿交到小毛手里，"我有点事，你先回去。"哥哥说。

小毛一看，离家不远，快到三岔路口了。

哥哥消失在两道木板墙错成的拐角。小毛高兴起来，钓鱼还是对头，起码钓出哥哥火热的感情来，他去找惠姐了。母亲把三条半大不小的鱼刮了鳞破了膛，放在碗里，撒上盐、姜、蒜，滴了几滴菜油，搁上锅里清蒸。小毛嘴一歪。

"油要票，又贵。"母亲白了小毛一眼。"哟，惠来啦。"母亲声音变亲切了。

"哥哥找你去了，你俩肯定错过！"小毛告诉惠姐。

"他哪会找我？"惠姐肩抽搐，眼泪滚了下来。小毛和母亲都愣住了。母亲拿湿毛巾给惠姐。惠姐止住哭，用毛巾擦脸，说哥哥已有两个多星期不理她，对她冷淡。母亲说不会的，他心里装的都是你。但惠姐的神态不是假的。小毛气愤，在惠姐背后站不是坐也不是，想找句话安慰惠姐，又怕说错，便干脆一步跨出门槛。

小毛无目的地在街上走着。乌黑的墙脚，破旧的房子，站在街上吆喝自家孩子回家吃饭的女人，皱巴巴的无袖汗衫，冒出股油烟、辣椒味，从窄小的窗内传出咳嗽声。他讨厌这些。墙上的布告，被雨水冲刷得只有一角粘着。小毛轻轻一扯，纸就掉在地上。对，去找柳云，看看那个瓶子是不是玉的。到底什么是玉的，小毛心里也没主，他就这么来到中石板坡。

一把锁横在柳云家门前。小毛叫柳云同院的邻居转告，说他来过。

邻居答应着，上下打量小毛，想把小毛盯出个死活来。小毛也依样把这个瘦精精的娘们儿盯了个遍。一只鸭子挺着胸膛，拱她的脚趾。这娘们儿脚踢了过去。鸭子嘎的一声飞出半里远，她瞪眼邪骂了一句。她的语言是小毛听过最无顾忌最有水平的。他被骂服了，掉头离去，脑子里玩耍着那句话。第二天下午，柳云笑嘻嘻走进小毛家。虽然惠姐不在，柳云那张许过愿的字条小毛后来也拾起来收好，但见到柳云，小毛着实紧张。自己笨得很，给这浑蛋找个来他家的借口。

哥哥进屋来，柳云和他江湖式的抱拳，好像在致歉相互问好，不计前嫌。不到两分钟，柳云就跟哥哥称兄道弟。叫小毛好一场虚惊。

出了小毛家，找到个僻静处，小毛说："让我看看那个瓶子。"

"没带在身上。"柳云回答。他眼睛变得很清澈、透亮，仿佛是另外一个人似的。

小毛感到背脊发痒，孤老头像个影子跟着，讨债似的。他说："那东西是我偷的，孤老头要我还，说是烟壶。"小毛不敢说那是宝石做的。

柳云说："你话说完没有？"他急着要走。

"孤老头要我还！"小毛瞧着柳云上下不舒服，他的声音吼了起来。

"你要命？"柳云说，半开玩笑的语调。

有这么严重吗？还回烟壶，就要命？但小毛认为柳云的话有毒，否则他不会那么惊恐惊状的。母亲接了猪毛到家里理，黑归黑，白归白。小毛帮母亲，他的手太快，黑白常混。周围的每个人都变得怪怪的。

哥哥结束工休临上船的前一天，公安人员从柳云家将哥哥和柳云当场捉拿，罪证确凿，铐走。都说是惠姐的父亲去告发的。小毛跟着街坊跑，跑到有马路的地方。警车启动的一瞬，他听到哥哥的声音在喊："小毛，对妈好点啊！"

小毛还没回过神来，大人小孩对着他叫，像是在重复哥哥的话，哈哈大笑。有人说柳云招供承认被引诱。

夜里，正好下起毛毛小雨，每一座房子都静悄悄的。

小毛翻窗去柳云房间。烟壶还在柳云藏东西的砖墙内，这位置只有他知道。他将烟壶揣在怀里。柳云没有什么不好的，起码在小毛心底里，想到柳云，便阵阵的不舒服，他也说不出为了什么原因。走了很远一段路，忍不住掏出，在路灯下看。

"别看！"一个苍老的声音响在身后，并一把抓过瓶子，"已经被引诱，还想被引诱。一步错未了，还想步步错？"孤老头连连长叹。

小毛蹿到老头跟前，抢瓶子。他只看得见白胡子白眉毛。老头的手一松，抛瓶到草丛，人跌倒在地。小毛不管老头，径直奔去草丛拾瓶儿。公审会这天，穿绒线衣还嫌冷。母亲守着小毛，她呆痴痴的。小毛走开一步，她就疯狂地大叫：小毛哟，小毛！布告贴在三岔路口朝东的墙上。说哥哥是主犯，罪大恶极，逼人自杀，民愤难容，依法判处死刑，立即执行。哥哥的名字前写着鸡奸犯，名字上画了大红勾。柳云比哥哥小，又是从犯，送到青海改造。

母亲和小毛手握着铁夹不动。猪毛有股骚臭，还有股腥臭。小毛盯着桌上堆成小山丘的猪毛，觉得其中的一撮，像是哥哥的头发。光脑袋的哥哥样子肯定很陌生，特别是面对层层围观的人。一颗子弹打进哥哥的胸膛，哥哥摇了摇，硬是站住了。第二颗子弹击中哥哥的脑袋，哥哥随即倒在了地上。他的姿势和一同被枪毙的人有点不一样，究竟不一样在哪，小毛弄不清楚。

什么事一经讲述就走形。街坊奇怪小毛没哭。母亲的巴掌举起半空始终落不到小毛窄小的瘦脸上。他不仅仍未哭，反而笑了起来。

时间连沙带水地流逝过去。小毛在街上看见过惠姐一次。这个女人再也不会喝敌敌畏自杀，她嫁了个外省的工人，胖胖的，很陌生，她招呼小毛，小毛就站在原地不动。她的话很多，嘴里喷出股刺鼻的蒜味，见到熟人就把小毛撇下，拉着熟人说了起来，声音老远就能听到。

　　小毛戴上红布袖章,他是学校第一拨闹革命、参加红卫兵组织的。懒得告诉母亲,家也不想回,小毛就伙同一帮同学去乘到北京见伟大领袖的火车。他舍出命来挤啊挤,终于挤了上去。几个同学全被甩到月台上的人海之中。过道,行李架,窗子,椅底,连厕所里全是人。半夜,蜷缩成一团的小毛睡着了。

　　走啊走,他到了孤老头家门,他也是半边风躺在床上。不必去理睬,手里的尖尖帽总得有个人来戴。谁呢?小毛往玻璃窗上扔石头,碎玻璃飞碎,只听得见玻璃声,却没有人出来干涉。他装作不认识惠姐的父母。任人砸这个漏网的反革命分子的家。惠姐的父亲被打得全身是血。小毛始终坐在窗台上,不动手,他指挥。尖尖帽不够的,还要做一顶。就用刷标语的纸?

　　小毛急得团团转,醒了。火车咔嚓咔嚓,像碾在他身体上,梦和现实混淆,像团糨糊。他推开靠着他熟睡的人,伸直酸痛的两条腿。

　　做完这个动作,他摸摸荷包里那块小小的玉,小毛突然全身兴奋,他觉得自己是一个有好运的人——遇上了这么一个轰轰烈烈的革命时代!列车在一颗星也不见的原野上行驶,广袤的黑暗之中,只有车厢里的灯幽幽亮着,勾勒出和小毛一样稚气苍白的脸、草绿的军衣、火红的心、微微摇晃的身体的轮廓来。

辣椒式的口红

很久了,我一直都只能靠酒度过夜晚,酒精有洗去记忆的神妙功能。年纪越大,记忆越少。

这天在街上,准确地说,是一家鞋子店,一双翻羊皮短靴子勾住了我的视线。我走了进去,舒服地坐下来试鞋。我的尺寸不大,也不小,三十七码半,右脚大点儿。相书上说,右脚大,我父亲会先母亲去世。太可笑,怎么会怪到我脚上?从小就听人这么说,每次我只有狠狠瞪人一眼。最后母亲死在父亲前一天。

不过在我面前半跪下的这位小姐,当然不这么说,不会冒犯顾客。她脱掉我的鞋,试新的靴子。她对我很周到,先让我穿着袜子试,又脱去袜子试,说我穿上靴子,真气派。

职业训练不错,但我突然对她的脚感兴趣,比我的稍大一点。"是三十八码?"我问。

"差不多。"她说。可她站起来,比我高些,一米六五,长头发盘在脑顶，盘得不够紧，垂头弄我的鞋，发丝就挂到额前。

"有空吗，我想请你吃个晚饭，"我的声音沙哑，"若你不拒绝，给面子的话？要不……那么，晚上六点半，如何？"

她看看我，每天恐怕有不少顾客向她发出这种邀请，我不是第一个，我在她身上寻找什么呢？她摇了摇头，说很荣幸被邀，但不能接受，店里有规矩。

我不感到意外，虽然我说得突然，连自己也未弄清楚动机。我付的是现金，她高兴地拿着收据回来，应该说，她算不上美人，但她容貌中有某种东西，十分耀眼亮丽。因为她拒绝得婉转，我就另走一步："能告诉我你的名字吗？"

她含着笑，不是我刚进门那种职业性的笑。"叫我小梅吧。"

我回到自己一房一厅的家。对一个无儿无女的人来说，电脑真是个好伴。打开电脑，看看有没有久已忘怀的朋友来信。只有一封：那种连锁信，一人发重复的一百封，再让收信人发一百封，写了必有好运，否则定会遭灾，九族鸡狗，无一幸免。前电子时代的讨嫌事，电子时代就频率更高。

我在一家商店做会计，提前退休后，回故乡定居。南方小城，也发达起来，最先想找个清闲之地养老度残生，此处也不再清静。不过，既回来了，就定下心来，毕竟这儿虽然外貌大变，但我知道来龙去脉。就这不太起眼的地方，也可电脑购物。我从来都愿亲自去商店，不是不放心，而是以前染上的毛病，东挑西选，难满意。面对电脑上密密麻麻的数字图片，我集中不了精神，"小梅"两字总跑到屏幕上。这个名字很普通，只要在街中心喊一声，就会有几十个女孩回答。我对那个鞋店女服务员感兴趣，看来是被一种特殊的东西牵扯住了。

我已到生命的黄昏,遗忘的事太多,小梅,太多的小梅,莫非她终于冒了出来?

那年她才十八岁。一个脸色苍白的女孩,在一堵粉刷剥落的墙前,倚窗眺望灰蒙蒙的天空。她有时呆若木鸡,有时却精怪地看着路过的人。那一副魂不守舍的神情,让人吓一跳。

在这个中专师范学校里,逍遥派很多,女生比男生更多,练毛笔字,抄伟大领袖诗词,绣天安门和五星红旗插满全地球,手风琴脚踏风琴奏革命歌曲。这天全校劳动,到江边挑沙。这条路最近,上一大坡,就是尼姑庙,她习惯在此歇一下脚。突然,她发现她的班长跟在身后。她把箩筐藏在树丛后,拿了扁担,进了破烂的庙堂。

身后一声大吼:"你在这儿干什么坏事?"班长怎会这么迅速到面前。

劳动时,躲进庙里,罪证当然抓准。那是六八年,全国上蹦下跳都是红袖章,每天拉队伍树山头,看谁最革命,看谁最忠心。没参加组织的,也得跟着跑龙套。她的毛笔字得柳体真传,柔美可爱,就给"本派"抄写大字报。同寝室的班长,虽然也算同派,可平日横竖瞧她,都不舒服,现在成了班长的活证。怎么办?她没有动。

班长绕到她身边,像主人抓奴仆,重复了一句:"你在这儿干什么坏事?"

"我在望风景。"她的声音细柔,"红色江山,来,一起看。"

班长怔住了,但马上就回味过来,看着她冷笑。她握着扁担,没再说话。

我觉得无法和电脑交谈下去,虽然上面游戏、杂志、报纸也时有合我趣味的，但我还是关了电脑。我到街上一家餐馆吃了一顿不错的晚饭。历来，我就喜欢热闹的地方，服装店、茶馆、杂货铺都小小巧巧，装饰得漂亮、别致。我从小就有看橱窗的习惯，现在，更是如此，看不到三家店，烦恼顿减，心平气顺。我曾经幻想当个教育家，没料到一生竟如此没出息。

那个鞋店的服务小姐，背了个花布包，在商场外的喷泉石阶上坐着，看来在等人，很焦急。我想过去与她说话，她会不会认为我唐突？这感觉让我踌躇了一下。这时一个男子走向她，突然摘走她手里的包，她站起来，吓呆在那里。

我跨过街，不顾一切地挡住那男子，我的架势使他一愣，包掉在地上。

"你认识他吗，小梅？"我问。

她转过脸来，狠狠地说："不关你的事，老太婆。"

我好像第一次被人叫老太婆，窘得脸都红了，那男人乘机溜走。她一点也不知道我是谁，当然喽，一天瞧一千张脸，哪记得我，不怪她。

"你认识他吗，小梅？"

"你这人怎么烦透了，他明明是抢我。"

"那你在等男朋友？"我问。

她不回答。

我只有知趣地离开。

忽然她在我身后说："我认得出你，休想再来纠缠我。"我回过头，她愤怒得扭歪的脸，甚至都忘了捡包。奇怪，我仍然喜欢她。

六十年代末，红旗下的人，没有谁不热爱党和领袖。班长比她个子高一点，以前不和她同寝室。现在停课闹革命，宿舍自然按"派"分开，逍遥派也只得分。有个年轻老师，以前教体育，也是他们这派逍遥大军的一员。他常被动员，要他参加"文攻武卫"。他拒绝了，却老到女生堆里来，名义上是弄个宣传小分队，他会拉手风琴。

"我来教你们样板舞《红色娘子军》吧，你们年龄大了点，但也不是不行。"体育老师的声音温和，不像在嘲笑她们。他长得高大英俊，头发有点卷，在男人中很出众。自然成了这批逍遥娘子军的"指导员"。

她很兴奋地走在校园里，肯定别的同学都想方设法到他的小分队去。学校后院山坡上有一棵抓痒树，她走在那里，手指尖划着树干想：指导员，他真像那些不准看的小说里的男主人公。树轻轻晃起来，她感到她的心也晃起来，节奏加快。

在这里，能看见将作为练舞室的屋顶，宿舍和教学区间有块三角地，从江边挑来的河沙，铺了厚厚一层，有的堆成小丘，也是做练舞的地方。这棵抓痒树，不久前还有人畏罪吊死过，但这儿清静。

夜里，她梦见班长：模样儿从未那么好看过。她把她从庙里抓走，一到学校就吆喝着喊，看风景！她把唾液吐在她的脸上。她来不及抹，猛地看见指导员站在她们之间。他却对班长说，"你真革命，真英姿飒爽。"他的眼神，生着光芒。她心里一酸，竟哭醒了。班长在靠门的上铺，睡得安稳，轻轻打着鼾，很好听。幸好，这是一个梦，但怎会做这样的梦？她闭上眼睛，继续睡觉：她俩在操场赛跑，班长跑过了她。

第二天她看班长，而班长也在看她。下午在练舞室，娘子军共六名。指导员对她的动作尤其认真。她做弯腰时，他的手一扶，她的脸就发烫。但是班长腰肢好，能够倒立在墙上，像是有意朝他们看似的。

她被这一双倒过来监视的眼睛弄得极不自在。凭什么就得在乎班长的感觉？接连几天，她俩都没有冲突，甚至也没说一句话。

她来来回回走着，又来到抓痒树前，坐在地上。这儿常闹鬼，但是学校里最清静的地方。天很快黑下来，练舞室亮着灯光，吸引她，慢慢往那儿走去。

当然是她！在体操软垫上，有个男人把她的身体非常奇怪地翻来翻去，她的舞蹈好像是连在那个人身上的。那人背对着她。房间里就两个人。她在窗台下踮着脚，第一次看到这种事，心直跳，脸绯红。她应该在这时跑掉，但是她没有。她的脚粘在原地。那人终于转过身，确实是指导员。她心里突然充满了愤怒：这两个不知羞的狗男女！在练舞房里亮着灯做这种事！有意气我?!

这一夜，她怎么也睡不着。

大约凌晨四点，她赤脚在寝室地板上移走，窗外的梧桐树枝繁叶茂。同室的几位女生，一个积极起来，住进造反总部，其余彻底退出，逍遥到家乡去了。房间里六个床位空着。她停在班长铺前，想摸一下她的肩膀，指导员摩来擦去过的身体。她不敢伸出手，春夏之交的月光洒进房间来，班长熟睡的脸，很甜美，翻了个身，模模糊糊说着什么事。枕头下掉出一个东西，滚到地上啪的一声。她用手去摸，没想摸到一件短又硬的东西，拿到月光下仔细一看，竟是一支口红。

天气突然转热了，练舞不久，就是一身汗淋淋。她从练舞室出来时，指导员叫住她，约她去附近的水库游泳。他的样子很真诚地望着她，她点点头。"傍晚，在水库见。"

她低头走，突然很想哭，好像有许多话堵在胸口，却忍住了。正在这时，班长从她身边匆匆走过，她脚步加快，想问班长："指导员约了你吗？"不，不该问，也不必猜，各人有各人的命。

她换好游泳衣，外套了条布裙，还有白短衫。已经走出寝室，她又倒了回去。她从班长枕下找到那支口红，涂在右手指上，抹嘴唇，又找张纸抿了抿。慌张，心虚，背着人做坏事，但有一种从未经历过的新鲜滋味，走向水库弯曲的半个小时山路。若是班长也去水库，是好或是不好？她俩都喜欢游泳，且速度不分上下，这竞争才公平，但指导员会选谁？

他已经在水库里，看见她出现，姿态洒脱地游到岸边。"你真美，"他说，"嘴唇真红，像辣椒般诱人。"

虽然她明白她模样周正，身材不错，但长这么大，哪听过男人如此赞美，何况是指导员。她羞涩极了，虽然水库没有旁人，她也恨不能马上跳进水里，躲进水里，逃进水里。但她刚脱掉外衣，就被他挡住。她吓了一大跳，但他并没有碰她，只是让她站在水库的石坡坎上，展览她半裸的身材，晚霞里最难见到的光和色彩，都为她出现了。

指导员凝视她的眼神，让她着慌。幸好，班长没来。水库堤坝上用红色石头铺嵌的领袖语录："与天斗其乐无穷，与地斗其乐无穷，与人斗其乐无穷。"想到班长，想到那晚上班长和指导员在练舞室，她害怕得双腿打抖。

我无法入睡，这个夜晚天上冒出束束礼花，庆祝新落成的高级军人俱乐部。决定不沾酒，好几次我的手揭开盖子，又盖上。大街上没有从前那种例行的游行，真有些不习惯。电脑里有个笔友告诉我，她终于找到十多年前安的节育环，上了三次医院，做了两次手术，才从肉里活生生挖了出来。年龄早已不用节育，那环却不肯离开。

生活一向如此。我没有见过这个笔友。可能反正不认识，倒可诉诉生活的怨苦。有些人可能一生也见不着，有些人总在眼前，而见不着的人，你更关心，更喜欢。但是那个鞋店小姐呢？我可能在见到她之前，就喜欢她了？

我找出相册，这一薄本幸存下来，其他的，不是毁于自己，就是毁于他人。有十年时间，人们全在做这事，领袖夫人带头，把她三十年代上海滩的明星照大动干戈抄家找出来，与知情人一道销毁。照片竟能如此害人。可是现在，一个普通的垃圾站里，也能从旧报纸上，看到领袖夫人昔日的风采。谈不上倾城倾国，但机灵可爱，和别的延安女人不一个味。鞋店里那个小梅，生得有点像年轻时的领袖夫人。

我的照片，和我这样经历的人一个模式，留不留意义一样。好在我年轻时候与现在没有太大的差别，皱纹多些，衣服颜色也多些。不少小报，都说那位领袖夫人在狱中写自传。多少人在写她的传记，她犯不着写。不过我还是在等，或许她的自传能让我嗅出丝丝缕缕的迹象。可是有一天，小报说她自己吊死在囚室。一个正在写自传的人不会自杀，我白等一场。

延安，如同电子信箱，也是个沾上就脱不了身的东西。

宿舍楼三层，她的房间在二层。那天她游泳回来，一身湿淋淋，刚迈入一层暗黑的过道口，就被人狠狠地拖到外边，是班长。她竭力想挣脱，但挣脱不掉，她俩身体拉扯在一块，一路跌跌撞撞，最后摔倒在抓痒树的坡下。她站起来，发黄的路灯下，她们的身影纠缠在地上。

"我都看见了，"班长气恨交加，劈头给她一掌，"你这个妖精，你存心勾引指导员，你还偷偷涂了我的口红。涂了好看啊，去抢男人啊。"

她被打蒙、骂傻了，蜷缩身子，双手护着自己的头。等回过神来，她意识到班长一定在跟踪她。于是抬起头，脱口而出："要吃醋，先问问自己有没有份儿！"

"他约了我。"班长愤怒得脸红红的，"结果你赶在我前面，你不要脸。"

"他也约了你？"先前有过的担心被证实了，这次让班长做了看客。那你也看到了我的身体，她心里有股满足感。但她还是叫嚷着："别自作多情，酸不酸？"

假若不是有人经过，两人还会边骂边厮打，像受伤的兽决斗到底。她突然哑了，看着对方。那人却脸扭向一边，加快步伐，生怕惹事。

两人从地上爬起来，头发散乱，尤其是她，未全干的衣服沾满泥土。不远处练舞室亮着灯光。她们鬼差神使地走到练舞室，空无一人，忘了关灯和关门。雪亮的日光灯，把浑身上下的羞辱照得一清二楚。她好像看见指导员，也许又约了另一个女同学，就像那晚，班长的身体在他怀里。她的脸一会儿红一会儿紫。她闭上眼睛：班长和他在垫子上，班长的身体在黑夜里太好看，好看的东西对她充满了力量，她的呼吸急促，往墙边退，她拉住电灯绳，浑身是恐慌和怒火。班长的眼里却是镇静，镇静得不正常，她的手紧握自己的手，眼睛发亮。拉灭灯的练舞室，好久没有声音。

几天后，她路过操场沙地，练舞的娘子军陆续散了，墙上脚印无数，指导员从练舞室出来。他汗湿的身体真的有魅力，他的声音却显得遥远。"是不是忘了昨天我的话？昨天我在水库等你好久。"他拉着她的手说。

她却朗声笑起来："你另约了什么人来看戏？你这个性错乱，展览狂！"

雨点落下，豌豆大，没一会儿就密集起来。这给她一个理由，她抽出手，往宿舍楼跑，回过头来，朝指导员喊："好吧，明天傍晚，水库不见不散。"

她回寝室，坐在床上，眼泪吧嗒吧嗒往下掉。指导员是一个黄鼠狼，但她就是为那个黄鼠狼而哭。

"怎么啦？"班长的手放在她的肩上。房间里就她俩，她哭得更厉害，班长抱住她，哄孩子似的说："别哭。"

"班长。"她呜咽，她喜欢在她怀里，喜欢她用手帕擦去她的眼泪。

"别叫我班长了，哪一辈子的事。叫我小梅，我家里人都这么叫。"

但她不习惯叫"小梅"。她比班长年龄大几个月，但班长各方面都比她成熟得多，连脚也比她大半码。她说，她下不了决心，给指导员一点颜色看，按她俩早设想好的计谋。

"现在看来非做不可了，他刚才也约我了，他是个流氓，拿我们当玩物呢！"班长说。

第二天夜里，指导员被对方组织抓走。认为他是此方武卫队员，知道"幕后黑手"原校党委书记藏在哪里。娘子军舞蹈班的人来告诉她们，说是他去游泳，很迟才归，换了身干净衣服，当时正在刷牙。她们相视看一眼，脸上没有任何表情。

接下来的事，她们未料到：指导员就是不肯说出原校党委书记藏身何处，遭到毒打，熬不过毒刑就开始胡说。一说就人马出动偷袭，却次次扑空。看到上刑也没用，对方组织向他摊了底：他的两个女学生，忠于伟大领袖，看不过他的奸恶前来告发的。这使他精神全崩溃了。对方还不放过他，里面五大三粗的工人阶级看他细皮嫩肉，相貌姣好，把他关在暗室里，轮番鸡奸他。

"做过了头，但莫后悔。"班长说着，靠近她，眼睛蒙有雾气似的湿。"我们并不是喜欢他，我们只是通过他，知道了我们自己的心。"

窗外的梧桐树叶绿得油亮。她的短发长了，可用橡皮筋扎辫子，她们形影不离，最爱去有抓痒树的山坡，话越来越多：谈每夜做的梦，谈各自家里人，那支口红是班长母亲的，"文革"初她母亲把家里有可能惹祸的东西全处理掉，但班长趁母亲不注意，留下了口红。

她们把对方的名字刻在抓痒树干上，绕着学校跑，半夜翻窗爬进练舞室。谁也不提指导员，好像她们的生活里压根儿就没这个人，他从她们的生活中彻底消失了，她们就是不要指导员的娘子军。那个冷清的上午，太阳却比以往任何一天都升得高。因为天热，寝室窗大敞，她俩在玩扑克算命。现在口红已用到了底端，最后一点，她替班长抹上。

班长对镜瞧着说："红得鲜艳，不像樱桃，而像辣椒。"

这话，怎么耳熟？她想起来，指导员曾说过，一个不祥的感觉闪过她心头。这时她听见楼下有男人声音，在叫她的名字。

她本是坐在床上，急忙站起，站在窗外梧桐树下的男人：脸色憔悴，身上穿了件松松垮垮的旧军衣，还戴了顶不知哪儿弄来的军帽，样子很狼狈。她不认识这个男人，但班长探头一看，惊叫了一声："是他！他怎么会出来的？"

指导员在梧桐树下向她们招手，让她俩下去。

她们一直没有想过这个男人出来以后怎么办。或许她们一直认为他会死在暗牢里。不是心肠坏，这个兵荒马乱的年头，冤死鬼多的是。对方组织的头儿答应过她们，绝对不把她们检举一事说出去。还是班长首先恢复镇静。她说："这个流氓王八蛋又来缠，我去，看他怎么招来着？"

没等她说话，班长就出了门，下楼跑得那么快，她怕班长吃亏，急忙追上去。

走出楼门,她看到班长站在指导员面前。奇怪,梧桐树下两人紧抱在一起,她几乎不敢相信自己的眼睛。只听到两人都叫她的名字。两人的姿势很奇怪,指导员微笑着向她招手,班长被他紧搂着,背对着她,在使劲地蹬着脚。在她靠近他们一刹那,她被班长用挣脱出来的手狠命推开。她毫无准备,踉跄几步摔倒在地上,就在这一刹那,一声轰隆响起。

她睁开眼睛,发现她的脸淌着血,朝四周一看:硝烟升起的地上,全是身体的碎片和鲜血。"来呀,来看最后一场。"指导员最后的吼叫,她仿佛是听见的。

她当时不知脸上的血中有自己伤口的血,只知道吓昏过去了。听见爆炸赶来的人把她送进医院。后来她听说了,这个男人逃出囚室,偷了一枚烈性手榴弹,连梧桐树也炸掉一半。场面太血腥,没人敢靠近。

她受的只是皮外伤。

第二天,她忍着伤痛,让人送她到寝室楼前,她将小梅和指导员的身体碎片一一区分出来,装到两个袋里。她坚持要这么做,只有她熟悉两人身体的各部分,也只有她不害怕收拾这些碎片,因为她本来应当归在这一堆里。收拾完,她又晕倒,被送进医院。小梅的碎片被造反组织抬走,埋进红卫兵烈士墓,指导员的尸体无人处理,最后反而是对方组织送去火葬场。

我这一夜思绪混乱。我带着胆怯想,指导员,你真是有一股愤狠劲,但你的愤狠劲只有一次,还不如梧桐树,又长得茂茂盛盛,哪怕在那个绝望的时代。班长,假若你活下来,你会怎么看过去?

我检查冰箱,一箱各式不同的葡萄酒已近尾声,当然,我的经济情况极差，比起许多下岗工人，日子还算过得去，有两家私人公司来找我，做些偷税漏税的假账，给些小钱。我手里的这瓶酒，对我来说，太甜。含酒精15%，合资产的西班牙产的葡萄酒，也并不比法国的差。我在本子上记下商标名字等细节，如此并不是夸耀我是个品酒行家，而是借酒打发时间，夜太长。

没人知道我下落，有人说我下乡当知青时，在农村嫁了当地农民；以后，有人说我在海南炒房地产，成大腕了，也有人看见我在悉尼的中国城餐馆洗盘子。流言似水。我改换姓名，在一个小地方度着岁月，偶尔会想起收拾班长的头颅时，那嘴唇上的口红，依然如我抹上时那么美。在那个学校，至今还有人说我，真是奇事，想必人们在我们三人头上安了各种各样的故事。我是唯一活着的人，我的故事应当最精彩。

到这个小地方来养老，就想忘记这一切。如果不是那天遇到那个鞋店小姐，那么，我恐怕不会再记起我生命里曾经有另一个小梅。一生的日子睡一觉似的就过完了，而此刻，我才觉得有点痛，彻骨之痛。看到这个小梅，我才明白我躲不开自己。

酒瓶见底，今夜，怎么也难醉。泪顺着脸淌下来，有一张最大的黑白照片，在几乎空白的相册里，六十年代末一个一刹那的缩影，那两个女学生穿着绿军衣并排坐着，有点忧郁，甚至带着恐惧，她们的脸这时突然清晰起来，你是个幸存者，因为班长。这个夜晚我才意识，我应该珍惜余生，不必记恨世界。心情宁静，比金子贵重。

第二天，我记得昨夜的梦：我和班长手牵手地来到一张洁白的垫子上，一起翻了斤斗，腾在半空非常长一段时间。

过了一个星期，我的鞋子在雨水里一走，掉了鞋底。鞋是一个人的根基，岂有不追究之理？我到了那家店，接待我的那个女孩扫了一眼鞋子，说，不属于质量问题。她上下打量我：这是你自己走路扭歪的，不能换。我恼恨地说，我要找售给我鞋的店员，叫小梅，小梅说包换的。她说，她就是。

你不是。

为什么？

因为你不是。

红蜻蜓

她的注意力集中在手中的衣服上，洗衣粉倒多了，泡沫滑溜溜地在手指间钻来钻去。街对面是建筑工地，轰隆隆的机器声像一只大苍蝇往她的耳朵里蹿，使她坐立不安。她抬头望窗外，只看见湿漉漉灰蒙蒙的一片，像她自己的头脑，混混沌沌理不出头绪。

捂住肚子，方才肚子绞痛已减轻，感觉好受多了，她继续走路。木门边上贴的对联早褪了色，残片在风中飘荡。绕过井，这条街尽处，闪过一个瘦小的影子。她看不清楚，但那人的咳嗽声引起了她的注意，她拉了拉衣服，直起身子，脚下迈着细碎的步子，对直朝街头走去。

两棵石榴树，肩搭肩，头靠头，正是开得热火时，在昏暗的路灯下依然艳丽夺目。石榴树的上面衬着漆黑的天。叶片重合叶片，秋意挤满一树，比赛似的往人的头上砸。石榴爆裂，籽嫩肉甜，淡红淡白晶莹透骨，轻轻地捏在手心，一粒一粒地抛洒开来，那滋味使她的脸晕红起来。

电话铃惊醒了她。她懵懵懂懂地伸手去接,但没有声,她"喂喂喂"问了几句,没人答话。她放下电话,手按住话筒,没法猜懂谁会在清晨六点钟给她来电话。父母死后,她就从厂里搬回家。她常常去医院看病,大病没有,小病不断,弄到病假条,她就待在家里。镜子上已经蒙了一层灰,里面人影朦朦胧胧。一只红蜻蜓,准确地说是一只红色蜻蜓标本压在镜子下面的玻璃板下,她怀疑自己夜里听见电话里的嗡嗡声是从这两片翅膀上发出来的。这只红蜻蜓飞行的姿势,倒是一种真正简单的度过时间的方式。十年前她和父母闹翻,一个人搬到厂里去住。当时她拒绝了父母为她操心选择的所有异性朋友。父母动怒了,如果他们知道她实际上讨厌任何男人,不知道会怎么悲伤。父母生病后,单位为照顾他们,给他们家安了分机电话。她通过这根电话线表示自己的孝心。现在,她只能向父母的遗像行注目礼。她摸了摸压着红蜻蜓的玻璃。那块玻璃变得清晰了些,可以分辨出蜻蜓的红色,淡红的头,深红的背,如丝如缕透明的翅膀。那根根纹路在她的眼里渐渐放大,编织一线线冷冷的光泽。

四周漆黑,夜投下一层薄纱,罩在她身上,描出她身体的每一个凹凸部位。睡前翻看的小说早就落在地板上。她张开眼睛,双手松弛向前伸着,熟稔极了地穿过街,转过街角。石榴树正被风扇动起千姿百态的小手,频频摇摆。石榴树白天的印象是虚设的。她在井台边停住,那儿有一双手会抓住她的手,那手湿湿的,似乎沾满露珠。她想甩开那双手,但她会顺从地跟着那双手走。不,是她把那只手一直拉着,轻快地转过街尾生满青苔乱石砌成的墙角。阴沉的空气中升起一股分辨不出的味道,她的手牵住那个人,回到未闩上门的房间里。腰间的布带被那只手解开,她企图往后倒,却反而瘫倒在那人怀里。一串串小红点在她身体四周游荡,像红蜻蜓的飞舞,令她心醉。她大睁开眼睛,安静地躺在地板上,任凭那只手在她身上游动。她的身上沾了几片石榴花瓣,毫不在意地从她的身上落到地板上,有一朵火般绚丽的花瓣,在穿过门槛的微风中还打了一个旋。

她醒来时身上一阵痛。她睁开眼睛,撑起身子,镜子面上蒙着灰,在嘲弄她的神经?难道这个披头散发、衣冠不整的女人就是她?她贴近镜子,用手抹去镜面上的灰尘,那绝不是"青春早逝"四个字能解释的。一道抓痕深深地印在左边脸颊靠下巴处。她仰起头,将视线跨过镜子,看到白晃晃一片的天花板。一分钟之后,她弯身检查自己脱去衣服的身体,大腿上的抓痕,五指齐全,指印纤细,并不粗壮,而且不长,有的地方已带青,转为瘀血。她退后两步,又发现大腿根黏糊糊的,不知道是什么脏东西,手一摸,已经干成鳞状碎片。她眼泪滚动在眼眶里。

她用湿毛巾不停擦洗身体,这已经是第几次了?但她打消上医院的念头。她知道那长舌女医生会如何在厂里说东道西。她生了十年病,病换了好多种,又新添一种?这次好像和以往的病都不同。她想了想,把面盆里的水倒掉,把毛巾挂好,然后慢慢走到平柜前,拉出最下面的抽屉,蹲在地上,找药。

涂上碘酒之后,她平静多了。对着自己在镜子里的脸,她努力搜索蛛丝马迹。可是,她想不起来怎会如此?墙上是父亲和母亲的结婚照片,她第一次觉得父母亲在嘲弄她,嘲弄她生理不全。眼泪这时才大颗大颗掉了下来。

这指印，带紫的青块，对她来讲，不过是进一步证明了一个事实。她不信地板上那些土屑、污痕是真的，她同样不信，那井边的两棵石榴树是假的？她做饭，但吃不下，当她站起身，将一碗面条倒回锅里时，看见邻居家的男人嘴里啃着一根甘蔗走在街上，朝自己这个方向而来，他一边啃，一边吐出吮掉汁的甘蔗渣，大大咧咧，悠然自得，似乎这只是最平常的岁月中一个最平常的日子。她想，真奇怪这世界上男人都粗俗不堪。她甚至想象已闻到那男人身上的汗酸臭，她竭力忍住这令她恶心的想象。而隔壁的女人拿出扫把簸箕，把男人乱吐的甘蔗渣子仔细扫在一块。女人说："馋鬼，你不能吐在一个地方吗？"男的没有回答，继续在嚼甘蔗，他的颚部有力地运动着，露出条条青筋。

"吱嘎"一声，隔壁的门被打开，紧跟着，又响起门被重重关上的声音。

她松了一口气。

但她总觉得似乎有双眼睛从时间的最幽暗处盯着她，这怪念头使她脊背冰凉。突然，她又听见自己的床，也就是父母的床上，有人在低低说话。她惊恐地转过脸去。

那说话声停止了。

她转回身，倒了杯开水，取了一片安眠药，和着水吞了下去，她几乎是鼓足勇气，朝床上走去，她躺了下去，拉上被子，慢慢地，那抓痕的疼痛和莫名的胆战心惊被倦意代替，她合上了布满血丝的眼睛。

那只手在身上滑动的时候，她没有抵抗，她有意无意地将那只手按停在那地方，而且用劲往里推，她感到那只手在哆嗦，在往后缩。皮肤带几分凉气，她想说，蜻蜓，粉红的蜻蜓，你怎么从玻璃下飞出来了呢?她想忍住泪水往下掉,但泪水一滴一滴顺着她的脸流了下去,那么洁净,而又那么轻快。

养好了腿上的伤,她庆幸没有留下一点疤痕。但这天洗澡时,大腿上又赫然刻着五个指爪印。她惊呆了。这指爪印有点熟悉。实际上几乎与上次完全一样,女浴室里热气腾腾,每格里都有人占着。她匆匆擦干身体,套上衣服,拿着毛巾肥皂洗发液、换下的脏衣服,出了空气闷热、呼吸不畅的浴室,就往家里赶。

身后好像传来脚步声,她不敢回头,只是加快了脚步,那人也加快了脚步。气喘吁吁之中,石榴花火红的颜色正在变浅,她猛地抱住石榴树,将整个身子倚在上面,缓缓转过身来。

没有,整条巷子一个人也没有,只有阳光把每个角落照得像死人一样白。

又从梦中惊醒过来,她再也无法睡着。远处建筑工地上,灯光雪亮,但她赶紧把窗帘拉了拉,把外面的光线堵死。

她穿着睡衣睡裤,开始移动房间里的家具。把床掉过头来,放在吃饭的木桌处,那儿在门后面,让桌子正对着门。她把四个椅子一一拉到桌子下。

"咚,咚!"响起敲门声。她屏住气息,听清楚了,确实有人在敲门。她看了看枕边的手表,凌晨二点五分。或许是自己搬动家具,声音太响,把邻居吵得恼火了。她抓起掉在地上的睡衣裤,系上带子,打了个冷战。可是敲门声就几下就停住了,此后就一直无声无息,仿佛从来没有人想进这屋子。

她呆坐在那里,眼睛正好和父母的结婚像打了个照面。她走了过去，摘下镜框，拿在手里端详。父亲，那件毛衣其实是红色，可照片上是黑色，一种不祥的征兆，父亲虽然说不上英俊，高大，但一说话自有一股不可抗拒的吸引力，他抽烟的姿势，那手指微微向上跷起，轻轻一弹，烟灰就落进了烟灰缸里。她掠过母亲不看，专心想父亲抽烟的那副较之别的男人少有的雅致和洒脱。她那时是七岁或是八岁？哪天她发现父亲的烟灰缸里抽剩下来的烟嘴上有口红印的？每个烟嘴上都有。那口红颜色极深，但色泽鲜亮，像刚上市的樱桃。她打开抽屉，只有一盒烟。她小心地撕开封条，拆开，里面的烟干干净净，没有口红印。

母亲对着镜子梳头。

她正拿着书包准备出门，但她停住了，母亲正在涂唇膏，那是父亲跑码头去上海带回来的化妆盒，母亲对着镜子抿了一下嘴唇，然后将一支烟含在嘴里，吧了一下。她不知父亲是否知道母亲干的事，也不懂母亲为什么要这么做。但现在她明白，她从小对这口红印，藏有深深的不满，似乎那是一种欺骗。

她反扣父母结婚照的镜框，把它塞进最低一格抽屉，将它和那些乱七八糟的药瓶塞在一起。她发现自己嘴唇一动，手不自觉地慢慢抬起，做了一个吸烟的动作，绝对逼真，一个好演员。

那井边有些烂菜头。井桶里盛满清凉沁骨的水，亮晶晶地反射着淡蓝的光。她坐在井沿上，看看自己的脸在井水里轻轻晃动。天蓝得出奇，蓝得发紫发黑，倒映在水面上。她只看到一个脸形，看不清自己的眼睛、鼻子、嘴、头发。但这张脸可爱而动人。她站起来，长长的棉布睡袍垂在地上。井边的一摊积水打湿了她的拖鞋，她脱下鞋，拿在手里，赤脚朝墙转角处走过去。她瞪大眼睛，眼睫毛一眨不眨，注视着前方，而双手微微向外伸着，似乎是在搜索着什么似的走动，步子不快也不慢，显得轻飘飘的。

她似乎闻到那股熟悉的气味，断断续续，夹在风中，阵阵涌来。她被那股气味吸引着绕过一棵石榴树，又一棵石榴树。什么也没找到，她回到井边。不对，她应当被那只手带着走，水波轻轻泛起波纹，仿佛正在朝她侵袭过来，她感觉自己在抚摸那只手，她的身体应当悬起，在空中飞一般，随那只手牵纸鸢似的带着她，空荡荡的街口，下起零零散散的雨点，是石榴花瓣，上上下下把她身体抹了个干净，只有那只手会是特殊的，实在，而有力。她并不想看清这只手的主人，她只渴望这只手一次比一次更凶猛地占有她。

说话声间断响起，好像又在床底。对，这次肯定来自床底。她不由自主掀开床单，趴在地上，用手电筒对床底进行扫射，那儿除了几双旧鞋，就是一层层结成网状的灰尘。她熄灭了手电，退回床上，装睡着，甚至连大气也不敢呼出，她实在想听清楚那里的人在说什么。可只有静寂的夜在她掩住身体的被子外慢慢滑过，当她要渐渐入睡时，那说话声便响起。于是她又惊醒。这不可思议的声音使她特别怕睡着了。已经一天一夜未合上眼睛。她感觉到一种不是一般的惊诧，绝不是自己脑子出了毛病，她调换了房子里床、桌子、椅子、平柜等家具的摆法并没有用，床底仍发出说话声。恼火？不！她觉得她可以入睡了，这顽固的声音可能会引导自己走向她想见的一切。

是的，她又醒来了。天早就亮了，很久未出现的太阳照在屋檐上，投下影子。她翻了个身，平躺着，捋了捋脸上的头发，口干舌燥。她用口水润湿舌头和嘴唇。掀掉身上的薄被，发现自己又是一丝不挂。

她一惊，坐起来。果然发现大腿上有指印，膝盖旁侧有青块，而腿根的黏液，有些腥味，烫得她缩回手，蜷起身子。她弯起腿，用手抱住膝盖，将下巴搁在手上，眼睛盯着面前被子上的花纹一动不动。

她有些明白了，不管她准备做梦还是不准备做梦，不管她愿意还是不愿意，该发生的必然会发生。这声音，这手，一有机会就会凌辱她，追寻她，牵引她，满足她，使她不再是她自己。

穿上衣服，梳洗完毕，她站在桌前，细心地用切菜刀将一个圆圆的西瓜划成四瓣，这时，电话铃响了。她没有理睬。

瓤红籽黑，汁液顺着刀口流下，十分诱人，她看着看着，不知道从瓜的哪一头下嘴，最后，她选了中间部位，咬了一口，味不甜，但也不酸，正好。她把籽吐到手里。

电话铃又响了。电话插头拔掉已经有好几个月了。昨天才接上。车间主任说她三天两头病假，只能给她发病劳保工资。论理没用，车间主任不会在乎她怎么想怎么活，只会反复告诉她，累计半年病假，就算长期病号处理，没法改变。她来到床头，接电话，可电话里没有声音。

她马上搁了电话。

五分钟不到，电话又响起来，她将剩下的一瓣西瓜扔回菜篮子里，准备去做午饭，但电话铃声持续着，刺耳地叫着。她捏了捏自己的手指，揉了揉指关节，仿佛这样，她绷紧的神经松弛了些，她拿起了话筒，她听到电话里一声叹气，轻轻地，清晰地，似乎就是在为她叹息，她的大腿根一阵发热，一团火往外蹿起。她再也控制不住自己，将电话"吧嗒"一下扔出老远，她飞快地操起剪刀，把电话线剪断。

她看见自己拖着一条细长的影子，月光皎洁，圆圆的挂在窗边，抛给她温柔如水的光泽，她移动，她的影子也跟着移动。

对着镜子，她扔掉内衣裤，试穿一件竖条白黑相间的旗袍。旗袍样式很旧，宽宽大大地罩在她身上，袖子长及她手背。她瞧了瞧镜子，灰蒙蒙的，看不清楚。褪下这件母亲的衣服，她把它扔在地上。然后又捡了一件春秋衫，黑色灯芯绒布料。这件衣服穿在身上，她感觉舒服，合身，柔软，手摸在上面，顺顺的。

她走出门去，门开着，一切都自然而然，顺理成章。月光下的巷子堆满杂物。没有月光，她也碰不倒任何东西，她灵敏得像一只猫，绕着障碍物走出去。走到井台边，转过井台，朝最东边的墙角走去，在那两棵石榴树下，会有一双美妙的手等着她，并把她带回，然后把一切推向一个习惯的不可逆转的程序。

回到房间里，那双手温柔地伸入她的头发，抚摸着她，一边叹气，一边解开她的衣扣，褪下她的衣服。然后就应该把她放倒在床上。

"老天！"她听见一个暴戾的声音尖叫起来，"你这死鬼！原来你天天值夜班就做这种丑事！"

这声音极熟，把她突然叫醒了，一霎间，脑子痛得像要开裂。她揉了揉眼睛，发现自己赤身裸体地站在屋子中央，站在如水的月光里，站在一个男人和一个女人之间。那女人正气势汹汹地冲过来，满嘴脏字乱骂着。而那男人在她身后断断续续地回嘴：

"她有精神病，我得救护她……来，帮个忙，把她放在床上……"

"什么精神病！骚病！勾引男人的臭婊子。"

那两个人的手同时放到她的裸身上，手全是湿漉漉汗津津的，她尖声大叫起来：

"呀——"

她不明白自己怎么落到这种境地，但她知道她一生最痛苦的时刻已经来到，这场羞辱命中注定，同样，也命中注定了她预想过许多次的结果，她朝后退，双手抱胸，脸痛楚地抽搐。

那女人向她扑了过来。

她停住了，正好站在案板旁边，她用手去扶案桌，却摸到了桌上的菜刀，她不可阻止自己把刀拿起来，朝扑上来的女人头颈横砍过去，准确，而且有力。

我们时代的献身者

　　这个塔楼，有点像二十世纪八十年代在香港维多利亚湾建成的中国银行大楼，把空间斩钉截铁打几个折，一只纯钢的青鹤，亭亭玉立。不同的是，这塔楼建在岛的正中央，四周是嶙峋的火山岩，冷凝的花岗岩浆，像地狱一样从来未曾风化。围着这岛的，却是蓝如丝绸的海水，一直铺展到地平线弯曲成圆弧的尽头。

　　T-84特种机安稳地停在尖耸的塔顶平台，仿佛一只鹰落到树梢，也像鹰一样收起翅膀。用声速的三倍飞行，非常劳累。这个时代少数的忙人，只能用这种方式旅行，从北京飞到大西洋只用两个小时。忙人不得不体魄健壮，才能承受世界降在他们肩上的大任。这世界大部分人，百分之九十七的人口已经被联合国宣布为"闲人"，不用工作，也不准再工作，随他们意愿逛悠，每月发津贴比原来壮劳力工资多一倍。执行这条联合国决议坚决的国家，国民生产总值马上以每年百分之二十递增，使原先犹犹豫豫的国家也赶快动这社会大手术。的确，经济社会学家早就指出了技术先进只需要百分之三的人干活,否则互相拖累。告诉"闲人"们,他们解放了,有福了,愿干什么就干什么去,条件是不能污染环境。这是一个充分发挥人的潜力的美好世界。

折翼机合拢了翅膀,引擎声渐渐降低,现在变得像个男低音歌手在化妆室里试嗓子。从塔顶升起的接口直接伸进机身,赶来参加这次会议的东亚代表,一个个紧一下领带,掸掸整洁的服装,走进接口,空姐托着盘递给每人一支长城牌克毒口香糖,这是航空公司为到下降岛的旅客特制的纪念品。

"小姐,谢谢。"正提起黑皮包高个的北京男子微笑着说。"不过拉慕尔病毒不是通过空气传染的。"

空姐打着日本式的躬,英语也说得如他一样BBC:"先生说的当然对,这只是敝公司的一份敬意。"

他将口香糖接了过来,想起这位此刻动作如木偶的空姐,一路上与他打趣时的活泼劲儿,自嘲似的摇了摇头:看来恐惧传染比病毒更快。

接口电梯以每秒百米的速度下降,电梯门一打开,他们就看见一位身材笔直的高级军官恭候在门口欢迎。

早从电话上彼此认识,此人是紧急部队第三号人物蒙贝尔少将。

"熊一如博士,"他敬了个礼,"我奉命带你们参观联防基地,并讲解有关情况,会议将于两小时后举行。"

他握了握少将的手,"谢了,谢了!"他说,"基地情况我在线已经做过三维实景观察。"心里嘀咕,这是什么时代了,还需要实地视察!这些军官永远无法忘记二十世纪末在军校学到的规范。"不知罗琳博士是否有空?"

蒙贝尔少将说:"罗琳·古斯塔夫森博士在准备两个小时后开始的会议材料。"

"你能否问问她,"他尽可能谦逊地说,"能不能我们一起准备材料?"

军官立正,打开对讲机。说了两句就递给他。罗琳像经常在屏幕上一样微笑。

"一如,"她说,"有失远迎——汉语是这么说吗?我的汉语越来越糟了。"

"罗琳,我们最好立即谈谈。"他说。

"噢,这么想念我?"罗琳说。

他用余光溜了一下少将,少将识相地往远里站。他说:"就是。但我还有更重要的话说。"

"总不至于向我求婚吧?"罗琳逗趣他。她是他们这一行有名的红魔美女,但也是身体力行的女权者——实际上所有的男女忙人,全拿婚姻当笑料,留给闲人结结离离。"四点钟开始的会,将审议你提交的全部报告,决定是否开始启用中国发展出来的SS22抗体,这是全世界等待了多年的消息。"她缓了口气,说,"你恐怕准备好了,而我还没有。我一向没有你的沉着劲儿,这你知道。"

"恐怕我要马上告诉你的,比文件准备更重要。"他有点急了,声音突然提高。

罗琳惊奇了。因为这个男人从不急,总是不慌不忙,而且对她从来温顺,温顺中带着一份礼貌。"那就请你马上来。"

听见她同意了,他把话机递给少将,站立两三步远看着紧闭的电梯。少将一连串的是是是,然后恭敬地对他说:"熊博士,请,我带路。"

他们穿过一条塔内的内部备用电梯，透过玻璃的墙，看得见这个塔像福柯近一个世纪前描写的"中央监视"塔，俯视着整个大环岛。下降岛被用来作为昔日麻风病院式的病毒隔离区，是联合国大会变成超级权力机构后的第一项命令。二十世纪末的"多政府主义"，对艾滋病毒过分手软造成病毒蔓延，三十年无法控制，反而多次地方性变异造成药物失效。好不容易过了十年的后艾滋时代，享乐成性的人类，又弄出了这个拉慕尔病毒，对这次性传染病流行，国际强权政府来了个强硬手段：全世界的病人都送到这个位于大西洋中央的岛上统一隔离。

岛上以前的房子，映入他的视野，大都像美国汽车旅馆式的模样，海滨一带特别多，很整齐，倒也不能说比旅游地更为拥挤。五百米高的中心塔，是唯一的高层建筑，四周是明确无误的隔离区：封锁壕、电网、监视哨，所有的房子轮辐状一排排对着中心塔，可以一览无余。而整个岛中间用电网高墙隔断，一边是男区，一边是女区。

他想，这倒与电脑三维观察感觉不同，怎么那些鼓吹解放哲学的后结构主义者没有想到，他们为这个世界返回结构和秩序，提供了反论证？

电梯停在一个装饰优雅的门厅，无土特殊培育的植物鲜花悠然地生长着，清香如野外草地。蒙贝尔少将把眼睛靠近门上一个孔，让安检系统检查视网膜，仅两秒钟就让开，让熊一如上前去受检查：必须查两个人的视膜图，门才能自动打开。少将敬了个礼，原地不动等门开。

他一人跨过厚重的钢门，如同什么保安机构的总部，他明白这是必要的。这里的机密如果被偷被抢或被破坏，后果比任何地方受袭击更为严重。

罗琳从办公桌后站起来，顺手摘下她的眼镜。她没有穿实验室的大褂，而是一身紫金的官员服，有点像他刚告别的空姐，不过干练而成熟。

他拥抱她，很想好好吻吻她，但罗琳侧过脸来让他贴了一下。

"欢迎，"罗琳说，"欢迎来下降岛。你是第一次来吧？"

"是第一次。"

"怎么样？"

"像集中营。典型的集中营。历史资料上看到过。"

罗琳向他手一摆，桌前左侧有一把舒服的皮椅。他坐了下来，把手提包放在脚跟，抬起眼看正微笑的罗琳，她耸耸肩，不想在这时刻讨论这个岛像什么的无聊问题。

如何处理病毒控制的激烈争论，把医学界分成争论的两大派，更把全世界的闲人分成两大示威阵营，吵得无止无休：左翼要求尊重人权，右翼要求安全第一。他们俩都太清楚对方的观点。罗琳被任命为下降岛监管区主任，当然不仅是由于她是病毒学专家。实际上熊一如在病毒学中的地位比她高。

"好吧，让我们快点解放这集中营，"她幽默地绕回问题的关键，手却在摊满文件的桌子上理理，双手相交，做出一副公事公办的样子，而且腕表显露在她与他之间。没过一分钟，她的耐心果然到头："那么——有何贵干？"

他皱皱眉，并不想掩饰。这些欧洲高级知识分子，汉语都说得不错，词汇量相当大，可惜在细腻的风格问题上，总会出错。他早就不再纠正此类错误，正像三十年前英语是全世界唯一通用语时，没人在乎你说得如何得体，只要能说就行。更何况他不想她说，"太谢谢你，我的汉语个人辅导员。"在这会儿,他与她不存在这种或那种关系。

"长话短说,"他稍稍顿了顿,"今天会议,是要检讨中国组发展出来的疫苗,决定是否做全世界推广?"

"是这样。我正在看你们昨天刚补充交来的临床对比数字。"

"说服力不够?"

罗琳犹豫了,她不想在会前就暴露核心小组的立场。"很有趣。"连声音都在敷衍,"不过病例不够,实验尚处于早期阶段。"她抬起头看看他焦急的脸色,她无法对这个聪明的同行隐瞒:"恐怕只能试用。"

"我赶过来想对你说的,就是我如何发现 SS22 抗体并开始早期培育的。"看到罗琳不耐烦的眼色,他举起两手,"十分钟,就给我十分钟,你就会明白数字报告不能说明一切。"

他身子坐直一点,条理清晰地讲起来,速度开始加快,不然这个女人会中止他,把他赶走。他明白核心小组的大部分国际专家不会认可他的报告,这个罗琳是领头的,今天必须说服她才行。

"最早,我用了一个特殊办法培育抗体。"如同站在高台前,深吸一口气,跳下水终于冒出水面,他张开嘴狠狠地吐气。

罗琳惊奇地瞧着他,她浅蓝的瞳仁清澈透明,瞪大时却显得深不可测,目光里有那种北欧的骄傲。

三年前这个时候,这种像麻风一样腐烂人外表脸相的可怕疾病,人们都不知道发生了什么事,但是在医学界的注视之外,在民间,老百姓已经明白了底细,而且已经在用自己的方式处理。

病毒感染最早必定出现在女人身体上,在小阴唇左右两侧部位,会各出现一点小红疹子。肉眼几乎无法看见,但女人自己心里十分明白,这个敏感部位的任何异物即刻就知晓。不久她们也发现只要一次"全过程"的性交,就能把病毒转移到男人身上,自己就干干净净摆脱了病毒。那些重新感染上的女人，却是与带病毒的男人又交合了。简单地说，男人靠性交不能解脱病毒，一旦传染上，就是死症，而女人能做到，只要在病毒开始的最早一个月的红疹期做一次洗净性交。过了一个月，女人脸上开始出现脓疮，那时就无可掩藏，也就无可摆脱了。而在男人身上，潜伏期却长达三个月。

很自然，这个秘密最早是"性工作者"——妓女发现的，男人不太知道，良家妇女自然也不知道。由于潜伏期太长，而且世界范围人员来往频繁，病毒几乎在短时间内遍及全球。刚在后艾滋时代好好享受了一番性自由的现代人，几乎已经忘记了保护套是什么玩意儿，各地卫生局大量赶制分发，却难以普及。

一时全世界茫然不知所措，大家如惊弓之鸟，远远躲开异性，尽量避免性活动。男人怕主动的女人，女人恐惧所有的男人，而医院里住满了急性麻风似的病人，医生头痛，对来采访的记者摆手，只能看着他们全身流脓污秽不可闻，唯一的办法是尽量隔离，其实医学界已确定这是性传染病，其他途径几乎不可能，隔离只是因为样子难看，气味巨臭，连护士，甚至殡葬师都不愿意靠近，殡仪馆要价极高。

风声一传开，妓院马上门可罗雀，风流女子要让男人信服她不是在有意"净化"自己，已经不可能。为怕遭到报复性毒打，女人不再向男人抛媚眼，街上看不到女人性感的任何服饰，颜色鲜一点也被视为有嫌疑，长裙黑布料成为贞洁的标志，一时竟成时尚。强奸案从此销声匿迹，市容严谨，洒满季节的阳光。

很快，南欧一带出现了"倒贴"，女人给男人钱，发生性关系，但给钱几乎等于说明了自己有病毒要转移。所以，还得加上其他种种骗法，装纯真处女，装一见钟情，装性欲难忍。总之，设计任何让男人上钩的办法，女人日思夜想，煞费心机，这是一场智商较量。脱化掉病毒的女人有时骄傲地声称，真正高智商的女人是一言不发，净化后，从此再也不与男人做爱，以求生命安全。不过，对男人无爱，嫉妒一词倒是从女人身上失踪，少了是非和乐趣。

"我拿自己做了抗体供应者。因为无法找到带病毒的男人。"他说，"你知道的，男人潜伏期病毒无法测定，而血中抗体数异常时，已经到潜伏晚期，血清已被病毒污染。"

"什么，"罗琳惊叫起来，打断他，"你自己是病毒携带者？"

"当时我就明白，若初期病毒携带者自愿供血，让我们实验室培养，或许能有法分离出抗体。可是男性病毒携带者没有任何症状，无法测出也就无法培养；女性病毒携带者如果知道，在一个月潜伏期中就想尽办法保守秘密，只有这样，才能找到男人上床。那么，唯一的可能就是自己来，如果我感染上，我的血清肯定能培养出抗体。"

罗琳额头开始冒汗，身子倚在座椅上，有气无力。她可能怀疑他们之间的一段情是否也是预谋的一部分。不过明显时间不对，他们那段情发生得较早，应当是在病毒开始传播前，两人几次各种交锋不分上下，看出对方的欣赏和彼此的诱惑，床下床上他们都是出类拔萃的角色。

他笑笑，没时间解释个人间的事。

他说，他当时所在的医药公司已经宣布破产，老板借此保住资产，当然不能再给他负责的实验室拨款，已有款只能维持几个月。他们对病毒的分子链已经做出尝试性解读，眼看所有的工作都要停顿下来。哪怕他转到别的制药公司另起炉灶，缓不济急。所以就想，只能马上弄到足够血清立即开始，同时四处找资金。

"所以，你拿自己做牺牲？"罗琳的声音嘶哑。

"也不尽然。我如果能在三个月内制造出疫苗，就能救自己，男人一般三个月潜伏期,我身体好,可能还长一些。我觉得这并非毫无可能——孤注一掷就是了。情况不允许我再等待。有了血清试样,急需的投资就会来。"

"哦,用这种办法!"罗琳说,摇摇头,好像要摇掉这个可怕的冒险念头。

"要做'男妓'并不容易。我到各种网恋站去找可能的对象。有的女士寻偶广告,非常像急于'洗净'的女带毒者,尤其是自夸巨富的女人。我没有时间,也没有兴趣慢慢搞网恋,直接要求先付款入账再见面。但是那些女人马上断了联系,猜想她们一是不放心我得了钱不做事,二是以为我是风化警察设圈套——当时安全部门的策略就是把病毒拦断在女人身上,因为只有女人知道自己在干什么。"

他看看脸色苍白的罗琳,她手在桌上一敲,示意他继续:

"几次'寻偶'失败,我清楚这不可能成功。唯一的办法是赶到消息闭塞不会看英语或汉语消息的偏僻地方,在深山老林里,有些女人正在那种地方寻找一夜情,找活命的出路。具体过程我就不讲了,耽误时间。"

罗琳用汉语说:"请讲,我在听。"她起身给他倒了一杯水。他喝了一大口,时间猛地站在他一边。他想起那时上穷碧落下黄泉地寻找对象。亏得公司还没有拍卖那架供总经理、董事或其他急事使用的折翼机,能够速度极快地在任何地点降落。在兴都库山中,在鄂尔温草原,在萨拉丁沙漠,他急如星火地找可能的女人。每到一地,他掩盖好飞机,穿最简单的不醒目的衣服,租辆车或租匹马,弄套当地衣服打扮完自己,赶快学上几句本地语言,就到集市或酒吧,寻找急不可耐的女人,那些带着巨款引诱无知的本地少年的外国女人。他如猫轻巧地嗅着鱼腥味,迈着稳健的步子向前:这样可保证自己被感染,而不会感染别人。

想当然的道理？别讥讽地笑。为达到目的，在几天之内找了几次性冒险，得到几笔经费，他必须虚假地与这些女人情意绵绵，女人看到有可能上手时会不顾一切，而他只有取到足够的钱才能肯定这真是个"有染女"，而不是同样无知的"寻芳客"。

三天下来，他却没有设想的那么幸运：他无法肯定成功地被感染了，而且再进行下去，他可能自己成了传染源。这要命的赌博，使他冒出一身冷汗。绝望之中，他决定进行最后一次。他将飞机上存放的地图一一摊开，目光落在太平洋环岛的一个小岛上，这是一个无法做旅游沙滩的渔村。在他选中的一系列地点中，这地方本被删去的。

第四天上午，应该说是阳光最温暖热情洋溢之时，他到达渔村，假装成一个本地贫民，在泥滩捡取海水裹上来的废物。对所有走过的男女视而不见，专心极了。终于，他看到一个女人朝他走过来，一个东方女子，衣饰讲究不俗，绾着头发，身材迷人。

她用英语跟他说话，他茫然不知所答，只是憨厚地笑，然后那女子用汉语，他更装糊涂。那女子脸也不那么紧张，绷成一个拳头的左手放开了，腕上戴着一只镶嵌宝石的镯子。

他装痴呆不懂。汉语明显不是女子的第二第三语，而是母语，虽然带一点广东腔。女子蹲在他面前，一阵浪涌来，袭得她的衣裙和鞋湿湿的，她看着他，朝他周身上下看，边看边说。语句怪怪的，仿佛说的是："你真好在这儿，认识应该，哪边家在？"她站了起来，浓黑的一头长发披散下来，回头望村子的动作优雅。他庆幸这几日的大晒太阳，已经将本来就泛黑的皮肤镀了一层褐色光泽，显得格外健康，他继续装得傻傻的，伸手去抚弄女子引人注目的手镯，他看出上面的宝石是真的。

女子立即把镯子脱下送给他。他什么也不懂地拿着，抬起头朝女子快乐地笑，很近地看这个女子，她最多不过二十多岁，眼睛深邃，右鼻翼边有颗小黑痣，地道艳丽的南洋女子。

他咕哝了几句"本地话"，知道这时候的肢体语言比什么语言都有表现力。他的目光看着她脸上的痣，曲线优美的嘴唇，目光里腾起火焰。她显然也激动起来——相信找到了一个不知情的本地青年。

他们走回旅馆时，是正午十二点，旅馆很安静，白墙白栏杆衬得高大的葵叶棕姿态沉着，上面开着一串串乳黄色的花茎，阳光转成一片白光，温度上升，如他们俩的身体的感觉。所有的人前戏都很短，生怕失掉了机会，男人无法支持长时间的勃起。但是这个南洋女子，似乎真的产生了感情，在淋浴时抚摸他的脸，喃喃地诉说着什么，然后牵着他的手出浴室，两人投入忘情的拥吻。

糟糕，他想，这可能真是个寻找爱情的女人，如果他已经带毒，那就会殃及无辜。女子已经躺到床上，妩媚地朝他微笑。他回到浴室拿来毛巾，慢吞吞地擦干身体，眼睛却不朝床上望。他故意无助地站在那里，女子笑出声，叫他上前。她摸着他的身体，充满柔情，突然从床边一个提包里取出一大袋金光闪闪的首饰，要送给他。

这下子他一直悬着的心搁稳，相信找对了人，可能这女子的确相当富裕，而且把一生积蓄全部拿出来救自己一命，可能连祖辈遗产都带来了，而他能给的帮助就是将这场交易进行到底，女人爱恋的样子可能是习惯，她的乳房不大，红晕却比一般女人多些，皮肤有光泽如丝缎。

他趴在她身上，亲吻着她，正想进入她，突然，她把他推开，靠着枕头抱着腿，哭了起来，一边用汉语说："我不能做这事，我不能做这事。"

他倒是第一次看到这样的生死关头朝后退的女人,他现在完全相信这是个带毒女,反而更加急切地要得到她,像一个淫兴大发的男人,他扑了上去,把女子按在床上,但是她用力推开他,非常用劲,他掉下了床。

她再也不抬头看他,样子非常绝望。他看出来,这女子是认真的,是个良心发现的人,他无法再纠缠下去——他能体验这种利他情操,毕竟他自己就是在以命相搏。

他看着这局面,不知该说什么好,同时发现自己下面蔫了,失去了性能力,性欲不能讲道理。他穿上衣服,准备离开这房间,这个道义两难不是他能解决的,况且,他自己是不是已经带上病毒,还是个问号。他拧开门那一刹那,女子叫住他。

他回过头来,女子把一大袋首饰都递给他。他没有去接,惊异地问:"为什么?"

"有了这些东西,我怕我还会想坏主意,再用这些东西去勾一个男人。"

看着那些闪亮的珠宝,他明白这是一笔相当大数目的钱,但是他还是犹豫,无功受禄,等于抢钱。

"病一发作,这些钱财完全没用。"女子伤心地说。

他需要这笔飞来的财富,他已经能想象经费已到,血清已备,工作就能展开,或许,对全世界的拉慕尔病人最重要的事,是他拿着这钱就走。

他走过去,接住沉甸甸的袋子,靠近她,俯下身,用汉语说:"你叫什么名字?"

"珍妮,"女子几乎没有思索地回答。"珍妮陈。"这个男人突然改成汉语,没有使她吓一跳,或许她已经在精神过分激动准备赴死的状态。

他托起女子的脸,她仍痛苦地闭着眼睛。他在她那颗痣上吻了一下,轻轻地说:"你这钱会有好用场,你也会得到好报。"

他知道这最后半句是虚伪的,疫苗的培养要三个月,三个月内,他可能来得及救自己,有这个可能,但是这个女人却只有这一次机会,为什么不让可能与机会连接一下呢?于是,他把这个女人揽入怀里。

"这么说,我们在处理一个道德问题?"罗琳尖刻地说。

他想说,欧洲人的伦理学太学理化了,中国人的道义只是讲个怜悯,讲恻隐之心。

"道德并不是供思考分析的。"他说。

"但是你看,"罗琳按了一下按钮,墙的透明圆形的办公室几乎把全岛景色全收眼底,"你看我们把这些已经病残的男女用电网隔开,不然他们会像野兽一样撕咬扭打。男人恨女人,因为女人是明知其事,有意传染给男人;女人恨男人,因为是男人传染给每个女人。"

"不对,"他说,"有意传染给男人的女人,已经清除,就不会发病落到此地。潜伏期内传染给女人的男人,不知其事,无知者无罪。"

"瞧,"罗琳说,"你自己开始分析善恶责任。仇恨是群体的狂热:这里的男人,恨所有的女人;这里的女人,恨所有的男人。连我们每天派出的治疗队,都必须男女分开,不然要被撕碎。"

"不,我相信只有同情怜悯,才能拯救这世界,我决心来实践我的下半句誓言:在珍妮陈这样的人身上,疫苗应当起作用。"

"你想找这个病人?"罗琳迷惑地问,"你相信好人不会得病?"

"对了。这就是我百忙中先打扰你的目的。我怕在会议上你们这些专家否定我的疫苗,而在这里,我们会有一个成功的开始。"

罗琳神情冷淡,但仅仅是一瞬间,她收起讽嘲的微笑,一声不响地按亮电脑。看来她被这个中国男人的决心所感动。她打上 Jenny Chen 的名字，屏幕上马上显出了有十个病人叫这名字。她摇摇头，招手让他走近，然后一个个打开这些人带照片的档案：

"不是，"他摇摇头，"不是，往下。"在第七张上他停住了，头发绾上，脸上有颗黑痣，"好像是她。"虽然是登记照，也是一个娇好的面容。然后他读到档案：新加坡政府遣送，病历记录三个半月。"是她。"

"要看近日档案吗？"罗琳犹豫地说，毕竟，她看出来，他对这女子是有感情的。

"我是医生。"他说。

罗琳一按键，屏幕上出现一张长疮的脸，几乎遮住眼睛，眼睛眯成一条缝，头发剩下不多，还被剪得短短的。再按一个键，是全身赤裸的照片，已长满疮，完全不像他曾经见到的美好胴体。他不知道这个女人是否已经完全无药可治，或许他培养的疫苗也已经无计可施。

他千万里飞越大洋到这个集中营，是为了什么呢？来听那一套枯燥的数字分析？

他说："请今天的会议主席团同意我和这个病人同时进行治疗。毕竟，一切从肉体开始。"

他猛地脱掉上衣，撸上袖子，松开一条绑带。上臂赫然露出的，是反复感染的溃疡，现在绑带一撕，涌出无法阻止的脓血。罗琳一声不响，她已经料到这个东方男人会有这样的下场。

我们共同消失

一

傍晚雾气翻卷,尹修竹奔回学校时,她头发都披散了,本来用了一条丝绢绾住,现在丝绢不在了,风一吹,头发就乱如野草。她心里肯定,陆川躲开了她,早已回了学校,有意让她在外面乱找整整三个小时!她气喘吁吁地奔进学校大门,校园依然是空空如也,没一个人影。这是暑假,学生全都回家了,老师也走了,就他们俩借个理由晚走,留下两个人在一起。

尹修竹朝教师宿舍那一头奔去,两棵桦树后的一片黑瓦的平房,四周有围廊,藤蔓依架延伸。中间是个小天井,玫瑰依墙爬着,开着粉红的花。在二十年代,师范学校的老师待遇算是比较好的,在这个偏远的北方省份,这是最高的学府之一。她朝陆川的房门砰砰砰打了一阵,没有任何回音。那么陆川真不在?她背靠廊柱,一着急,气都接不上,心跳得急促,眼前冒出金星。

这时她感觉背后有人,那缓慢的脚步不陌生,紧跟着声音就到了:

"尹老师，怎么啦？"

不必看，她就知道那是门房老李头，她一直想躲开的人。整个校园一时全部留给她和陆川，偏偏这里还有一个老李头和他瘫痪的老婆。人说老李头是校长家的老仆人，他做事仔细负责，对人也不错。不过在这个特殊时期，对尹修竹和陆川来说，老李头有点碍事，他们平时装作看不见老李头，老李头也知趣地装作看不见他们，大家避了解释的窘态，也算过得去。不过现在，尹修竹想，只能问他了。

"你看见陆老师吗？"

老李头说："今天中午起没有看见。"他的脸色挺认真的。今天中午当然是他们俩一道出去的。

"我是问他有没有回来。"尹修竹急急忙忙地说，她转过围廊，到天井里。

老李头看到她真的着急了，直截了当地说："我没有看见，我没有看见他回来。"

当时，是她叫陆川躲起来的。她说，"我背过身三分钟，你好好躲起来，我肯定不要三分钟就可以把你找出来。"

陆川说，"不行，你得闭上眼睛，捂住耳朵，不然你还是听得出我藏在哪里。"

尹修竹说，"没问题，全按你的做。我一样还能把你找出来，你别想躲过我！"

可是尹修竹在山上来来回回搜寻，就是没能找到陆川。她喉咙都喊哑了，脚也走痛了，一身是汗。

尹修竹与老李头把事情原原本本这么讲了一遍后，站了起来。若是平日，怎么会与这个守门老头说呢。

老李头说："就这样？"

"就这样。不见了!"

"是玩闹?你们没有吵架?"看来这个老李头不傻。

尹修竹脸红了。不仅没吵架,他们正好得恨不得捏成一个人。"当然没有吵架。"尹修竹几乎要嚷起来。"怎么办呢?怎么办呢?"她心慌意乱地说。

老李头同情地看着这个年轻的女教师,他想想说:"到街上叫人帮着找?"

"镇上有警察。"尹修竹有气无力地说,这事她早就想过。

二

第二天早晨,她坐在干净的石阶上,她的旗袍很素净,浅蓝,镶了同色丝边,当瓦楞上麻雀一只不剩时,她发现天色已晚,便站起身来,脑子里虽然一团糨糊,心里却清楚极了:陆川确实不在了,被她"玩掉"了。

尹修竹与陆川热恋才一个星期,这之前两人都未打破这层茧。放假后,周围的熟人不在了,他们才鼓起勇气。这一星期天天厮守在一起。她已经忘记了没有陆川在身边的日子是怎么样的。

她甚至已经忘记了最初见到陆川的情形:她和一个女同事从食堂把午饭拿回来,在路上同事捅捅她的腰,说前面那人,是新来的英文老师,北大毕业的,或许只是借这地方暂时落脚吧,肯定不会久待。真是一表人才啊!

听到这话,她抬头朝左前方看去,正好看到陆川朝她投过来的眼光,那种特有的劲敛眼神,她拿着锅子的手一颤,她急忙垂下眼帘。他们互相走过,没有打招呼。

她在育婴堂长大,孤儿大都这性格。一个人习惯了,并不觉得有什么必要改变生活,天天教她的地理课,兼代两节国文,大部分时间关起门来写作。实际上她已经给上海的一个刊物寄出一个中篇,编者回信表示鼓励,说是"暂存待用",她看着那信,虽未说一定会用,但是心里充满了期待。

不过与陆川天天遇见,之后就熟了。陆川也喜欢文学,而且偶尔也做文学批评,写了好几篇介绍普罗文学理论的文章,发表在报刊上。她要来看了,看得似懂非懂,不过还是给他看了刚写好的新作,一个惨情故事。

陆川把小说拿去了,过了半小时,就送回来,一声不响地还给她。

她本以为陆川会说什么,可他就告辞了。他前脚跨出门槛,她后脚就跟上了,叫住他。他停下来,她却不说话,只是疑惑地看着他。陆川笑了,走了回来,说:"我总以为女作家难看,尤其是能写爱情的女作家都难看——乔治桑那样的人——没想到你这么漂亮,能写出动人的爱情故事。"

她完全没有思想准备,脸一下子绯红。她知道男人喜欢朝她看,已习以为常,不过从来还没有男人敢直截了当地对她说"挑逗"话。她羞得几乎要赶他出去,但是看到他那张俊美的脸上真诚的笑容,心里一酸,突然想哭。

仅是这么一想,泪水就盈满眼睛,她赶快转过身,不想让陆川看到。几乎同时一双宽大的手臂抱住了她,她急得转过头来,正好撞到陆川下巴,吓得尖叫起来。幸亏声音不太响。陆川赶忙将她拉入胸口,等她平静下来,他才松开了手。

"我还没有说完呢,"他说。"有爱情,还应当有理想——革命理想。"

陆川说得那么平静,尹修竹觉得他恐怕爱过许多女人,一点没有她身体碰到时那种要晕倒的感觉。可是她对此没有反感。对他的"教训"话,也没有不高兴。她心里暗暗吃惊,为什么不反感呢?

好几天,陆川与尹修竹连手都未握,不过,每天晚上他都来她的屋里,在她的书桌边坐着,直到月上树梢。窗外有脚步声,人影走过,又走回来——不久来回走的人增多了。她的同事有两次还借故拿书,来逗笑。等同事走了,尹修竹有点紧张,但是陆川不当一回事,眼睛都没有斜一下,她也就镇定下来,不去管那些干扰的杂音。

那天夜里,陆川走后,尹修竹在漆黑之中,听着那打更声渐渐远去,突然觉得怀里空空荡荡,她必须紧紧抱着被子,腿裹住被子,才能压住内心的躁动。真是丢人:她想那个男人,不管她愿意不愿意,她的身体完全不受控制。原来真正的恋爱竟然是这个样子!她很吃惊自己这种神魂颠倒如痴如醉的状态,这简直不是她,一个从小没父母,一向独立不依赖任何感情的人。

第二天早晨尹修竹在天井见到陆川,她什么也没说,不过更像熟知多年的好朋友。有机会还是只谈文学,他们的眼神已经商定:等暑假来临。有等待,日子过得也快。

陆川与尹修竹不同,他有一个大家族,在南方福建,但是家里没有什么人等他回去,母亲已经去世,父亲妻妾多得很。尹修竹本是无家之人,以前暑假都是朋友或同事怜惜她这孤儿,邀她到家里住一阵,换个环境。大概都知道尹修竹与陆川的事儿,今年谁也没来请她。

等到校园里差不多走空了,陆川早就半夜潜进她屋子。那场面虽然在心里已经演习过许多次，一旦亲临，还是让尹修竹摧心折骨地浑身瘫倒。待到校园完全走空，他们就住在一起了。原先说好用功时各人回各人屋子，但是整整一个星期根本就没有用功的时间，甚至根本没有俩人身体分开的时间。

终于到这天中午，陆川看见窗外太阳不错，他建议他们到学校背后的山上树林去散步。

才走进树林不久，陆川就把她抱住了，狂热地吻她，并开始解她旗袍的扣子，她只好躺下来：这样即使有人经过，也未必能看见。草深，拉痛了她，陆川脱下衣服铺在草地上。陆川说他在下面，男人皮厚，不怕刺。尹修竹看到他在下面目不转睛地看着她那身体，那喜不自胜的样子，才知道上了当，赶紧伏在他身上，用手盖住他的眼睛。

她太放纵了，不守妇道，这是报应。尹修竹想，她真的把陆川玩掉了。

三

一连下了几日雨，尹修竹足不出户，既不梳妆，也不换衣服，人傻了一般躺在床上睁眼瞪着天花板。这天夜里打更的声音响起时，她听到了一个孩子的哭泣，好奇心使她走到窗前，发现蹲在黑暗中的老李头，他在小天井里蹲着抽叶子烟。她缩回脑袋，等再去看时，那儿已空无一人。她突然发现这个世界非常陌生。

陆川在那个下午突然消失，前后院子几十间教室的校园就只剩下她和守门人老李头两人。"他突然就不在了，我怎么想也不对劲。"她重复地说这话，意识到自己的头脑出了问题。

　　现在尹修竹只能吃老李头送来的饭菜，他在自家的锅灶上烧的，她也不觉得不卫生了。她吃得相当少，不停地喝茶，那茶叶是陆川给她的，每天她只上老李头那儿提开水瓶回来，她塞给老李头老婆钱，她说，就算搭伙食吧。

　　奇怪的是，她喝了那么多茶，还是能睡着，每天大部分时间都在睡觉，似乎在补上那一个星期缺失的睡眠。

　　有时昏睡之中，她潜意识地想，那么，为什么不是她消失，而是陆川消失呢？

　　或许，在陆川那里，是她尹修竹消失了。完全可能是这样，两个互相消失的人如何才能听到对方的声音，够得到对方呢？

四

　　院子里突然有脚步声，很慢，但不迟疑，重重的，不是老李头。尹修竹从床上撑起身体，屏息仔细听，的确是脚步声。她睁开眼睛，看到满屋子的阳光。这是第几天了？也许过了几个星期，她想，这个沉寂得可怕的世界怎么还有脚步声，可能完全是幻觉，她复又躺下。

　　可是那脚步声更近了，尹修竹猛地从床上跳起来，撩起竹帘，正好来人在窗口，像是往里看，他们弄了个脸对脸。尹修竹呆住了，那脸好像是陆川，一个男人。但是，不，并不是陆川。这能是谁呢？

　　外面阳光太强，那个人看不清屋里，正在眨着眼调整瞳孔。尹修竹突然意识到她只穿了一条短内裤，天气已经进入三伏，哪怕这个北方内陆，正午也很热。她半睡着时肯定把睡衣脱掉了，自己也没有察觉。

她"哗"的一下盖下竹帘，赶紧退到柜子里抓了件薄黑麻纱裙子。那个人一定什么都没有看清楚，只知道窗后面露出一张脸。她想，才多久，她已经不像一个姑娘家了！

她再去看那人，他退到廊柱边，咳嗽了一声，耐心地站着。

"就是这间。"是老李头的声音。

"尹小姐在家。"一个声音说，不像是问题，而是肯定。

尹修竹飞快地倒水到盆里，洗了一下脸，对着墙上一面已经开始脱斑的镜子抚了一抚头发。许久没梳头发，没整理自己，这么大热天，这屋子肯定有味了，看到桌上碗碟筷子脏成一气，她急得团团转。

"尹小姐方便吗？"门外的声音问。

老李头不知咕哝什么，他压低嗓子说话。

"不急，我没事，等等不妨。"那个声音说。

这次尹修竹听出来，外面那人是北方口音，声音很圆润。她觉得很难为情，怎么能如此放任自己颓唐到如此地步。她赶紧整理屋子，把脏衣服朝床底推，又推开后窗，找出扇子狠狠赶屋子里的空气。

然后，她看了一下镜子，头发还是太乱，便用梳子稍稍理了头发，飞快地拢了一下，心里挺感激那个不速之客，明白人情。

都弄好了，她这才走过去打开门，脸上挂着歉意的笑容。

的确是老李头陪着一个青年男子。那人穿着中式长衫，干干净净的蓝布，像个大学生，或是药铺学徒的样子，和蔼地看着她，带着微笑。他的脸很秀气，几乎有一种文雅女子的周正，换种说法，像个男孩子脸俏皮地长在成人的身体上，实际上他身材高大，老李头比他矮一大截，只是不像陆川那样棱角分明的英俊。

老李头对尹修竹解释说，"这是凌先生，是学校刚来的老师。"那意思是不得不来打扰你。

"凌老师，你好。"

"尹老师，你好。"

两人寒暄着，却没有握手，注意力在老李头离去的身影上。

"凌风。冰激凌的凌，凉风的风。"他转过身来说，"都是当令的好东西。"

尹修竹笑起来，突然她觉得背脊发痒，但是她从不愿当着人做不雅的动作，同时她又觉得不应该笑，已经好久没有笑过了。她没有这权利，因为她闯了一个无法弥补的大祸，一个活生生的人消失在她的手中，一个比对面的男子更有生活激情，更应该有资格活着的男人被她杀死了。突然，她意识到现有的一切，好久以来的麻木消沉，突然被心里的一阵绞痛替代。

"尹小姐怎么啦？"凌风关切地问。

可是她难受得要命，人如一张薄纸软软地往地上倒，凌风跨上一步，正好接住她。

等尹修竹醒来，她已经躺在自己的床上，床上的脏被单枕头套子毛巾都没有了，身下垫了一张干净的席子。凌风正在给她摇扇子，看到她睁开眼睛，他问：

"尹小姐好一点了吧？"

尹修竹霍地坐了起来，说："太不好意思了，我这样子。"

"再喝两口凉水。"他递给半杯水。桌子上放着一碟酸菜，还有一碗绿豆粥，飘过一股香味。这个陌生男人竟然就给她递水递食了。

尹修竹怎么看凌风都像她的弟弟，听育婴堂的嬷嬷说，她有过一个弟弟，两人是双胞胎，这是当初放在他们身上的纸条上说的。但是那个弟弟早年夭折了，她对他完全没有印象，因此从来不觉得缺失什么。现在这个小青年从天而降，她才感到自己缺一个家人，一个可以把什么话都说出来的亲人。

但是这个人，这个娃娃脸秀气的男人，她一无所知。刚认识，这个人就已在照顾她，在搀扶她，她又有什么理由认为这个人不值得相信呢？在这个世界上，有人关心她，这本身不就是太好太好的事吗？

她喝了两口水，抬起头来，用眼睛谢谢凌风，凌风似乎松了一口气。她把腿蜷起来，抱着，靠在床柱子上，看着凌风到桌子上去端那碗粥。他那账房先生式的长褂应当很碍事，可是他真的像做过药铺学徒出身，什么东西都不滴洒出来。

她想想，不想再与他客气，现在再作自我介绍，未免有点装傻。于是她把题目引到职业上："凌老师教什么？"

"说是让我教国文，"他说。"其实我刚从师范毕业，师范毕业不能教师范。大学毕业才能教师范。"

"不会吧？"尹修竹说，"我就是师范毕业，到这里教国文，我也没资格。"

"哪里，"凌风笑着说，他的声音放得低低的，挺文静，虽然话说得没有他的脸相那么孩子气。"尹小姐是女作家，有才情的人，不能以学历论之。"

尹修竹把端到手里的碗放在一旁的独柜上。这凌风有点奇怪，才来第一天，把她打听得如此详细。

"你怎么知道我写作？"

"刚读到的，"凌风很轻松地说。"我让寄到这个地址，果然今天在老李头那里取到了，刚出的第七期《新生》上面有你的小说。编者按说是文坛新秀初鸣不凡，我看不是不凡，是好生了得，写情写人，都是大手笔。"

尹修竹双眼发直,看着面前这个人,他转过身,然后从袖子里变戏法似的拿出一本杂志,不急不忙地翻开,递到她跟前。果然,是她的中篇《逆门》,在编辑部那里放了大半年,她早已置诸脑后不抱任何希望了。拿起杂志,看看又合上,她的名字打在封面上。这真是一个奇迹,看着自己的名字变成了公众的名字。

第一次看见自己的文字排成铅字,感觉很不一样,可是当着这个捧她为大作家的人,她又不能失态,所以就未打开读。

她拿起碗,下床来坐到桌子前,那碟酸菜也可口,很快就吃完了。

"还要吗,锅里还有,我去街上小店里买的,有一大锅,尽管吃好了。"凌风说。

"我好久没这么吃得尽兴。请再来一点吧。"尹修竹说。

她走回床边,拿起杂志,抬起头,正看到凌风的眼光,没有一点嘲弄,反而非常温和而亲切,好像是鼓励她读下去。于是她就翻开读了起来。

五

这天夜里尹修竹睡得很沉,但是天蒙蒙亮时,她就醒了——半梦半醒时突然想起一件事,把她唬得梦影全无。那篇小说,在刊物上署名尹玲,并不是她的本名尹修竹。尹玲就是她,这件事没有一个人知道,只有陆川。

凌风怎么会知道这是她的小说?

她出了一身冷汗，反胃，想吐，可又吐不出。这事情太神秘，她本能地觉得这与陆川突然消失有关。她太大意了，这世界危险四伏，到处有人在准备算计她，而她竟然粗心到对陌生人完全没有防范之心。

她赶快去天井的水龙头提了一桶水回屋，洗了个凉水澡：凌风昨天扶她的地方，他的手碰过的地方——她的肩膀和腰，特别不舒服，好像有肮脏的东西粘在上面。一股怒气往上冒，往她头脑上冲，她的创口不仅重新打开了，而且还有人在上面撒盐。

尹修竹她心急火燎地往围廊石墙那边走。天青灰，院子里悄无人声，东面的天空还有几颗微星在闪光。她长吸了口气，停下来一秒钟，已经看见凌风昨天住进的那间宿舍了，与陆川相隔一个房间，老李头晚上帮他张罗搬定的，还替他烧了开水，并提到他屋里。

尹修竹一心想要揭穿凌风的诡计：这个娃娃脸的家伙，肯定不是好人，知道陆川失踪的事，害了一个不够，还来进一步害她。

尹修竹举起手要敲门，却发现凌风宿舍的窗帘下透出灯光来——这个人竟然醒着！他在干什么，在这么一个安静的凌晨，在这个新来乍到的地方？她不由得放轻了脚步，蹑手蹑脚到窗下，慢慢抬起头，透出窗帘的缝隙往里张望，她简直不能相信自己的眼睛：这个叫凌风的人坐在窗前的书桌旁，虽然没穿长衫，但还是整洁地坐着，桌上摊开的是一本杂志，再凑近一些看，还是那本《新生》，而且翻开的是印有她小说的部分。再看了一眼，她几乎要尖叫了，赶紧捂住自己的嘴，搁在杂志上的竟是她那天遗落的绾头发的丝绢，牙白中有点点浅黄的梅瓣！

她记忆迅速恢复了，想起来，那丝绢并非弄掉了，而是被陆川抢走的，他们正在闹得高兴时，头发散了，她停下来重新绾头发——哪怕在最狂乱时，她也不愿意自己不整洁。陆川一把抢了这条丝绢，塞在自己的裤袋里，不让她再为头发分神。

这个人杀了陆川！

她脑子轰的一响，本应该找到对策再行动，可是她什么也未想，就冲到门前，猛地推门，门没有关，她一个踉跄跌进屋里。但是屋里那个人一步跨在门口，正好把她接住，她几乎是一跤跌进他的怀里。

那个男人很轻柔地捧住她，乘势让她坐进他刚才坐的那张藤椅里。

尹修竹努力镇定下来，她拿起桌上的丝绢，问道："你是谁，你从哪里弄来的？"

"陆川给我的。"凌风半蹲在地上，眼睛望着她说。

"什么？"折磨了尹修竹这么长时间的问题，没想到竟如此直截了当地得到了回答，这令她非常吃惊。她脸色苍白，嘴唇发青。"他在哪里？"

凌风站了起来，拿了一张凳子过来，坐在尹修竹的对面。他皱着眉，似乎很不情愿地说：

"他被捕了。关在市警第三监狱——就是老虎桥那个地方。"

完全出于尹修竹的预料，他本以为陆川死了，听见他还活着，她的眼睛都亮了光，可是马上那亮光就不见了，再没有比被捕更糟的了。只是她的声音没有先前那么尖厉，理智回到她的身上。

"陆川怎么会被捕呢？"未等凌风回答，她又说了一句："陆川怎么被捕的？"陆川以这样的方式消失——她曾经想到过这一层，陆川没有说过，但她猜得到陆川肯定是革命党，但是这与他们玩的迷藏怎么联系得上呢？一个人不能因为不想玩就被捕呀！尹修竹一脸不解的神情。

"那天，"凌风说，"那天中午在后山树林。"

"你怎么知道，"尹修竹猛地站起来。"是你把他抓走的？你这个反动派！"

"是的，我是反动派。"凌风摆手让她坐下。他一点不绕弯地承认了，反而使尹修竹无言以对，不知如何说下去为好。想想，还是坐了下来，她想知道到底出了什么事。

"已经盯了他很久，"凌风说。"怕进学校抓人，会引起学潮风波，这个师范学校闹学潮有名。所以一直等到那天中午你们俩出去散步，就有人来报告了。"

"谁，谁报告的？"

"我不知道，真的不知道——或许以后会打听到。"凌风摊摊手，"我只是市三监狱的看守，本轮不上我们这批人，不过那天突然调我们出动，他们认为要抓一个革命党要人，而且在野外，人要多一些。"

"我的天！"尹修竹在心里叫道。她想起那天静谧的树林，他们像在天国伊甸园一样放肆裸戏，可爱的蝉鸣声中，只有摇曳的树叶间露出的白云看着他们。真是胡扯，一大群人在盯着呢！

"上峰指示，此事惊动的人越少越好，所以我们只是在远处，想等你们两人分开再动手。有人带着望远镜，但是我没有看。"

他的话一说完，尹修竹脸涨得通红，这个凌风真会凌辱人！她能想象这批反动派狗警在那里拿她开心的情形，顿时觉得气都喘不过来。整个场面太脏，太恶心，还不如他们一枪把她打死痛快。如其那样，还不如把她和陆川统统打死在那林子里，不让他们知道，也不让他们有悔恨的机会。

"我真的没有看，"凌风说。他的话可能是诚恳的，他可能没看，他一人是个害臊的男孩子，那就证明大部分人都看了，尹修竹气恼得差一点呛住。她平生最想要的是纯净，最见不得脏事，不料自己成了脏话的靶子！

凌风很体谅地等她平静下来才继续说:"等到他一离开你,藏到你看不见的地方——一棵泡桐后面,他们就把他捂着嘴扭倒了,他想挣脱,当然未能成功,更多的人扑上去按住他,把他带走。你一点没被惊动。不知为什么你站在那里闭着眼睛,捂着耳朵足足有三分钟,那时间足够把他带走。"

尹修竹嘴都张大了,原来还真是她把陆川坑掉了。她站在那里闭着眼手堵着耳朵,样子肯定傻极了,肯定让这批狗王八回去后笑疼肚子。

"那么,你怎么会到这里来?"尹修竹回过神来,终于想到眼前的人没有必要把这一切告诉她,如果这真是秘密逮捕的话。于是她换了一句话:"我的丝绢怎么到你手里的?"

"我在老虎桥当看守,"凌风的语气还是那么平和,不慌不忙地说,"我非常钦佩陆川先生的道德人格和革命理想。承他看得起,把我当作朋友,他在狱中给我讲了很多革命道理。"

"他现在还活着?"尹修竹问,她早就应当问陆川现在的情况。被秘密逮捕,那就是说,要处决他太容易,没有人会知道,也不需要审判之类的过场戏,所以,她潜意识里就断了这个心思。现在经凌风这么一说,她即刻追问上去。

凌风站了起来,拉起窗帘一角看看外面,院子里依然无一人,只有晨鸟在啁啾,天空已经开始变成玫瑰红。

"前天他被押走了。"凌风放下帘子,坐回尹修竹身边,声音放得更轻一些。"我也不知道押到哪里?"看到尹修竹紧张的眼光,他说:"不像押赴刑场,因为审问还没有好好开始——他们在等中央来什么人,亲自过问。我估计是想问出北方一带的组织关系。秘密逮捕,可能就是为了这个原因。我认为陆川先生可能被押到省党办去了。"

"那里会拿他怎么样呢？"

"陆先生不招供，恐怕会就义成仁——我不想瞒你，陆先生叫我不必瞒你。临走他只有跟我说一二句话的机会，在我帮他收拾东西的时候，他把这丝绢交给我，让我一定要带给你人。"

尹修竹已经泪流满面，泣不成声。她已经无法坐着，她倒在凌风的床上，伏在床上痛哭。听到凌风最后咽下的半句话，她完全明白了：

"我知道，他叫我不要等他。"

"对。他先前谈你谈得很多。他说你是一个很纯洁有才能的女孩，他告诉我你的写作，说你应当有好前途。"

"他不会活着回来了？"

"恐怕这是陆川先生心中的宿志。"凌风仔细想了一下，"我已经决定跳出火坑，一个星期之前，我已经去找了他说的另一个接头地点，把情况转告了组织。我想一切都已经补救上。我告诉陆川先生组织上已经做了相应布置。他很宽慰，但是他说，供不供，有关他的人格，他还是一字不能吐。"

"你是说他们会拷打他，上毒刑？"尹修竹从床上坐起来，恐怖地叫起来。

"是的，"凌风说，"这是肯定的。所以陆川先生让我给他买了砒霜，他说他会及早从容就义。"

"你——"尹修竹尖叫起来，凌风急忙把她的嘴捂住。可还是听得见她闷着声音说："你害死了他！"她激动地用双手想扳开凌风的手，想跳起来，凌风不得不用身体把她压倒在床上。

"尹小姐，你镇静一些。"凌风轻声说。他的手松了一点，还是随时准备捂住她，因此还是压在她身上。"我是陆川先生的朋友，我没有害他，正如那天你与他一道出去，也不能说是你害了他。"

这一句话把尹修竹说得哑口无言了。的确这一阵子，她一直都认为自己害得陆川失踪，只有她有给陆川带来灾祸的可能。看来她自怨自艾过分了。如果他们一直没有分开，那又怎么样？陆川早晚还是会被抓走！只是不会把她弄得这样疯癫癫，整整几个星期悬在空中，几乎要把自己折磨死。

这一切，这一切对于她来说都来得太快太急，她不知道怎么想才好。而凌风还是怕她会突发歇斯底里，一直躺在她身边，手按住她的肩膀。但是尹修竹已经不再挣扎，她又是一夜没睡，事情来回反复剧变，把她弄得筋疲力尽。

"平静下来就好，"凌风的声音几乎像来自空中，很遥远，"平静下来，一切都会好好的。"

尹修竹听到自己的声音在说，"平静了，我已经平静了。"

"平静就好。"还是那个遥远的声音。

渐渐她感到眼睛在自动合上。"我要睡着了……"

她终于在凌风的床上睡着了。

六

此后，她每夜睡在凌风的旁边，她害怕：世界上这一切变故与残忍，不是一个小女子能承受的。凌风有时候出去打听消息，一直没有任何消息。他回来就到尹修竹那里，详详细细告诉她情况。没有死刑消息，哪怕秘密处死，他的旧日同事也会知道。但以前的同事看见他，只叫他快走。

两人分析，最有可能是陆川已经吞下砒霜，这恐怕也是对任何方面都合适的办法。

尹修竹已经不抱任何希望，凌风不管什么变故都平静镇定，这态度也影响了她。她坐下来重新写作。《新生》刊出的那个小说，反响出乎意料的好，报上有评论，也有许多读者来信，有的人感动得声泪俱下。

小说里写到育婴堂的孤儿，嬷嬷写信来，说前来问候的人很多，他们看了她的小说后，开始关心孤儿们长大之后的感情生活。

她的小说的确是半自传的，像所有开始写作的人一样，当时自己完全没有恋爱过，只是凭空虚构。

她新写的这一篇，也带半自传色彩，这次有理想，有革命，也有激情——这些以前陌生的东西现在溶进了她的血液。她已经看到理想如何感染人，陆川的理想精神和宁死不屈，从容就义的崇高感染了凌风，也感染了她。小说未写完，凌风便读了，非常感动，对尹修竹说："你变得成熟了。"

这天晚上他们相拥在床上，互相安慰。凌风从来不要求做那个事，她也不想，虽然她很喜欢凌风，喜欢他对一切事的镇定自如，还有他的善良和正直。他们似乎有一个不必言明的约定：只有他们知道了陆川的确切消息后，才能真正互相献给对方，他们不能背着陆川做什么事，这样不公平，主要是他们内心感到不公平——陆川是他们的偶像，他们不能玷污这理想精神。虽然陆川留下遗言让凌风来找她，但只有陆川真正不在人世了，他们才可以执行他的遗言。他们每夜亲密地睡在一起：这夏天还没过去，他们衣衫单薄，露胳膊露腿的，听着对方的心跳，呼吸到对方的气息。这种肉欲折磨，好像是一种净化仪式，一种给他们的考验。

尹修竹每天早上醒来，睁开眼睛前，心里就祈祷：但愿这个暑假再长一些！再长一些！在一周后，在学生老师陆续回来之前，他们必须知道下一步怎么办。

一连两天，尹修竹闷闷不乐。看到她不高兴，凌风也很焦急。

这天晚上尹修竹对凌风说，"能不能快点弄清楚情况？马上就要开学了。"她忍不住了，首先她希望自己很快就写完新的革命爱情小说，同时也很快就应当结束这种悬挂在回忆中的生活。凌风也非常赞同。这天夜里他们的拥抱变得热烈，尹修竹亲吻凌风时，久久不肯放开，她感到周身的血液沸腾起来，她也感到他的身体在颤抖不已。他们的身体不受他们控制，紧紧地贴在一起，开始摇动起来。

最后还是凌风停住了，他挣扎出尹修竹的长吻，默默下了床，轻轻走出去。过了好一阵，他才回来，对尹修竹说："我明天再出去，我想这次一定会打听到陆川的下落。"

尹修竹已知凌风是个说到能做到的人。他让她平静，她就会平静下来，实际上只要凌风在，只要想到凌风在，她就能镇定下来，继续写她的小说，生活中的所有事也都有了次序。

七

只是小说结尾，尹修竹写得很慢，她似乎长久地在考虑小说中的人物应当如何对付命运，替他们设身处地安排各种可能的方案，给全书作结。

但是她整天也没有安排出一个合适的结局。

这天天黑了，凌风还没有回来。尹修竹拿着碗筷到水龙管子盛水时，她听到院子里有脚步声。"凌风，"她轻轻唤了一声，把水桶拎下地。可是凌风并没有走过来，可能是没有听见，尹修竹用碗去接水，抬起头来，吃惊地看到一个陌生男人往围廊那边走，背稍稍有点驼，似乎是个儿太高了。

再仔细一看，竟然是陆川，那走路的动作和姿势，尹修竹太熟悉了，只是最近忘掉了而已。

她呆住了，手里的碗掉在地上，吧嗒一声碎成两瓣，筷子却一直滚下去，落入水槽。

陆川顺声回头，看见尹修竹，就快步走过来。

"你回来了？"尹修竹轻声说。

"我回来了，"陆川走到天井："你不高兴吗？"

残照好像就在这一分钟里把亮度减低，好像是不让她看清陆川的脸。但是她听得出他声音很疲倦，脸上是一种憔悴，人瘦得颧骨极高，胡须也没有刮。

陆川靠近到她的身边，抓住她湿淋淋的手，她禁不住全身颤抖起来。陆川一把就把她拉到了怀里，紧紧地抱住她，那种熟悉的拥抱，马上让她喘不过气来。

"我回来了，你不高兴吗？"陆川还是那样反复地问。

"高兴，高兴，"尹修竹说。等了一会儿，她抬起头来看看他："你怎么回来的呢？"

"上午搭火车从省城回来的。"陆川说着，拉着尹修竹的手朝围廊走。

"噢。他们让你出来了？为什么呢？"尹修竹太想知道，已等不及回到屋里。"究竟出了什么事，你一走就一个月！"

陆川急急忙忙说起来，在尹修竹听来，大致与凌风讲得差不多。这时陆川突然停下来，盯着她的眼睛说："我知道你想问什么，你想问我有没有叛变？"

尹修竹刚想声辩她根本没想到这个问题，陆川已滔滔不绝说了下去。"我告诉你：我没有叛变，我没有什么可叛变的！我已经切断了大部分联系——在暑假之前就切断绝大部分联系，因为我知道我已经被盯上了。"

"被谁盯上了？"

"学校里有人，"陆川轻声说。他转过头，看看四周，这让尹修竹突然想起很早见到的一幕情景：凌风也曾四处看看院子，然后才说话——这个院子里可能有什么人呢？这个学校早就走空了。凌风那天说过，陆川消失的那个中午，他们出去散步，就有人报告了。除了老李头，还有他那个路都走不动的瘫痪的老婆，能是什么人？

陆川说："我暑假不走，就是组织上的安排，让我不要走，以免打草惊蛇。"

"什么？"尹修竹现在见惯不惊了，知道有许许多多的秘密，她永远弄不清楚。"难道你留下不是与我恋爱？"

"当然是。我的意愿正好与得到的命令一致而已。"陆川一清二楚地说。但是尹修竹不明白怎么会那么一致，那么巧合。总有一个是顺带的，趁其便而行之的。革命和爱情，不会两个都一样重要，分量正好一样。

"怎么会放你出来的呢？凌风说——"

陆川正好用嘴唇在打她的嘴唇，听见她说凌风，便扫兴地放开了她，但是在她耳边咬牙切齿，一字一字地说："不要提这个人！"

"这个人是谁？"尹修竹有点生气了，她不能再被这些男人蒙在鼓里。"我的事,不是你告诉的吗?"

陆川说,"这个人是刽子手!告诉我,是不是这个人到你这里来过了?"

尹修竹心里更生气了,她其实是想说,"不就是你叫他来的吗?"只不过话一脱口,便变成:"关于我,不是你告诉这个人的吗?"所以,当她听到陆川这么问她时,她便不再说话了。

"那么,你们俩有什么事不成?"陆川进一步逼问,口气挺凶的。

尹修竹愣住了。她和凌风的确好上了,又没有真正"好上"。不都是为了陆川吗?为了实行他陆川的嘱咐,两人才相依为命的吗?

陆川看了看尹修竹,已经明白了答复是肯定的。他脸痛苦地抽搐,问道:"这个人现在在什么地方?"

尹修竹清清嗓音说:"今天去找你了。"她不愿放低声音。"他说今天一定能打探出你的消息。"她朝四周的黑暗看了一下,"该是回来时候,他出去了一整天。"

陆川一听,就催尹修竹朝屋里走,看到她脚步没有动。他说:"我就是舍不得你,才专门回来接你。"

他没有必要问问尹修竹是不是愿意。这是不需要问的事,他对他们的关系有十二分的信心,尹修竹本来就是属于陆川的。

就在这时,凌风的屋子灯突然亮了,门打开,光正好照在他们身上。尹修竹怎么也没料到凌风已经在这里,或许早就在这里,一直在等着。

"陆川先生,"凌风走出来说,依旧是那么宁静的低音,那么真诚。"陆川兄,欢迎你出狱。"他伸出手。

陆川没有去握凌风的手,也没有应声,他对这样突然冒出的戏剧性转折,似乎早有估计。他非常疲惫,现在面对凌风,好像到了表现

男子气的时候。他看着凌风悬在半空的手,纹丝不动,鄙视地看着,直到那只手最后缩回去。这时他才以责问的口吻说:

"是你安排我出狱的?"

凌风走上一步,恳切地说:"我哪有这样的权力,你弄出了天大的误会!我只是打听到你今天可能释放。"

他又想上来拥抱陆川,但陆川还是避开了。凌风沉吟半晌才说:"别忘了,是你把我引上革命道路的,是你让我懂得了革命道理。"

"我起先也是那么想,"陆川清清朗朗地说,好像宣战似的,"但后来,你把交代的事干得那么干脆利落,甚至给我弄来了毒药,把我弄糊涂了。我在被押走的路上,忽然明白了:我没有这么大的感召力,我不可能把一个反动派在几天之内彻底改造过来。"

"所以,你也没有服毒自杀。"凌风说,"你知道组织已经做了应对,你什么关系都交代不出来了,除了一个关系——"

"对,那就是你。我可以供出你,却无法说你在哪里。"陆川说:"你拿着我最爱的人做人质,我一清二楚。"

"难道不是你自己请我来照顾小尹的?不是你给我的丝绢?"

凌风称尹修竹"小尹",把陆川气着了,"你,你是个双面——三面——间谍,你骗了所有的人!"

"并非如此。"凌风说,"只是我明白你可能做什么,我也失去了一切组织关系,上级知道我与你有瓜葛,他们要等你的问题全部'解决',才能恢复联系。我在这里等候你的日日夜夜,却改变了主意——我爱上了小尹,我也相信她爱的是我!"

这两个男人同时转身朝向尹修竹,但是她不见了,在他们正在清算旧账时,尹修竹已经回到她自己的宿舍里,往皮箱里扔东西。当两个男人赶到尹修竹屋前,她正提着皮箱走出来。看到她,他们同时惊叫起来:"你上哪里去?"

他们都没想到,最可能消失的,反而是这个女人。

尹修竹停下来,把皮箱搁在地上。她一点也不着急地说:"别害怕!我已经听够了你们两人之间的来回倒账,谁欠谁的!可惜,这些乱糟糟的事都卷进了我。其实连我做梦都明白,我早就不是原来那个傻乎乎的女教师了!别以为我是你们可以切开,可以分的财产,错了,我早就明白我应该成为自己!这一个月中我弄懂了许多事,没有白过。"她身子弯下,想去提皮箱,但是停下了。"你们问我爱谁?我也说不清。凌风,我们俩的爱是安宁的,我也爱过你。陆川,我也是爱你的,我们的爱非常热烈。作为男人,你们都很可爱。你们对我的爱情倒不是虚伪的。"

她回过头来,屋子里的挂钟,在这极其安静的夜晚,那嘀嗒声分外响亮。尹修竹身上的旗袍整整齐齐,头发整理得干干净净,仿佛她又回到做姑娘时的洁癖,一切都细致而从容。

陆川吃惊地盯着尹修竹,他顾不上凌风,急得上石阶,却只是站在尹修竹旁边,张口想说什么。不过,尹修竹用手止住他,她说:

"爱情不应该被劫持,不管以什么名义。我相信你们各有苦衷:以前的事就算了。我们这场面,也未免太像一出戏。戏总要落幕,我认为我应该走了,今晚八点半有一班火车去南方,我现在赶去。至于你们,你们谁愿意跟我一起走?我就在火车站等着。"

她重新拿起皮箱走下台阶,到天井里,跨上石阶。她不怕远行,上海的《新生》编辑部与她保持通信,她请他们把稿费寄存在那里待取——她早就想过不可能在此地久留。现在她将以一个女作家的身份南下。她突然回过头来:

"其实你们俩可以一道来,我可以稍等一下。这样你们谁都不用害怕对方再使什么绊子，你们背后的人——不管什么人——也不好做什么下作事。哪怕马上有报告上去，说是三个人一起走了，带着行李，我看哪个能明白出了什么事。"

她轻声地笑了出来，招招手说："来吧，我们三人一起走，我说过，你们两个人我都爱。其实你们俩我谁也舍不得，离开你们其中一个，我一生都会懊悔的。我说的是真话。"

这样的结局，比任何小说都有意思，任何争风吃醋的言情小说格局，都不可能有这样出人意表的结局。她带着她的新小说，迎接她新的前程。

尹修竹边走边想，她没有听背后的脚步声，她相信那两个人都会跟了上来。她留恋地看了看路上高高的桦树，想象着他们三人一起消失在火车站。两天之后，在那燠热的南方，在竹子摇曳生姿的影子中，她双手分别拉住这两个男人，两个耳朵分别听他们对她倾诉心中无限的冤屈，无尽的遐思。

环形玫瑰

> 艾略特原引用康拉德《黑暗的心脏》中"恐怖！恐怖！"的叹语，作《荒原》题词。庞德划掉。这城市，岂"恐怖"二字了得。
>
> ——引自詹姆斯·海德《现代性的起源》

一

认识维维安是在那个中午。她头枕两本厚书，尽量离开各种肤色的男男女女，自个儿躺着，一会儿就半睡半醒了。她听见草地上有脚步声走近自己。对任何声音的靠近，她都本能地警觉。在这个城市，阳光很受欢迎，上午天空灰暗沉闷，临近中午阳光突然像闪光的剑剖开云层，渐渐云朵闪散，碧蓝透彻，晴空万里。穿着花花绿绿短衣短裙长裤的青年学生躺在芬芳的草地上，色彩异常绚丽。她睁开眼睛，一个灰蓝色眼睛的姑娘正朝她微笑。

不知为什么她脸红了。那姑娘伸出手，自我介绍说，她叫维维安。

她撑起身体，伸出自己瘦纤纤的手指，握住了维维安的手。

维维安一头红发在阳光下闪着耀眼的光泽，仿佛一个个光环罩着，衬得她脸部表情极其生动。她注意到维维安的牛仔裤上有好几个有意烂开的洞。她站起身，发现自己比维维安矮大半个脑袋。她在中国人中也算是娇小的，而维维安是典型的英格兰姑娘，高大丰满。维维安的左耳上挂了两个耳坠，一个是和右边一样的蛇，另一个则像钻石，小小一粒花苞，那颜色与她的眼睛光泽很接近。

她坐了下来，抱起那两本厚书。

那个叫维维安的姑娘也坐了下来，她的腿很长，长得似乎始终没有结束的地方。而她的手里却抱着一条长毛狗。长毛狗的肚子上有块黑色的斑圈，头顶也有块略小些的黑色斑圈。长毛狗冲着她叫了一声，转动小得古怪的眼珠，像玻璃珠子朝她滚来滚去。她本能地把身体往后退了一下，双手僵硬地抱紧膝盖，紧张地看着狗身上的黑色斑圈。

维维安拍了拍长毛狗，说别怕。丘比特很听话，很乖！维维安唤作爱神的长毛狗果然不叫了，蜷缩在维维安怀里，十分柔顺。维维安说自己不是有心打扰她。而是从来没有在草坪上看见东方人晒太阳睡午觉，不管是中东人还是远东人。维维安耸了一下肩，拉了拉掉下肩膀的上衣，她操着一口地道的剑桥英语，但说快了，就听出了她的声音带北爱尔的口音。西方人交朋友，就这副自在劲儿。一对金发碧眼的男女，相拥躺在维维安的左侧，他们面对面拉着手。她搞不清楚自己是在避开维维安，还是丘比特的玻璃眼珠。

阳光温暖地抚摸着雾都大学校园草坪和草坪上的每一个人，像梳子那么解痒，像溢出的酒那么柔软，人们懒洋洋的。微风轻轻地越过阳光，吹拂到她的身上。

天黑之后，唐人街更热闹。她掏出身上最后一点钱，从华光书店里买了毛笔宣纸墨。她想画画，想回到有情调的生活中去。一家家拥挤的中国字招牌的店铺餐馆，来来往往的黄皮肤，也有少数白皮肤黑皮肤凑在里面。广东话，香港"国语"，英语飘浮在喧闹的空气里。如果听得见家乡话，她就会觉得走在家乡，当然，这只是一个小小的幻想。走了整个下午，她一无所获，找不到一个工作，无论洗盘子卖水果上货架都人满为患。你们大陆学生来得太多了、没法照顾。经理负疚似的摊开手，脸上毫无表情。

中国古式牌坊下有两个石狮，堆着脏纸果皮腐烂的菜叶。她停住脚步，不，不能就这么回去，得再试试运气。

在"匡记"餐馆，她生硬地说了几句拾来的广东话。老板似乎有点唐人少有的幽默感，笑了起来。她赶紧用英语接上，说她需要一份可以吃饭的工作就行了。

老板上上下下看了看她，说你干两天试试，只管吃饭，不给工钱。两天之后再说。

二

沈远的桌子上摊了一堆稿纸。他每天给华文报纸译点东西，稿酬之少，只够抽烟。他慢慢翻着《英汉大词典》，却不动笔写一个字，仿佛这么做，可以抵御她的问话。

她无法忍受房间这么小他还拼命抽烟。火车从窗外摇摇晃晃而过，巨响在烟雾腾腾的房间外持续不断，这使她更加按捺不住狂躁的心情。她转过身，背对沈远，免得再次争吵，或者说免得延续至今未停的争吵。火车的声音湮没了她心里的喊叫。玻璃窗上有个模糊的影子，那身影真该随玻璃粉碎，在火车行驶的声音之中，谁会注意呢？

已经全摊牌了，她想。你妻子不是因为知道了我们的事，才提出与你分手。而你也知道她想和自己的英国老板结婚，所以慢慢拖着。你逼她每月付你生活费，直到你拿到学位，找到工作取到绿卡。

是。但又不全是！他将烟按灭在烟灰缸里，说这样又有什么不好！我们可以在一起，不是吗？

靠人施舍，你那么硬的骨头也落到这个份儿上了。她转回身，斜了沈远一眼。

别忘了，你也是靠我才出来留学的！

看来我不是靠你，而是靠她！她猛地推开窗。火车又轰隆隆驶过来了，轮子滚动摩擦在冰凉的铁轨上。她听不清沈远的回答。她的头脑在一寸寸倒空，她的心浸泡在屈辱之中。知恩报恩。但现在谁欠了谁？沈远妻子的高招，或许也是沈远的高招，她不愧为干贸易的，什么事都可以是生意，而你，连你也成了生意人？

火车声终于消失，房内房外一片寂静。

她松开胸前交叉的双臂。沈远从椅子上站起来，摘下眼镜，放在桌边。他不高，偏瘦，典型的湖北人，但普通话说得不错，只在激动的时候，湖北腔才漏出来，土里土气的调子，让人联想他曾是喂猪娃子鼻涕乱抹的样子。改不了农民样，不仅善于算计，而且心胸狭隘，鼠目寸光，善于占便宜，人所有的劣根性加在沈远身上，其实一点都不过分。

那么说，你让我到英国来读书，是让我来吃软饭的啰？她用出平时最不屑的粗俗话。

不不，你吃的是硬的，沈远脸上画出一个笑容。

她愣了一下。她要骂"无耻"，但她止住了自己。沈远三番五次催她，写信打越洋电话，托朋友带小礼物，请求她早点办理出国留学手续，早点到他的身边。她眼里的天空变黑，变成菱形，变成一团湿湿的乱草，在眼睫毛的抖动之中，黑色变成水，停留在窗外与铁轨并行的一座房子的尖顶上。是怕被那尖顶扎伤，还是怕那水顺着尖顶的斜度淌下来？她迅速地抓起地板上随身带的背包，"哐当"一声摔门而去，噔噔噔跑下楼。

沈远并没有追上来，他知道她会和以前一样回到这个让她瞧不起的破房子，除非她到更破的地方去，去洗盘子，去当保姆做更难于启齿的工作。

路灯昏昏浊浊，街道漆黑冷清，一个醉汉躺在地铁站外的地上，酒瓶横在三步远的地方。垃圾箱塞满了塑料袋包装盒纸片裹着的脏物。地铁站标志亮着光，她走了过去，醉汉翻了一个身，她本能地往围栏边靠。地铁站门口没有乘客，连售票机也关了，里面没有点灯，黑洞洞的，股股冷风不时灌来。她退了出来，马路对面的电话亭里有个戴帽子的人在拨电话，一辆白色轿车飞快地驶过。她看了看手表，十二点二十五分，早过了末班地铁时间。即使有地铁，也一样无处可去。庞大无比的伦敦，竟没有她安身之地，仅仅一晚上也没有。夜风掀起她的衣衫、裙子、头发。醉汉脚动了动，手向前伸，仿佛想抓那空酒瓶。

火车咔嚓咔嚓的声音远远传来，夜里班次减少，要隔很长时间，才能听到这熟悉的声响。她站在街下面，仰头望去，顶上阁楼融进黑暗，白色窗框隐隐勾画出两扇玻璃，房里，似乎熄了灯。

她把鞋脱了，提在手里，蹑手蹑脚地上大门内的楼梯，来到六楼。她坐在地板上，背靠门，头埋在膝盖间，每一分每一秒都冷漠地合同黑暗堵住她的喉咙，她只能把手伸进挎包，去摸钥匙，她手中唯一的武器，去转动那扇关得死死的门。

她轻轻走进去。沈远已上床睡觉了。他对她从来都是这样无动于衷。但这次他错了。

从床底拖出皮箱，她收拾衣物磁带。沈远躺在床上，没吱声。他肯定醒着，不过装睡而已。

当她把箱子盖好，立起。沈远从床上翻身而起，走过去抓住她的手，不让她走。

当无赖就当到底。她说自己现在不走，用不着这样。我能去哪里？我只得乖乖回到你这儿来，像堆贱骨头。

沈远只穿了一条内裤，肋骨突出，但面目清秀，看不出三十六岁的年龄。她被他按在椅子上。仅仅一会儿，她就站了起来，去拿桌上的杯子，手不当心，桌边沈远的眼镜跌在地板上。她俯身拾了起来，仔细检查，好好的，未有丝毫损坏。放好眼镜，她拿起杯子，喝咖啡？加不加牛奶？

咖啡！沈远没想到她会在这时说这句话，他从漆黑阴森的窗前转过了身，说不加牛奶。

他们坐在地板上的布垫上。两杯咖啡冒着热气，各自摆在跟前。相对而坐，使他们平静，又黑又苦的咖啡左右着沉默。火车驶过的声音，刹那间变得微不足道，他们拉长了耳朵，在提防地倾听对方的脉搏，如何变化跳动的形式，火车"哐当，哐当"的声响像鼓点，催打着节奏。

喝完咖啡，两个空杯摞在空盘里。睡觉吧！沈远站起来，到床边掀开薄薄的被子，将床边的枕头放正，见她没说话，又说，时候已不早了！他走到只能站两个人宽的卫生间漱口。门关上了，他坐在马桶上拉屎的声音仍然清楚极了，不一会儿是马桶抽水的声音，沈远走出了卫生间。

他经过她身边，她想如果这时他抱住她，向她道歉，或请她留下别走，可能她的心就软了下来，好不容易坚定起来的主意也没了。但沈远侧身闪过她，径直朝床走去，碰也未碰她一下。

"叭"的一下，沈远躺下之后熄掉了灯。偶尔窗外火车驶过的微弱反光投进房里，隐约可见一节节车厢，在玻璃窗上画着自己的影子。

"叭"的一声，她拉开了灯，我们谈谈。

几乎是同时，沈远又熄灭了灯。房间里恢复了黑暗。睡觉吧，有什么问题，明天再说！沈远打呵欠，他的双眉一定皱成了一座山。他说的明天也就是后天，也就是再后天。她知道他没法面对她想谈清楚的问题。

她在黑暗中拾起沈远的烟盒，抽出一支，含在嘴上，用火柴点上火。烟头一闪一亮，映出她瘦削的脸，黑亮的眼珠，微微卷曲的头发。她拉过烟灰缸，轻轻弹了一下烟灰，背过身死死盯着墙，她整个人渐渐消失在阴影里，她看不见自己。沈远均匀的鼾声融入一屋少得可怜的陈旧的家具，融入火车顽固而丑陋的撞击声中，她狠狠地吸了一口烟，吞了下去。

打开煤气，点上火，她把两只鸡腿按进装有水的锅里。鸡腿在锅里乐呵呵地蹦跳。她踮起脚尖，按住锅盖，足足有一刻钟之久，锅里才平静下来。炉火扯住她的衣角，窜上她披在肩后的长发，一团红光在一阵焦煳臭味中裂开又一团红光。

那是刚到伦敦不久,她对沈远说她总是梦见自己身上着火,梦见一个年老的女人。沈远说他去捉几只鸽子回来煮煮。哪儿都有,广场、地铁、街头到处都有鸽子,吃了,梦就会自行消失。他在开玩笑。

没法消失,她说。那个在火中一个房间一个房间乱蹿的女人,并不是她,而是母亲。她的哭泣声,她的脸,像一团深陷进骨头的乱草,那乱草遮住她,为什么她总是穿一件长及脚边的黑衣?环绕在她身边的是骷髅形的鸽子,随她一步步移动。

她仿佛又听见了那笑声,又尖又细。她双手紧紧搂住自己,紧贴冰凉的墙。

三

"匡记"餐馆以价廉实惠知名于全伦敦。味好,分量足,加上侍者态度好,光顾"匡记"的人,比唐人街其他餐馆多一倍。

她穿着绿缎子旗袍,旗袍开衩很高,露出她尚算丰腴的大腿。她的长发高高地绾在脑后,端庄优雅。她端着盘子,穿梭在坐得满满的桌子椅子间。动作要轻,脚步要稳准快,同时要格外小心,别出岔子。而且脸一定别忘了微笑。几天下来,她已过了最腰酸背痛难熬的坎,看来自己能够坚持到底。

她终日微笑,这是职业要求。化妆之后,她仿佛变了一人,对满堂的人和眼睛视而不见,一心一意记住那些拗口的广东话菜单,熟练地记下客人点的每一道菜名。但这次她感到有人在注视自己。她故意不朝那个方向看，那不是她照管的桌位，她转身走向柜台，那双眼睛也跟着她到了柜台。她转过身来，朝那个方向望去，是维维安，坐在靠窗临街的一张桌子前，一个穿黑西装未打领带的男人坐在她的对面。跟每张桌子一样，橘黄色的台布，一个玻璃花瓶，插了一枝粉红色的蔷薇，正在缓缓舒展开花瓣。

维维安站起来，她叫着拥抱她，仿佛在这里见到她比任何地方更让她高兴。她把她搂在旁边的座位上，说她穿上旗袍，简直太美了，东方美人！虽然认不出了，但肯定是她。维维安的笑声很响，旁若无人。

她怕老板看见，忙打断维维安的话，说自己在工作，不便坐在这儿。另找个时间，咱们再聊。走开之后，她想起维维安的男伴，一个头发长及肩，用根发卷系住的人，维维安忘了介绍，她也忘了与他打招呼。

她又朝维维安那个方向看去，维维安在朝她笑，那个男人也朝她的方向看。他们显然在谈她。

这天正好轮到她提前下班，她脱掉侍者的旗袍，换上自己的牛仔裤、T恤衫，走出"匡记"餐馆。维维安和她的男伴坐在对面街心花园的铁栏边。像在等她，又像饭后悠闲地休息。

老远维维安就向她招手。

她走了过去。

你住在附近？维维安问，她知道维维安的意思，一是想知道她住在哪里，二是若她住在附近，希望她能邀他们去她那儿。她把挎包从肩上取了下来，拿在手中，说她住的地方太乱、太小，而且还有两个同伴。

突然爆发的尖叫声，从莱斯特广场那些系保险带坐转椅的人嘴里发出。维维安看着悬在半空东倒西歪的倒挂的人，说她最近搬了家，在哈姆斯苔德，离地铁很近，正缺一个室友。她问她愿不愿意和她同住？一个人一个房间，共用客厅卫生间厨房。

恐怕我付不起这样的房租。她知道这种房子一个月起码得要四百镑左右，加上电费水费煤气费电话费，会更贵。她只能婉言谢绝。

维维安笑了，耸了耸肩，她能理解。为什么不去看看？维维安劝她。

她笑了，苦笑。她在唐人街任何一家店铺餐馆打半工，一个月下来工资不到五百镑，仅够乘车吃饭住最差的房子，幸好教授答应她，明年全免或免一部分学费——作为奖学金。

维维安将电话号码写给她，让她给她打电话，说不定你会改变主意，房租其实一点不贵。

但愿我有这钱！她放好维维安写下电话号码的那页纸说，笑着告别，这个叫丹尼的男人住在哪里呢？他的眼睛一直在维维安身上，很爱维维安的样子。

广场上，高大的铁狮子四周逗留着各式各样的人，而他们的四周是各式各样的鸽子。黄昏，仿佛一只巨大的鸟张开宽大的翅膀，遮住晚霞，露在翅膀外浅黄色的晚霞，正一点点被这只鸟吞食，变为淡黄，随着翅膀的抖动，时而显出一大块橘黄色霞光。

她站在国家画廊希腊式柱子间，俯视广场边上的车道，一批又一批的汽车，围着广场打转，各自寻找环形路上自己的出口。

下了国家画廊门前的石阶，她从右侧人行道跨过斑马线，走向喷水池，水花从塑像嘴里吐出，轮回往返。池子边沿湿湿的爪印，像鸽爪又像人的手指，重重叠叠难以分清。沈远托人带给她一封信，说朋友看见她在"匡记"，才找到了她，想与她谈谈，要她到纳尔逊纪念碑下等他。

揉成一团的信纸，在她手里越变越小，有什么好谈的呢？她从他那儿搬了出来，独自闯荡费了一番周折，找到一间房子，也是阁楼，屋顶，最低处得弯腰，和餐馆里两个广东女佣人住一起，房租一人一周二十镑，一月八十镑，水电煤气费另算。好在离唐人街不太远，半夜下班不必叫出租车，可以搭伴走回家，她们只讲广东话，她默默听着，听懂的，心里学几句，到英国留学还学广东话，真是难言的悲哀。挺住就会熬到头？但愿如此！学英国艺术史写论文读学位是为了生存，学广东话打工也是为了生存，后者更能生存下去。难道不是这样的吗？

一个背着旅行包的游客，端着摄像机，对着她身后的喷水池。她走到一边，这时沈远正好跨过人行横道，经过卖爆米花的车。她只当没看见。空气里还有鸽子屎的腥味，也有爆米花的甜香。游客慢慢增多，灰黑的云层出现在天边。

沈远气喘吁吁，说地铁中途停了下来。警察接到电话，说有人安放了炸弹。自然是虚惊一场，白白误了一个多小时。他见到她，很高兴。可他的眼睛告诉她，不是这么一回事。他有意穿了一件她送给他的紫色灯芯绒衬衣，人既没瘦也没胖，潦倒落魄的神态始终依旧。走了这么多天，为什么一个电话都不打给我？他的关心，使她有些心动。我特别想回国去！她淡淡地说。那个南方城市，那条江，那石块铺就的小巷，走在上面，声音清脆悦耳，相比现在，那时真像广场上的鸽子，飞则飞，停则停，自由自在。她出来留学其实不过是自讨其辱自求沦为二等公民。

圣马丁教堂传来阵阵钟声。沈远停住脚步，说：真是的，谁不想回去？但回去得有条件。他承认自己是个懦夫、打肿脸充胖子也要说国外如何好。他取下眼镜，掏出手绢擦了擦眼镜，戴上眼镜之后，他望着对面比广场高许多的英国国家画廊，那是全世界唯一免费出入的大型美术馆。他说他有一天在高更的画前站了三个钟头，绝望耗尽了他以前对高更所有的敬意。他似乎觉得她没听，你在听我说？他恳切地请她听他说。

好的，我听着。她也喜欢高更，大学毕业她留校讲艺术史，高更、凡·高，凡·高、高更随他们在校园散步，一个孤独被几人瓜分，孤独就不那么可恨了。他们在房间里长谈，关于艺术以及如何把生活当作艺术来过。在中国的一切，仿佛都变得遥远起来。伦敦，这座多次出现在一个阿根廷作家笔下被损毁的迷宫，当她和他此时此刻置身其中，才真正看清了迷宫的颜色、厚度和像诗一样的音质、韵律，它仍然神秘。只能不知所措，只能晕头晕脑、毫无出路，除此之外，还能怎么样？还谈艺术地生活，或生活艺术化，真太奢侈了！灰黑沉寂的天空逐渐升高，夹着一些暗青色。他是那种肯吃苦又能吃下孤独和寂寞的男人吗？他就读英国国王大学英国文学，研究 D. H. 劳伦斯，并不了解女人，起码不了解她这样的女人，像一些 D. H. 劳伦斯的研究者一样，或者像劳伦斯一样，生活总被他们自己弄成一团乱麻。

她对沈远说，他应该回国去，别空谈条件条件的。

何必呢？我们在中国躲躲藏藏在一起，费尽力气到英国才住在一起。他说得的确是事实。沈远搂着她的腰：别离开我，好不好？

她想抽掉他的手，却被他握住了。她摇了摇头，心想你来就和我说这些。油黑发亮的铁狮子变得模模糊糊。

他们远远看去像一对热恋中的恋人。

她的脸色柔和，说时候不早了，她得走了。

就顺着这马路往前走一会儿。他提议。他指的是西敏寺大本钟一带,泰晤士河畔那些脚步优雅的绅士淑女喁喁私语,旅游车的马蹄声响在光滑的路面上,让人心醉,也心碎。

真的,在伦敦的夜色里,坐在某个都铎式建筑的酒吧,手握一杯加冰块插着一片薄柠檬的科涅克酒,晶莹嫩黄,诱你全身心投入。如果走到因雨淋日晒变色的长木桌长木凳前,或坐或站,怡然自得。假如乘游艇,看泰晤士河水如何翻卷,辉映两岸灯光,一直到上游,到里奇蒙,那儿天鹅最多,夜色之中那里的天鹅像一小片一小片白光,泛着柔情的伤感。

不知不觉中她随他来到泰晤士河岸。他们在一个长椅上坐了下来。

啊,上帝,我可以关在一个核桃壳里,自以为是无垠土地之上的王。沈远一字一句背诵,手比画着,故意夸张,但她的兴致仍不见高涨。

她手抚椅子,转过身去,不看他。叹道,吾王,可是我们没钱,喝一杯啤酒的钱也得掂量一番。

你别说得这么糟,瞧着,我马上就买两杯来。他起身。得了,她拉住他,与他并行站在石栏杆前,她说,还是止住这个美好的念头吧!别人不知,我还不了解?爵士乐布鲁斯轮换飘浮在空气里,桥下一个酒吧亮着灯光。两岸漂亮的花园小楼泻出丝丝缕缕温馨。

瞧瞧,你老婆就住在那种房子里,而你呢?她说他像一件物品,被老婆随便塞在伦敦的一个肮脏角落,越塞越糟,住在火车道旁。

他毫不在乎,但声音听起来发颤,说那英国男人特小气。

不管怎么说,他们不是就要结婚了吗?她笑了一下,说我没猜错的话,打你从飞机降落伦敦那一刻,你老婆就没有和你待在一起。

沈远的手激动地颤着石栏杆。她住了嘴。

我不是想和你在一起吗?他抓住她的手,你比她好,比她漂亮,比她更合我的意。只要能和你在一起，他看着她的眼睛，继续说，我愿意住破房子。

她沉默了。桥下喝啤酒聊天的人渐渐增多，他们坐在岸边，脸上挂着笑容，女人的笑容尤其幸福。去你的精神贵族，去你的浪漫爱情，去你的美丽夜色。回家老老实实写这个月的论文报告，天亮之后，老老实实端盘子伺候人才是真格的。

她一边说再见，一边拔腿就走。

各种广告醒目地顺着地铁电梯徐徐下降闪现在眼里，报警电话、化妆品、内衣、沙发、图书、电影、旅游车啦，包罗万象，形形色色。一个十七八岁左右的青年，穿着花格子呢裙，站在电梯底端，吹奏着萨克斯，一遍遍回旋的主题，极像《波莱罗舞曲》。一个下着雪的街道，雨滴挂在屋檐边，清晨紧闭的窗，瓶中金黄色的菊花，相对一个衰老的女人，那布满灰尘的镜子，掠过几只受伤的鸟，长长的木梯，却听不见任何会面的声音。

她走进自动打开门的列车里，对面的车玻璃，摄入深不可测的夜，还有一副忧伤的面孔，她低下了头。

四

她腾清小桌子，取出毛笔墨，把宣纸展开抚平。

这是离她有半个球面的山水吗？那团墨在一点点润散，墨点落在纸上，似乎在吱吱地响，然后化成一片朦胧，一片雾景，山水依稀，时光依稀，一切又是如此，那无法脱逃的梦。

上小学前，母亲常常把她关在屋顶的小黑屋里，家里阁楼的天窗挂了一个大竹笼，养了一群鸽子。下雨时，放飞的鸽子往家里飞。木板墙壁夹有漏缝，透过缝隙，可以窥视下面的房间，暗又潮湿的三合土地，油腻的碗柜，木盆里堆着的脏衣，尿桶尿罐发出的骚臭味直冲而上。

　　那个南方城市，太阳很少出来，阴雨绵绵，一下就是一个星期。窄小的石板路白净光滑，泥地积满小洼，用不着一上午过去，整条街就泥水淋漓了。偶尔太阳强撑着出来，却无精打采，惨白一张脸，几片亮瓦，漏下几许光线，打开笼盖，鸽子冲出天窗，欢呼着盘旋在房子四周，通往天窗的活动木梯，站在上面，摇摇晃晃，邻街灰瓦灰砖的房子清清楚楚，来回飞着的鸽子却模模糊糊，一如待在笼子里，扑打翅膀扇起的灰尘，覆盖在烂木箱上。木箱里堆着破烂的鞋旧瓶子缺口的泡菜坛子，以及没有轴心的油纸伞。

　　阴雨时节，笼里的鸽子咕咕咕叫着。母亲心情不好，脸拉长，让她感到害怕。

　　名义上是哥哥喂养鸽子，照管的却是母亲，她原在一个小学工作，是一名不错的教师。某次运动，父亲坦白曾被国民党部队抓过壮丁，父亲成了历史反革命，在厂里从科室人员变为打扫卫生的勤杂工，母亲自然成了反革命家属，学校勒令她放下教鞭，她无奈，只得求人到处做临时工。

　　她被母亲关在屋顶下的小黑屋。一些奇怪的声音，像猫追猎耗子，尖爪子不停地抓木板墙。她蜷成一团盯着门，渴望那扇门突然打开，不仅有阳光，而且还有母亲温暖的手抱着她。

　　她不会听错。母亲抽动双肩，哭泣声低低而沙哑，像嘴里咬着手绢。碗筷倒在地上的哗哗声。酒醉之后，父亲从不正眼瞧这个家，和她有点相像。她同情谁呢？

她朝楼板使劲跺脚，狠狠敲隔壁阁楼的墙。但没用，墙那边，鸽子咕咕咕叫，楼下父母的战斗继续进行着，她猛踢门，让我出去！让我出去！耗子瞪着眼，在她脚边跑来跑去，欢乐地叫着。

那间小黑屋使她过于紧张而快速地度过了毫无柔情的童年。她拼命读书，只有读书才能脱离家和这片阴雨不断灰蒙蒙的天空。母亲偶尔从生活的重负中静下心来教育她，要靠自己打拼一条出路，别指望这个家。母亲说得不对吗？她如愿以偿考上大学，远远离开了家，她很少回去过，其实多年来就回去过一次，那儿一切都没有变，相对无言，她可以重新回忆一次吗？不能。就是如此，然后她走得更远，到了西欧。她搁在土墙边小小的药瓶插着一束颜色混杂的野花，如那个年龄的梦，像茫茫雾霭，久久不散，从来没有因她停下了而等一等她。

五

又是一个好天气！校园的草坪上照旧躺着坐着许多人。她黑裤，红上衣，披着长发，朝图书馆大楼走去。昨天打工十二个小时，来回走在厨房柜台桌椅客人之间，累得骨头咯咯地响。"吃硬饭"，她想起沈远的下流话，是不好受，但硬饭就是硬饭，精神和骨头都熠熠生辉。到了图书馆进口铁栏，她放好上磁的出入卡，在三楼找到一个空位。她得找《巴洛克艺术》一书，查证论文中几个重要的注解。可刚走到标有"艺术类"栏目的书架前，一眼瞥见沈远蹲在书架间翻书，忙缩回头。

四周安静，仅有翻书声和脚步声。二楼电脑储存了这个欧洲最大的图书馆全部版本资料。谁要放一把火烧图书馆，得烧上五六个小时，可是烧毁了，于大英帝国又有何损？她躲过沈远，找到那本纸页柔滑的书。她坐下来专心地做笔记。

当她抬起头，发现沈远坐在她对面的空椅上，一声不响，读着他自己的书。

她将一页笔记、圆珠笔放入裤袋，下楼时，发现沈远又跟在身后。

别跟着我，像只苍蝇似的。

那你是什么呢？苍蝇跟的？沈远厚皮赖脸。

我跟你没话可说。

今天我在图书馆等你一整天，你就这么对待我？

谁叫你等的？真是的。回到你妻子那儿去吧！没准她不会踢开你，只做那英国佬的情妇。那样你可以一直吃你的软饭。她走向最底楼——地下室学校学生酒吧。

里面闹哄哄的，空气浑浊，难以呼吸，但学生们喜欢泡酒吧，喜欢这股酒气烟气，而且价格较外面酒吧便宜。酒吧座位极少，男男女女站着、坐在地上，三五成群，两人成双，大声嚷着，不然谁也听不见谁说话。

一堆人围着，中间的红发女郎，背影极像维维安。他们似乎在听她谈一件极有趣的事，笑得前仰后倒。

她走了过去，真是维维安。她叫了她一声。维维安一手端着半杯啤酒，一手夹着一支烟转过身来，硕大无比的圆形耳环一圈套一圈，脸上露出惊喜，像老朋友一样把她介绍给一旁的人。最后，她指着高个头，头发留得长长的青年说，这是查尔斯，爱每个女人就不爱妻子的"王子"。"王子"长脸，留着胡子，笑容腼腆，像个男孩。

她一一点头，握手，微笑。

在离她两三步的柜台前，沈远一个人抽着闷烟，眼睛盯着她这边。

她转过身背对沈远。她告诉查尔斯自己是第二次来这儿，她摇了摇头，说是第二次，不错，不错。她说她喜欢这儿的热闹劲……沈远端着两杯啤酒走过来，打断她的话，对查尔斯直道对不起，说他有事要与她谈，查尔斯笑了笑，手摊开，朝维维安做了个鬼脸。

她萎窘，但还是接过了沈远递上的啤酒。他们站到一个角落，她说，你有什么权利这么做？

我没有这权利，难道那帮洋人有？他压低了声音，靠近她的耳朵，说早就知道她想嫁给老外，而他不过是她的一座桥而已。

首先我得告诉你，我们才是老外，我还要告诉你，我嫁人不嫁人与你无关。她一口气说完。

他直点头，说，我说不过你。喝了一口啤酒，他甩了甩搭在前额很久未理的头发，说别把脸歪到一边，仔细听着有好处。

听什么？她仍没正眼瞧他。

嫁个英国人，不仅可以混个绿卡，拿到英国护照，而且还可以混口饭吃。他见她笑了，顿了顿，说，其实你和我妻子没有什么不同，是一路货。

杯里的啤酒泡沫未全消散，她摇了摇，泡沫不仅未减少，反而增多了，快溢出杯沿，她盯着杯子，仿佛根本没听见沈远的话，但突然，她的手抬了起来，劈头盖脸地朝他浇了过去。

沈远哇的一声叫了起来。她将杯子往呆在那儿滴水的沈远怀里一扔，杯子掉在地上，打得粉碎。

酒吧静了下来，所有的目光都望着他们，好几个男孩打起呼哨，她转身就朝门口走，经过维维安那伙人跟前，他们给她让路。维维安钦佩的眼光盯住她,她朝她苦笑了一下,推开了酒吧的门。

下午,剑桥广场出奇的静,行人匆忙,一些老人坐在长椅上。车有秩序地行驶着。这儿戏院较多,通唐人街,连接红灯区索荷。一幅女孩头像,挂在剧院大门上方。那是轻歌剧《悲惨世界》巨大的广告牌,老远就可以感到女孩在哭。她穿过广场,加快速度,抄近路赶去唐人街上晚班。晚班除了当侍者、端盘子,打烊后还得和店里的人一起负责清洗堂里桌椅、地板,换上干净台布。

推开"匡记"餐馆大门,脑子静下来,谋生对她来说是一个故事,必须完成的故事,货真价实?还别无他途?一个钟头三镑钱,至少与卑劣的游戏离得远一点。活下来,比石头还像石头。

她托着一个大盘,将牛肉米粉、空心菜炒鱿鱼卷、两杯橙汁放在客人面前。橘黄色的桌布,恍若一片辉煌的城堡在燃烧在震动。她掉转视线。门推开了,进来三个客人。她走过去,把他们引到墙上挂着中国大纸扇的桌子前,请他们坐下,一一给他们上茶,递菜单时,桌布的颜色又产生了刚才同样的感觉,对面那位长发披肩的女孩的耳环,越看越像一个大洞。女孩旁边,可能是女孩的母亲正在点菜,她问,小姐,不舒服?

她感激地摇了摇头,微笑着说,没事。等客人点完菜,她拿起菜单往柜台走去,脚步轻飘,身子直晃,她扶住一把椅子,坐了下来。

一位侍者正好经过她身边。她抬起苍白的脸,把菜单递给这位侍者,说她可能病了,得请假。

告假?就等于丢了这份工作。坚持一下吧!

她站了起来,头仍晕眼仍花。她摇了摇头。那位侍者扶她到厨房与洗手间的过道。

那你能自己回家吗?

她点头。

侍者看了看她，答应她给老板说明一下，替她请假。

谢了侍者，她靠墙站了一会儿，厨房的油烟味时而被打开的门扇过来。她换了衣服，提着自己的挎包，出了"匡记"门，费劲地挪到华光书店对面的凉亭里，坐了下来。

肮脏的木箱积满噩梦，每个拐弯处都藏着一个谋杀者。一本书上说，人类最害怕三样东西：一是虫，二是黑，三是高。它们是人类下树后史前生活留下的集体潜意识，而这些东西都不断在她的梦中出现。薄而脆的天花板，花纹由污水浸染而成，她不停地在床上辗转反侧，直到半夜她才吃了点同屋带回来的面条，她感到自己把黑暗同梦一起吞了下去。第二天，睁开眼睛，她拖着虚弱的身体走到窗前，朝窗外无目标地观望，一只小小的蜥蜴在左旁两层高的墙壁上，攀着一株青青的藤蔓。那座房子离她并不近，奇怪生了病，还能瞧见几乎和藤蔓一色的蜥蜴？

第三天中午时分，她已可以上楼下楼，烧开水喝。这场病来得快，去得慢。她服的是从中国带来的药。这个福利国家，看病还得花四镑多处方费。躺在床上的几十个小时，昏迷，清醒，清醒，昏迷，一直在靠近一个象征，伦敦这座迷宫般的城市逗弄了她，刺伤了她，掀倒了她。整整一周过去，她坐在镜子前，梳着头发，镜中那张陌生、冷漠的脸，残留着噩梦。她取出眉笔，轻轻描了描，加深了眉毛的颜色。"匡记"已不会再要她，老板有的是强壮者可以挑选。她揉了揉脸颊，小心翼翼地抹粉、口红，盖住病后的暗红色。

她挑了一件短裙，套上花上衣，关门时，她又回到桌前，对着小镜子看了看，用面巾纸抹擦了两下稍厚一些的唇膏，该是另想生存办法的时候了。她骨头再硬也硬不过这个城市，难道不是吗？

她在公用电话亭里打电话。

从电话亭里可以瞥见广场上卧着的黑狮，慢慢游荡的人，他们沉浸在鸽子飞翔的音节里，电话亭玻璃上带着水汽，模糊了她的视线，她拿着话筒，身子转了一个角度，朝地铁站方向，电话亭外，一个穿红裙子的白头发女人，瞪着一双蓝眼，在等着打电话。

教堂的钟声支撑着橡树，空旷、肃穆。她坐了五站地铁之后，走在这条栅栏内盛开玫瑰、绣球花、石榴花、剑兰的街上，这个美丽而宁静的地方，是伦敦？维维安说这里一周三十镑房租，一月一百二十镑，比她现在住的还便宜。

藤架上高高的凌霄花蔷薇，红如火焰，香气溢满整条街，一只只鸟在轻轻叫着，从花园的树枝上跳到篱笆上，像知更鸟，飞过她头顶，映在绿叶白墙之上，像一幅从未见过的画。她想，为什么不答应维维安？既然只有三十镑一周。虽然还未看维维安的套房，但她喜欢哈姆斯苔德，喜欢停在每幢房子前漂亮的汽车，喜欢途中经过的一条小溪，清澈透底的溪水飘荡着长长的水草，过期的水仙花，叶子却分外肥满，在溪畔随风摇摆，小路上带刺的黑莓，果实粒粒紫红，熟透了的，坠落在地上。

她抄近路，找到那房子。推开白色的栅栏。房主人住楼下，楼上楼下分两个出处，实际上是互不干扰的两套房子，维维安只要我那么一点钱，她的思想又集中在这个问题上，为什么有必要多要一些，如果她喜欢我留在这儿的话。她走上台阶，真的，维维安想些什么，与我有什么关系呢，三十镑就三十镑，有什么必要深究？

她伸出手，拉门上的铁环敲门。

六

像一件精美的器皿,一种既可以让你死又可以让你复活的仪式。可爱的现实,可怕的现实,与现实相对抗的幻想统统套入神秘的盒子。盖好它,就好受得多,是吗?她站在挂着白纱的窗前,体味仪式中淡淡飘散的巫气的药水,在这一刻里,少有的宁静靠近了她的心。维维安穿了件后背袒露的棉布白裙,在花园里,从伞形晒衣架取下一大堆衣服,走了上来。

她打开门,接过维维安怀里的衣服,放在客厅的沙发上。维维安梳了一个辫子,眼圈涂着紫黑的眼膏,本来就下凹的眼睛显得更加深邃。

"新奥尔良有一座房子,

在那儿有许多小伙子消磨了青春。"

房间里放着摇滚歌曲《太阳落下的房子》。维维安将这首歌反复录了一盘磁带,不厌其烦地放,让听者泪水盈盈,永难忘记。维维安的用心没有白费。她先是惊奇,然后才是真正喜欢,时而随维维安一起哼唱。

二十七岁的维维安,全名叫维维安·德蒙特。这带贵族气的姓,使她为之骄傲,说宁可不嫁人也不能换掉这个姓。其祖上在北爱尔兰有一个巨大的牧场,轮到她父亲这一辈,似乎家境已不如往昔之荣华。尽管如此,在北爱尔兰经营产业的父亲还是给维维安提供了一切物质保障,让她在伦敦专心读心理学。待她游历了世界众多城市之后,越发对伦敦感情深厚。她好像有很多朋友,也有很多衣服,反正她很少看见她重复过朋友或衣服。

挂好衣服，关上衣柜，维维安弯身拾起地毯上的控制器，和她一起坐在豆袋子上，维维安按键钮，跳着看电视，仅仅几秒钟，她倒在地毯上，说我还是坐沙发，没法与你同享啊！她们笑了起来。

她从豆袋子上爬起来，说我们得做午饭了。

别忙做，还不饿呢？维维安让她坐下，说，如果你教我中文，每天半小时，我们就把那三十镑顶学费吧！白玉兰花高过一楼，正好在她的窗前，带着初生的美，或毁灭后的一种震颤，凭着粉红，娇嫩的玉兰花，远远就可认出这幢维多利亚式的房子。

客厅连着维维安的房间。她的房间靠着卫生间，客厅，不大，放着单人床、书桌、床头柜、衣柜、靠窗的一角有一个不宽但长到屋顶的书架，上面放着书、画册、资料夹，大都从中国海运邮来的。家具全是原色涂上油，有意显出木头条纹。吊灯台灯、窗纱、窗帘和墙纸、地毯、天花板颜色淡雅，房间既干净又舒适。

她走到维维安的房间，门裂开一道缝，她敲了敲门。屋内录音机声音小了。

她重新坐在桌前，继续看书。维维安说在唐人街当侍者太累，让朋友替她找到一份在比萨饼店接电话管外卖的工作。她说她是中国大陆学生，没有允许做工的工卡，唐人街餐馆老板正是借此盘剥打黑工的学生。没关系，维维安的朋友说，那家老板是他朋友，她不必为此操心。但维维安没有时间坐下来跟她学中文，每次她只学几句，就推说下次再学。你是个坏学生！她骂她。

可我是个好心肠的好朋友。维维安得意地强辩。

她拿起《汉语口语》，皱了皱眉头，喊，维维安，来呀！维维安说你来。

拗不过维维安，她走了过去。维维安正跪在地毯上，一大堆音乐磁带、CD盘堆在录音机音箱旁边。咱们开始吧，认真学，她说。十分钟后，维维安便扔开了课本，求她开恩，说到此为止，明天多教一页，行不行？不管她脸色，维维安又跑到音箱那儿，挑了挑，翻了翻，她举着一盘画着琵琶的磁带对她嚷：CHINESE——ZHONG GUO。

她接过来一看，果然是中国琵琶演奏的曲子。她向她借了这盘带子。梦境似的乐音。隔开美丽森严的墓地，涓涓流淌的溪水，小心地围拢她，犹如独自一人时，听着窗外花园里的知更鸟、喜鹊、乌鸦清脆的叫声，白日，黑夜，一次又一次来临。

七

查尔斯那玩意儿就像橡皮糖，还好意思纠缠我？她坐在床边，照看酒醉的维维安。维维安换男友，像换首饰衣服鞋子。在她看来，她并不太快乐，她需要男人，是为了忘了他们，但奇怪的是她的男友被她扔了后，没有一个跟她翻脸为仇，仍是好朋友。她不能不佩服西方人在性关系上之大度。

维维安说晚上那个Party来了许多人，年纪和她不相上下。维维安涂着银白色指甲油的手在空中挥了挥，不带你去是对的。真没意思！浪费一个晚上。她倒了半杯矿泉水，给维维安喝。

舒服多了。维维安谢她，说自己在Party上不过就喝了一杯杜松子酒。没醉。她跟着学了一句，没醉，说维维安你走路都不稳了，还撑什么呢？

就是头有点晕。维维安没看她,面朝墙,说珍妮你知道吧?她见过,一个苗条动人时髦的女人。珍妮总追求我,躲都躲不开。我把她介绍给亚当,呵,就是那个德国纳粹,今天晚上她和他始终在一起,这下好了,她找到男朋友了。

维维安停止讲,看着她,她喜欢叫她的英文名字,海伦。她说,海伦,住在这儿,愉快吗?

她搞不明白自己干吗要闪躲开维维安的眼光,声音平静轻柔地说,很好,很不错。她以为维维安还要说点什么,抬眼一看,维维安却睡着了。

她熄掉灯,轻轻关上门。回到自己的房间,怎么也睡不着,是睡衣碍事,紧了?她脱掉睡衣,仅穿了把屁股绷得紧紧的内裤。还是无法入睡。她只好套上耳机听音乐。I have been changed, yes, really changed(我变了,是的,我真的变了),她翻了一个身,维维安在与男人、女人碰杯在微笑。He is a man, he is just a man(他是个男人,仅仅是个男人),歌曲哀伤幽怨,用一种恐惧的声音唱出来,让人更加迷茫,不知该怎么办,Don't you think it's rather funny?(你不觉得这很可笑吗?)她摘掉了耳机,扔在地上。扯淡!狗屁!她将枕头压住脑袋,想忘记此时此地,更想和那个迎面而来的可怜的女孩,错道而行。

八

她跑到厨房,从墙缝往里看,若明若暗的煤油灯,在低矮的桌上,火焰扭动油烟闪闪烁烁,东一支筷子西一支筷子。酒杯歪倒在桌边,父亲瘦长虚弱的身体搭在椅子上,看不清他的脸,母亲眼白一翻一翻,像渴极的鱼。

桌上菜碗散发出肉的香味。

她的口水在嘴里翻卷。她背对紧闭的房门,听着鸽子在阁楼上互相摩擦着身体转动的声响,它们没有叫,一声也没有。她想象着鸽子一闪一闪的小眼睛,包满了水,那无言、沉默。是安慰,还是在追悼?

九

教堂彩色玻璃上的羔羊,随着晚祷的钟声起伏,在轻轻叫唤。人们画十字,相互祝福,让死去的人永远安息,活着的人平安如意。人们画十字,赞美主。她推开一扇窗,倾听那迂回在空气里的祷告,那些声音从窗外的玉兰花涌来。

玉兰花渐渐黯淡。淡淡的夕阳,使房间蒙上一层温馨的光。她双手由脸朝后脑理了理乱发。维维安房间里又有客人。

她侧闪过身子,过了走廊,维维安的笑声从紧闭的门里传了出来,他们似乎在说将在哪儿度假。一个男人的声音说,他很想去维维安老家的牧场。

她扭开暗锁,出了房门。

房东老人正在侍弄花园,用剪刀剪去白黄红玫瑰,他嫌玫瑰长过了篱笆,走路总挂着衣服或脸。一条长毛狗摇着尾巴跟在他的身后,看见她,便跑了过来。狗的头、身上的斑圈,使她一下认出狗是维维安认识她那天抱着的丘比特。她怕丘比特跟在身后,就大声与老人说话。老人七十多岁了,一头白发理得整整齐齐,但他的耳朵不灵,她重复两遍才听清。

哈哈,老人笑起来,说人怎么会怕狗?他放下剪刀,叫,丘比特。丘比特跑到他面前,舔他的脚,他说,你别吓着我的狗。

老人孤身一人,有个侄子不时来看他。维维安说他脾气怪,但是个好人。她打趣地对丘比特直道对不起,惹得老人又笑了起来。她难以想象这个干巴巴瘦精精的老头年轻时是个板球明星?那天在花园晒太阳,老人竟与她们唠唠叨叨,夸耀自己坐在慕尼黑玛丽安广场的酒吧里,一边喝黑啤酒,一边欣赏一丝不挂的德国女人在身边走来走去。

这时,维维安从窗子里探出半个头,可能是房东老人的笑声引起她的注意,海伦,你去哪?

出去随便走走。

早点回来!维维安叫道。

走在弯曲的小径上,她轻轻地松了一口气。水草随着溪水轻悄悄地流逝,风不让人注意地掀动叶片,她的头发、她的衣角。小溪对岸一片红色的房子是手工艺品市场。一面长又宽大的玻璃窗透出坐在酒吧喝啤酒的人影,情侣居多,双双对对,不时旁若无人地接吻。水仙花已见不到踪影,一些白菊零零星星开在溪边,映入水中,像一张张凄楚的脸。

两个腆着肚子的英国半老徐娘扎紧大裤腿,在采黑莓。树丛深处,荆棘纵横,熟透了的黑莓,挂在那儿,让人垂涎欲滴。她在路边摘了一颗,含在嘴里,甜甜的,略有酸味。

桥旁边,有个一百多年历史的水磨,除了轴是铁质的,其他部分由木头制成，远看像一个风车。覆盖在上面的厚厚的苔藓，保持着不随着人间进步的神秘感。开动起来的水磨，卷出的水花，像一段白绸，环绕在半空。站在桥上，两旁的树木丛丛叠叠，相互遮掩，隐约可见远远近近的红砖红瓦房白色小楼和黑框白墙都铎式建筑。建过尖顶的画坊，传出手工艺市场街心乐队演奏的英格兰民歌，古老的旋律贴住夕阳殆尽的天空，格外悒郁、怆然。穿得极少的英国女人在桥上走来走去，骄矜而傲慢。当然这是他们的国家，他们的美丽的国家。

十

电话铃响了。维维安首先接过去了，一听是找她的，便让她接。

哈啰！她刚准备问对方是谁，但一听声音就明白谁找上门来了，你好！她改用中文和沈远的妻子说话。

沈远的妻子仍用她漂亮的英文，声音慢慢地，听起来不仅悦耳，而且惬意。她说，好不容易找到她的电话，她要她原谅一直没有时间去看她。这段拐弯抹角的话是一段开始曲，紧接着便出现了主旋律：你有眼光，海伦。我见过维维安，她就是有点怪癖，喜新厌旧，但这没什么不好的。她非常迷人，听说还非常有钱……

我不是离开沈远了吗？她握紧话筒的手似乎沾着汗珠，黏糊糊的。她松了松，把右手换到左手，贴住耳朵，这不是你等待之中的事吗？那意思再明确不过了，咱们没什么谈的。她不在乎沈远的妻子话中带刺，暗示她和维维安关系不正常。

我得谢谢你哪！我们可以做很好的朋友。沈远的妻子说我们可以吃个午饭，我请客，怎么样？似乎是因为她没反应，她便又掉转话题了；维维安不错，不错。

这关你什么事？她有点恼火了。

沈远可痛苦了，我真不愿意看他落到这个地步；赔了夫人又折了情人。

这不正符合你的要求，是吗？

沈远妻子愣了愣，随即以笑声掩饰，但他毕竟还是我的远啊！我们感情之深，别人没法理解！

她清醒过来，这个女人不只是来奚落她侮辱她一番，说沈远仍是她的，即使她不要了，也不属于别的女人、不转让出去，或许有其他用心，比如沈远没在离婚书上签字，所以她有意来挑动她，激怒她，让她回到沈远那儿去？

说话说完了吗？她不客气地对沈远的妻子说，我不会跟你配合的，她搁了电话。

两分钟不到，电话铃又响了。她瞧了一眼故意在卫生间和客厅的过道走来走去的维维安，拿起电话。沈远的妻子用中文对她说，海伦，你说了实话。很好！也许沈远值得你爱，也许不值得，这和我关系不太大。她有些咬牙切齿，但声音仍然甜美温柔，她说她只关心一点，不过她可以告诉她，这就是她不会轻易放过沈远，当然她得养他，这点不矛盾，她得折磨他……到发疯为止。

她直称赞沈远的妻子，然后问，你的话有完没完？她奇怪自己竟然能做到如此心平气和。

完了，可以说是暂时完了。电话线的那一端，沈远老婆那张算得上好看又异常聪慧的脸仍在柔声地说。

她放下电话。玉兰花在窗外飘散，一瓣瓣坠入泥土、草坪。几个连成一片的网球场，沈远和穿着白球鞋、白短裙的娇滴滴的妻子在打羽毛球。他们挥动球拍，球在网上擦过，弹在地上，跳过网，蹦起。笑声飞扬，旋转在半空，单单停在她站立的窗台上。

　　回忆，像个轮子，她滚动这个奇特的轮子，轮子也在滚动她，朝同一方向，朝一个不该停住的点，急速而去。是的，那时沈远胆怯到纯洁的地步，在她面前，他总是举止不安。她毕业留校刚到分校教书时，沈远已教了两年英国文学，他对英国文学熟悉到让人吃惊的地步。她与他谈莎士比亚、济慈、艾略特以及塞克斯顿、普拉斯、海明威。普拉斯一生像个奇迹，在冬天的伦敦，开煤气自杀，他说她死的那个冬天，伦敦全是雪，水管都结了冰。那个冬天呵，多么寒冷。她现在在伦敦，却不愿去找普拉斯当年的居所，她不知道这是为什么？而那时，她的心相对现在，显得多么年轻。

　　　　我是唯一的人，命中注定
　　　　无人过问，也无人流泪哀悼……
　　　　十八年后仍无依无靠
　　　　一如诞生那天同样的寂寞……
　　　　于是经验告诉我，说真理
　　　　决不会在人类的心中成长起来

　　他背诵着。她看见了风中的橡树在荒原上，被巨风刮着，树叶朝一个方向。艾米莉·勃朗特有一张怎样的脸？她想象着，觉得穿白衣白裙的她在眼前一闪而过。像那些长长短短的诗句一样，那是个漫长的冬天，那是个漫长的一夜，他一层层脱掉她的衣服，他的手指随着她本能的拒绝而颤动不已。然而他的叫声随着她的配合而停止。他打开灯，说没想到，她不是处女。那你也是有妇之夫啊！她在心里说。一开始他对独占的重视远胜于对感情的珍惜。

他不止一次地问她，那人是谁？

她没有作任何解释。如果她能忍受比黑暗还可怕的孤独，如果她遇到了别的人，如果那个人比他更好，（如果……呵，打住吧！）她或许早就溜出了他的生活。

十一

维维安似乎在厨房的冰箱取什么东西，大声唱着一支歌。她听不清楚。

吹风机在嗡嗡响着，她停住，拔掉电源，把吹风机放在桌子上，绾起长发，用夹子固定在脑后，套上牛仔裤，白紧身衫。这时，鸽子结伴飞进花园，啄食房东老人扔在花园草坪上的花生。她想吃鸽肉，从踏上这块陌生的土地看见第一只鸽子开始，她就有这个念头。那天，维维安把一只飞到她肩上的鸽子赶开，她心里就直后悔。快来呀，海伦！维维安在催她。

她走下石阶，跑出花园。维维安已坐在她那辆银灰色的丰田克雷西达车里，见她走来，维维安说，坐好，系上安全带。维维安教她开车，态度很蛮横。鸽子掠过树枝，在前车窗上拉下一摊鸽子屎。

她骂了一句"Damn it"，停了车。维维安打开车门，用纸巾小心翼翼地擦去鸽子屎，她打了两个哈欠，钻回车里。

她握着方向盘告诉维维安，她想捉一只鸽子。

维维安说，这再容易不过了。

我想把鸽子蒸着吃。

维维安侧过身，灰眼亮了一下，伸出手，拍拍她的脑袋，说海伦，你神经是不是出岔子了。

你们洋人不屑把鸽子当作宠物，而我们中国人宠物也可以是食物，猫呀，鸟更不用说了。她看了大惊小怪的维维安一眼，说，维维安，你说你如何喜欢中国，但你不可能理解中国人。

为什么？维维安叫她把车开慢点。车玻璃映出树花云朵的投影，路边青翠的草坪，一个白发老太太牵着狗去对面马路，往红邮筒投信。那座常常阴雨不断的城市，由陡峭的石梯、低矮灰暗的房屋组成的街道，似乎从未有过如此清静干净的时候，每个角落充满了垃圾，泥水涟涟，人满为患。鸽子像驯服鸽子的人一样驯服，待在笼里，除了一定时间放风，没什么自由可谈，主人一个口哨，它们就得乖乖回家。那年月人没吃的，黄皮寡瘦，鸽子自然也养不肥。可这并不妨碍人杀鸽吃鸽，将鸽毛装入竹筐，晒在窗台、门外台阶，比赛谁吃得多。晒干后的鸽毛闪着光泽，十分美丽，收破烂的老头用一个钢锚儿，挨家挨户收走。

瞧瞧，这儿，鸽子把什么都弄脏了，玻璃窗、房顶、花园、雕像，人的头发，衣服。

不远处是街心花园的环形车道。她停了车，和维维安换了个位子。

鸽子有鸽子的权利。维维安驾着车，不紧不慢绕着花园，亮着左灯。一连串汽车等在左边线外，有人不耐烦，在按喇叭。挺着大乳房的鸽子不时擦过人的身体腾飞，不时落到地上，停在台阶边，它们显然活得比人轻松自然，不时，舒展翅膀从高处俯瞰这些不能飞的动物，发出一两声悦耳的咕咕声。

从地下停车场乘电梯出来，一排排架子搁着盆景、绿植、菊、玫瑰、郁金香、指甲花、海棠、吊兰，一年四季的鲜花似乎都有，一股浓郁的奇香迎面而来。

她推着小推车，维维安不停地往里扔面包、黄油、牛奶、芝士鸡腿、香肠、色拉油、菠萝鸡、维果罐头、卫生纸、洗衣粉、香皂。维维安叮嘱她爱吃什么就拿什么，多吃点，你长得那么瘦小。狗食猫食罐头排满两个长长货架，这个国家宠动物到了与人平等的地步。

维维安拿着一袋红萝卜叫她，你喜欢的色拉。维维安说的色拉，是她做的家乡泡菜，红萝卜是做泡菜的主要菜料之一。自从维维安第一次尝她做的菜后，就赞不绝口，她辣得嘴都合不起来，好好，真不错呵，以后你做菜！她笑了。

十二

母亲把一个红布包藏到衣柜最底层。那是刚有记忆的时候。小学三年级，她已识得不少字了。母亲翻冬衣出去晒，她瞧见那东西，弯身拿起要看，被母亲一把夺过来，说小孩子，不要乱动大人的东西。那红布八成新，不重。

那天家里没人。关上门之后，她打开衣柜，找到那个红布包，揭开一看，是一本用毛笔工工整整抄写的小册子，里页是木版印的竖行，小册子没有名字，她模模糊糊记得一些句子：

强阳采阴秘术……百战而成仙。房中秘宝莫过鸽胆拌蒜末而吞食之，必使经脉相通，津气盈流……女气发舒而取其精气，陡阳可养阴也宜然……

　　围上围裙，母亲打开鸽笼盖，抓住一只灰鸽翅膀，提了出来，用切菜刀在鸽子脖颈划一小口，血流进盛有清水盐的碗里。被杀的鸽子不死心，蹬腿挣扎。母亲抖了抖只剩一口气的鸽子，鸽血又滴了下来，有的溅到碗沿上。笼中的鸽子在惊恐地打转，不停地叫着。母亲的围裙和地板一样，斑斑点点血，她往杀死的鸽子身子倒开水，开始搅拌，扒毛。

　　父亲每次与母亲吵闹，总要提到一个男人，母亲低低的辩解似乎很委屈，父亲不听。是那个男人吗？

　　他偏高，中等身材，穿着整齐的中山装，说话、走路一副斯文相。每当她被关进小黑屋，她就感觉是那个眼睛眯着的男人来家里做客，母亲留他吃饭，少不了鸽肉。

　　她和母亲走在厂办公大楼里，想这干净的梯子，一尘不染的栏杆，透亮的玻璃窗都是父亲打扫的。而她就是在父亲不停地清扫擦洗、倒垃圾痰盂、汇报思想接受训斥的过程中一点点长大的。那个男人坐在厂大办公桌前的藤椅上，母亲像不认识他一样和他说话，求他办一件事，似乎是与父亲有关。他不愿多说话，打着官腔，说要等党委研究研究。

　　他端着茶杯，站了起来，肚子微微腆起，鸽子在里面咕咕咕叫，它们待不住了，没有待的空间了，她感到它们会突然从他的喉咙窜出。她不知所措，紧抓住母亲的手，脸色灰白，嘴唇发青。母亲摸了摸她的额头，匆匆忙忙对他说，女儿生病了。拉着她出了办公室。

回家的路上,她跟去的时候一样好好的了。母亲骂她装疯卖乖的!那么说家里那种男人呻吟声不一定都是父亲。她第一次这么想。父母不息的战争,不一直在告诫她吗?人,不管男的女的都难对付。唯有独来独往,像母亲骂她的装疯卖乖也行。就像此时此地,她坐在花园的椅子上,进入黄昏时分的寂静,这多好!

丘比特在玻璃门内晃来晃去,黑色的斑圈扩散开来,房东老人坐在沙发上看电视。风沙沙地响,她不由得打了个哆嗦。

十三

卫生间大开着,维维安躺在浴缸里大声嚷,太累了,受不了,她说她一睡觉就做梦,下流梦、噩梦、怪梦,然后自己笑了起来。

她在写期末论文。导师对她很严格,开了一整页书目让她读,要她就巴洛克艺术的分析作一个研究报告,并定下了报告的具体日期。白天在比萨饼店打工,将当天卖不完的饼带回作为晚饭。这是在比萨饼店工作的好处。她早已吃腻了,但省事省钱,还有营养,有什么不好呢?她和维维安在经济上分得清楚,有借有还,各付各的账。

你干吗不动冰箱里的鱼?维维安在浴缸里责备她。哗哗的水声。一会儿维维安又说,你快点完成倒霉的论文吧,我们一起开车去度假,巴黎,如何?她翻动着身体,水溢出浴缸,直布罗陀,真是太美了,难以想象那种美,海水、日光,透明的蓝!

她坐了起来,擦抹香皂,然后又躺了下去,着迷地回忆第一次在地中海的阳光下裸泳、晒日光浴。一旦返回了自然,你总想生活得更自然。

她停住笔，伦敦南边布莱顿也有一片专门划出的裸体海滩，是不是？她问了一句。

你怎么知道？

我不告诉你？她笑了。

维维安走到她的房门口，手里拿着一条浴巾在擦湿发，她裸露的身体很美，皮肤黑黑的，富有光泽、弹性，只有两个乳房、下身略显本来的肤色。那三块白斑是常晒太阳造成的，那是西方女人相互比赛谁度假多玩得痛快的另一种标志。

她站在那儿，用浴巾随随便便地擦沾着水珠的身体，然后，包好湿漉漉的头发，比她穿上衣服还自然，大方，昨夜你看电视那么紧张？按理说，你应当喜欢恐怖一类不合常规的东西。

我不喜欢鬼电影！

其实挺滑稽的，一点不可怕，那血是番茄汁。

电视里放映的那部拍得惊险又血淋淋的电影，维维安说女主人公善良柔弱，小羊羔似的，像她。

她笑了。维维安啊维维安，如果你不是红发蓝眼，如果你和我一样的肤色。我们或许……想到这点，她吓了一跳，忙套上耳机，不理会维维安光着身子在屋子里走来走去，收拾浴缸，往洗衣机里扔脏衣服。维维安乐于帮助她，用各种并不让她发窘的方式施惠于她，难道自己甘心于此？她不愿弄清楚，而愿糊涂下去？趁维维安回她自己房间那一刻工夫，她轻轻关上房门。那高高的额头、蓝眼、飘浮于空气中浴后的芳香，盯在她的身上，呜呜直叫，她把头伏在桌上，手放松，像小小的火苗，挡也挡不住，窜上她心底在眼前轻轻地颤动。

十四

母亲半夜回来，门吱嘎一声开了，又吱嘎一声关上了。她站在五屉柜前，借着窗外淡淡的月光，对着小圆镜梳头，那镜子离她很近。梳子在头发上缠着，她用劲才梳顺并不长的头发。她把梳子上的断发取下，拿在手里。

她的头蜷缩在被子里偷看母亲，慢慢移动着身体，母亲的背上有一道伤痕，对，是伤痕，她心跳了一下，想问又怕惊动她，还有鼾声阵阵的父亲。

母亲似乎累得背都弯了，她把头发合拢，拿起梳子，但不一会儿，将梳子放回敞开一条缝的抽屉里。

急促的脚步声在门外的石阶上响起。

维维安进门就说来不及了！她对着镜子用唇笔勾了勾嘴，填上涂均匀的口红，便打开衣柜，找衣服。

别急，我等你。她坐在维维安的床边。墙上有一只鸟展开绿色的翅膀。她凑近，是一个标本，那翅膀边有一串黄色的小圆点。自搬来这儿已一个多月了，怎么没发现呢？鸟的头部圆，而嘴呈钩状，下嘴比上嘴小。

那是查尔斯送我的鹦鹉！维维安说，你再看看它的眼睛。

她摸了一下鹦鹉的眼睛，在动，在盯着她，做得真好！她抚理光滑的羽毛，由衷地赞道。她将它挂好在墙上。发现壁炉上有一透明玻璃纸做的小盒，像蝴蝶？像蜻蜓？被一根针插住，一朵金黄的干菊花坠在下面，一个美丽的坟墓，葬礼正在举行，却永远没法完毕。

我就喜欢小鸟小昆虫之类的玩意儿！维维安穿着内衣转过脸来，意味深长地说，点燃一支绿沙龙烟，火焰缠住了烟，很快烟头燃成一节灰，她一改平常的豪放野性，眼睛扫向玻璃方桌上一束紫色的鸢尾花，将烟灰抖在缸里，说每当春天一到，父亲便带她回祖父的牧场，旋荡在空中的花香叫人迷途，小小的蝴蝶，舞姿轻柔，蜜蜂叫着，从一朵花畅饮到另一朵花，我爸爸却说整个牧场因我而活了。她听着，觉得维维安不是在说往事，而是在拼命拽住一种柔情，一种早已失去暧昧的幸福。维维安找出一件质地柔软做工考究的黑裙，大敞领，双肩露在外面，下摆形似筒裙，既性感又典雅，她戴上金项链，没有挂耳坠。

你真漂亮！她对维维安说。

在学校大礼堂里，正举行着一年一度的学期末聚会。人多极了，川流不息，中国学生也来了不少。维维安蹲在人堆里找自己认识的人，不一会儿便没影了。

她倒了一杯可口可乐，坐在靠主席台的那排位子上。

一个浓妆艳抹、刻意打扮的女人在她斜对面，约十来步远的地方，正和两个女学生说得嘻嘻哈哈，眼睛朝她坐的方向看。她认出她是佳佳，沈远的一个熟朋友，刚来伦敦时，与佳佳有几面之交。有一次她和沈远半夜为点小事发生争执，她在街上转悠。想找人倾吐，便进了路边电话亭，想只有佳佳这时未睡，是夜猫，生活优裕，嫁了个秃头的英国丈夫，一个年龄可以做父亲的人。她拨通了佳佳的电话，说自己心情不好，想和她说说话。一周不到，整个伦敦的中国学生都知道这件事：沈远想抛弃她，她痛不欲生云云。

她没和佳佳打招呼，只当没看见似的喝饮料。

她站了起来，偏偏这时，维维安走过来，叫住她，海伦。

那三人的目光整齐地扫向维维安。她对维维安说，她想一人先走。

维维安挽住她的胳膊，等我一会儿，我们一道走，如何？

我们不干一杯吗？急什么呀？！沈远头发梳得整整齐齐，穿了一套灰西装，连胡子也刮得干干净净。

维维安顺手从旁边的长方桌上拿过一瓶红葡萄酒，往沈远的杯子里倒。

如果我没猜错的话，这位应是德蒙特小姐，沈远拿过维维安的酒瓶，自我介绍他叫沈远，是她的男朋友、未婚夫。

嗯，维维安用手轻轻挡了一下自己的杯子，说她讨厌这血一样的酒，可惜这儿没有威士忌、白兰地，真遗憾！她拍拍沈远的肩膀，说了一句中国话：幸会，幸会，朝站在一旁的她翻了一下眼皮，说祝贺你呀，海伦，你有未婚夫啦！

她像没听见维维安和沈远的话，往杯里倒可口可乐。

这就是你的保护人，喂，真不赖呵，住在哈姆斯苔德，济慈当年写《夜莺颂》的地方，沈远微微笑着腰挺得很直，不，应该说，你比我更不如，落到如此地步，吃一个女人的软饭。

不关你的事。我就是不发火，看你怎么着？她心想。

怎么不关我的事？沈远反问。

软饭，维维安跟她学中文不用心，也不肯花时间在上面，"软饭"是什么意思？

沈远慢条斯理地用英文说，软饭就是煮得很烂的米饭。维维安不太相信地摇摇头，开始觉得眼前的气氛不对劲。

别笑，沈远，我告诉你，你与我早就结束了，咱们如果不能做朋友，难道还非做仇人不成？既然我们不在一起了，谁也管不着谁怎么过!

事情没你想的那么简单,你知道我离不开你。他瞬间装出的潇洒劲全没了,再说,就那么几个中国女留学生,全被男鬼子、女鬼子弄走了,我们怎么办?在人声喧闹的大厅,他的声音轻得像蚊虫。

她苦笑,眼睛胀痛,眼泪在打转,说怎么说得出来?女人又不是牲口,由不得你们这帮男人分配。站在她背后的维维安探过头来问,海伦,怎么回事?

没事!她不想维维安介入进来。

沈远瞟了一眼转过头去和人谈话的维维安,看看,难怪伦敦的中国人说你,你自己把自己搞成什么样了?

什么样?我告诉你,这伙中国人心理不正常,整日造谣生事,唯恐天下不乱,小人也。

她停了停说,即使像你们造谣的那样,也轮不着你来做道德说教,女人总比男人可爱,何罪有之?

沈远想笑,但没有笑出来,他直点头称是,那……我在这儿为你们干上一杯!他声音有点颤,举起杯子,去碰她的杯子。

从别处转了一圈的维维安走近沈远,拍拍他的背,手伸向他的屁股捏了一把,沈远惊得跳向一边,脸陡地一红。维维安举起杯子去碰沈远的杯子,说,干杯!太好了!干杯!一边说一边溜到别处去了。

沈远握紧杯子、手上的筋因过度用力而冒了出来。她真担心杯子会被他捏碎。他一饮而尽杯中的酒:你的性格一点没变,总是对着我干,让我难堪,我不太相信你会喜欢那头骚洋马。他清了清嗓子,说他真的不相信他们不可能重归于好,一点没救?

除非,她说。沈远把话接过,除非下一生下一世!

下一生下一世也不会。你死了这条心吧。那些夜晚早已消退颜色,那些诗句早已被泪湿透，越来越模糊。况且，她顿了顿，犹豫了一下，但还是说了出来：你老婆也不会让你得逞！

不可能，他肯定地说，他们已经议决去法院办离婚正式手续。

她打过电话给我，就在前几天，她点到为止。

她能说什么来着？

真想听？她问一句。

沈远点了点头。

她说她会养着你，但饶不了你。

沈远沉默了。他看见维维安和一个男士聊着朝这边走来。在众多的女人之中，维维安打扮脱俗，高雅而华贵。他神色诡秘，说真替她难过，她的保护人真是寸步不离她。他放下酒杯，心急火燎地走了。

她站在那儿，浑身一抖，沈远无意还是有意点出一个她自己一直不愿承认但反感渐渐增长的事实？维维安的确把她看作自己的所有物，一件有趣的收藏品，一个娇小的中国瓷人儿。

她把杯子放在桌上，面包、黄油，还有芝士，桌上堆的全是洋人喜欢的食品，酒都打开瓶盖，她倒了一点雪碧，但没喝也没拿起来。她在努力打消那个使她极端不快的念头，应该说既是无可奈何，又是坚定不移地打消，说事实嘛，事实就是维维安对她很好，再也没有别的什么人对她那么好了！人们过节似的穿来穿去，相互致敬，慷慨激昂地议论，低语，笑声、碰杯声。个子高的俯视矮个子，矮个子的仰望高个子，并肩者更融洽，胖瘦不一，或坐或站，形式自由地进行精神或意志的亲密或搏斗。

他怎么走了？维维安拉她的手说，来，我给你介绍詹姆斯教授。

母亲悄没声息地将小圆镜扣倒在柜子上，轻轻叹了一口气，转过身来，眼角的泪滴闪闪发亮，母亲独自一人对着镜子哭了，在夜深人熟睡之际，难道真像她和父亲吵架时恨恨不已地说，她所做的一切，是为了父亲，是为了这个家？

她当时怎么就没想到母亲一发脾气，罚她跪在搓衣板上，把她关进小黑屋，并不是因为她没听她的话，而是一种需要，对，是需要。如果早知是这样，她多么愿意永远待在小黑屋里，让鸽子和老鼠的声音轮流响在耳边。哦，那会是一首动听的歌。

上午的阳光一寸寸挨近她的脸，她拉开窗帘，伸了个懒腰。薄而脆的世界似乎沾了水，轻轻用指头一戳就可以洞穿。她感到自己的可怜在于用所谓的精神加厚内心的屏障，但是如果置身于那座湿淋淋的南方城市呢？自己不是已经远远离开了它吗？她赤脚从床上跳到地毯上，透过白纱窗，玉兰树隐现在窗外，渐渐凋零，那芳香却和盛开时一样，太阳沉没于芳香之中，慢慢爬上玉兰树，爬上屋顶，挂在天空。她穿上鞋，想去花园看看那株玫瑰灌水之后活过来了没有。房东老人拄着拐杖，站在伸进花园一截的玻璃亭子里，一旁的椅子空着，他像在等什么人，脸上流露出焦急。丘比特蹿到他的脚边，舔舔他的脚，转到他的背后，玩椅子后的小皮球。

回到房间，她自言自语，玫瑰是活了，但他若是突然中风了，怎么办？我们连知道都做不到。

维维安在熨衣服，说你在念叨什么呀？

她说，老人要是死了，我们也无法知道。

维维安笑起来，哪里会？一看他就是长寿人，什么也不求，也不需要。

她哦了一声。

你不信？维维安打赌似的说，既然上帝保佑了他那么多年，就会继续保佑他。

你是基督教徒？

不是虔诚的基督教徒。维维安往熨斗渗入冷水，我小时碍于父命，每星期天都跟父母去教堂过礼拜。长大了，才对布道不再感兴趣。

现在你不信上帝了？她帮她翻了一面红裙，铺平。

我当然相信上帝，不然就完全没什么可信的了，那更可怕。维维安把熨好的裙子用衣架挂好，放入衣柜。海伦，你信什么？中国人是不是都信佛，信孔子？她敲敲自己的脑袋，糊涂加糊涂，一团泥。她俩哈哈笑起来。

敲门声响起，停在她和维维安之间。她们听了一会儿，不错，是敲门声。

十五

维维安放下手里的蒸气熨斗，取掉电插头。走到门口，从门孔里往外瞧了瞧，对她说，迈克尔来了！然后打开了门。

来人捧着一束康乃馨。

啊，真是太美了！维维安接过花叫道，她和迈克尔拥抱，吻了吻唇。然后对迈克尔说，这是海伦，你见过的那个漂亮的中国姑娘！

她笑了笑，作为回答。这位头发卷曲留胡子戴金丝边眼镜的迈克尔是维维安较为固定的男友之一。

迈克尔朝她飞了一个媚眼，正好被回过头来的维维安看见了，但迈克尔照样毫不在乎地与她没话找话说。

她对迈克尔说对不起，到厨房，从冰箱里拿了一块比萨饼出来，放在盘子里。水壶的水正好烧开了,她冲了一杯茶,放入牛奶汁、两勺糖,坐在厨房的桌子前,搅拌着茶,吃起来。

维维安出来为迈克尔冲茶,瞧了瞧桌子上的东西,皱了下眉,拉开冰箱门。

你干吗老吃你们老板不要的破饼!维维安转到她身后,若你再和我分得清清楚楚的,我就真生气了。她的手扶着她坐着的椅子把手,求你了,海伦,尝尝这德国香肠。她问她能不能画一张中国的山水画,并指明要她家乡的风景。

放下手里的茶杯,她扭过头去,维维安深紫色的眼帘,像火焰般红的头发,灰蓝色的眼睛,动人的声音飘浮着,一阵波浪袭来的感觉。她的心抖了一下,她转过头,手中钢叉却在比萨饼上划了深深一道口:但得等忙过一阵之后,再为你画,她说。

你加班到什么时候结束?维维安问。

还有一个星期。从上午十点到晚上八点,她得一直待在比萨饼店里,有时干五天,有时干六天,每周时间不一致。自然工钱比在唐人街打黑工高多了。

维维安摇摇头,端着一杯茶,一杯咖啡,进自己房间去了。

十六

唐宁街14号门前,首相在发表讲话,一群记者举着录像机、摄影机。

从导师那儿回来后,她闷闷不乐坐在客厅的地毯上看电视。下学期的奖金泡汤了。不是她不够格，成绩不拔尖，运气不好。学校裁员，经济衰退也影响了大学，缩减了资助。艺术史系取消了奖学金计划。明年六千镑学费怎么办？幻想就是幻想，不可能梦中摘下一颗星，这颗星就留在枕边钻进了心里，常常就是如此，当你醒来什么都不存在了。

她喝了口加冰块的橘子汁。隔壁房间里传来维维安的声音，像是一连串的脏话，说得飞快且低沉，她听不清楚。

紧接着是一阵碎裂的响声。你打烂了我最喜欢的东西，你这个无赖、杂种！门哐的一声打开了，维维安清晰的声音在颤抖。

迈克尔一边拿着自己的外衣，一边嚷道，我走，我走，这女人疯了。他打开门走了出去。

维维安奔过过道，将一个黑包和那束插在长瓶里漂亮的康乃馨花通通扔出屋门外：滚得远远的。她朝门一脚踢过去，门自动关上了。她回到自己的房间。

是过去安慰维维安呢还是装作不知道？维维安和其他英国女人不太一样，时而温柔体贴，时而狂野古怪，她任着性子来，想干什么就干什么，完全不计较后果，有时骂到声嘶力竭的程度。只有一次，她听维维安在电话里向人道歉，态度谦卑到让她发笑的程度。

维维安房间里似乎没有哭声了。她不放心，轻轻走了过去，敲了敲门。

进来！过了一会儿才响起维维安的声音。

她推开了门，维维安蹲在地毯上，手里拿着碎玻璃块，地毯、椅子底下有碎玻璃碴儿。

她帮维维安拾摔破的咖啡杯，用吸尘器将可能陷进地毯里的细小玻璃碴儿清除干净。

他说你了！维维安抓住她的手，我和他争了起来！维维安的眼光哀怨。她把维维安扶在床上坐好，迈克尔和维维安闹成这样？她不愿问维维安，也不太相信维维安刚才含含糊糊的话。

维维安对镜看了看泪水弄花了的眼圈，红肿的眼睛，起身进了卫生间。

真是，这两天过得不痛快，也不知是怎么一回事？维维安拧开的水管哗哗地淌着水，我什么时候为男人哭过？她洗净了脸，从卫生间出来，坐在椅子上，重新化妆，刚才那副伤心劲已消失得无踪无影。我们邀些朋友来玩玩。你的论文报告也做完了。这样美好的周末，咱们得轻松轻松，对不？

不等她答应，维维安便跳起来打电话，她在这时候能找到什么样的朋友来？墙上的磁盘电钟已快到七点了。

回到自己的房间，她没有开灯。过道里那盏灯笼状的吊灯，随着敞开的窗吹入的风，摇晃着猩红的光圈，蔓延在鱼肚白的地毯上，那儿放着维维安和她的拖鞋，除了隔壁维维安打电话的英语，四周静得可怕，既没有玉兰树发出的香味，也没有蝉或鸟的叫声。她感到累，说不出的凄凉，压迫着她的心，她点了一支烟，抽了起来。

温暖的水，流进白色的浴缸，淹没她的身体的每个角落，每个空处，水蒸气弥漫之后，天花板出现了一些朦胧的图案。她躺在浴缸里，头发甩在脑后搭在浴缸边上。水面浮着洗澡液化开的白色泡沫，滑腻腻地环绕着她，柔嫩的花瓣，一层层覆盖她，她闭上了眼睛。

天花板上用热气形成的图案，因她关掉水而变幻得清晰多了，更像人的脸，一只手，一个凋谢的翅膀。她动了动身体，对面的镜子模模糊糊。她抓住浴缸的把手，坐了起来，伸手去抹镜子上的水汽，镜子里出现了一个眉清目秀黑发挂着水珠的东方女人。她的目光移向倾斜的肩，饱满娇嫩的双乳，苗条的腰，特别是那红红的嘴唇，湿润，微微露出牙齿。仿佛第一次对自己容貌关注，第一次对自己这么喜欢、倾心，她呆呆地注视镜子里的自己。

她从水中站了起来，镜子映出她修长的腿、挺直的背，背脊上的沟痕，丰满的臀部。她转过头，维维安站在门旁一盆长着小鸟嘴的热带植物旁。她脸红了。

隔着门，维维安叫道：海伦，快点！

马上就来。她答应着。她在穿一件红绸面料像旗袍的裙子。沈远最喜欢她穿这件裙子，说有曲线，又能显出她修长的腿。真见鬼，自己又想起他来？她拉上裙子背后的拉链，关好衣柜，开始梳头。

又是敲门声。你们来了！维维安的声音在说，呵，安东尼，乔伊斯，不不，他们早来了，肚子里已灌满了啤酒、威士忌、杜松子酒，成酒桶啦。一片笑声。窗外花园那边隐隐约约响起汽车刹车的声音。街这边似乎停满了车，不然车不会泊在那儿。

杰基，面具带来了吗？

一个娇美的声音在说，带来了，都带来了，亲爱的，悠着点，慢慢来。

她打开门，灯忽然全熄灭了。维维安在嚷，都戴上面具！

有人递到她手里一个塑料壳，叫她戴在脸上。她抚了抚头发，将它戴好，露出眼睛和鼻子，她动了动嘴，不错有个活动的口，房间太黑，她小心移动，但还是撞着了人，对方笑出了声。

混血的凯特举着燃着三支蜡烛的烛台进来，放在桌子上，烛光缥缈，一闪一闪，狗脸、猫脸、狐狸脸，还有可怕的鬼脸长在人的身上，一律白色，奇奇怪怪阴森可怕。打开了客厅与维维安卧室那道关死的门，房间特别宽敞。最亏的是她，戴上面具之前，她没看见任何一个人穿的是什么衣服。从声音上也可区分出来。可是她错了。它们掀动面具上的活动小口慢慢喝着酒,却有意地改变自己说话的声调,它们议论威尔市海边悬崖上狄兰·托马斯的墓,麦当娜新拍的性电影,皇室秘闻、海湾战争以及第三次世界大战的可能性与必然性。牛脸的鬈发女郎把看足球那股劲带到这儿,踢猫头鹰的屁股,说足球踢在门框上算分就绝了。

那还不如缩小球门或根本不要守门人更来劲!一条带美国口音的狗盯着墙上的鹦鹉,维维安你家的鸟为什么不动,要知道,鸟不动,就是在等着做爱啊!

真的吗?声音不像维维安。

蝴蝶做爱只是快乐的撒籽,鸟跟人一样,差不多。那狗不停地动大腿,得意着呢?

瞎说!蝴蝶不做爱。哄闹之中有声音驳道,说得跟真的一样,好像你看见过鸟做爱?

她的手紧张地握了一下,这未免太奇怪了。

十七

你怎不鸣叫,可爱的鸟儿?一头牛对她说,打量她的旗袍,你从中国飞来找谁呢?

她走到墙上的镜子前,看见自己竟是一只鸟,吓了一跳,人们胡乱拿的面具,怎会她是一只鸟?

一只手在她腿上拍了拍,低头看,一只狐狸递给她一支烟。她接过来吸了一口，吸第二口后，她明白了，它们在抽大麻。难怪房间里流动着一种奇特的香味，叫人闻后骨头微微战栗，身体变得柔软，而心里非常轻松无忧。旁边的老鼠叫她递过去。音乐响起，是成人模仿儿童的轻声哼唱的曲子，旋律怪诞，节奏很和缓。轮回的大麻又传到她面前，烟入喉咙，极不舒服，之后，她感到了比以前的轻松无忧加倍的兴奋和快乐，是否成瘾的都会这样？群兽摇晃着和自己脸不相称的身体抱在一起跳舞。她被一头虎抱在怀里，虎呼吸急促，浓重的法国香水味从花衬衣上发出来。虎还有个喉结。

突然门开了，庄严地进来一条带人脸的狗，是楼下老人的丘比特。肯定是维维安想的绝招。掌声、口哨声、笑声起伏不断。丘比特撒欢似的吠叫，在地上打滚。

她的脸绯红，身体在慢慢散架，变化成了一堆随时会因风而纷飞的羽毛。

我是一只鸟，干吗不呢？那头虎把她重新揽入怀里，抱得紧紧的，它在低语，在问她，又像自言自语，想和虎交配吗？她本能地摇头。但她被抱得更紧了，说，想、想、想，她闭上眼睛，那声音仍在逼问，温存而火热。可不等她开口，一只猫把她抢了过来，那熟悉的手，柔软，带点潮湿，像火焰的头发，那呼吸的气息还会是别人？

她紧紧依偎着这只猫，房间里混乱不堪，又井然有序，他们显然不是第一次玩。有人在解领带，脱衣。她不知怎么挣脱了那只猫的怀抱，晃悠悠地从东倒西歪的人堆中跨出去。

她躺倒在自己的床上。你手伸过去，摸到那扇旧木门，门边皂荚树、桑叶相拥，你抓住母亲的手，她轻轻抚摸你的脸。旧木门在风中吱嘎地响着，她感到一只手在摘她脸上的面具，脱她的旗袍。香气，缠绕着她，托起她一点点上升。窗外花园宛如白日，绿绿的绣球花一大丛一大丛在滚动，门外低低流淌的旋律里，鼓声轻泻进来。脚步声从她床头退去，门被轻轻关上。她为什么不来？她想。

她不让维维安的嘴唇靠近她的脖子，别的地方随她抚弄。

维维安静静地躺在那儿。她拉了拉被单。你别离开我，我讨厌男人，维维安侧过身来，抚开几根挂在她脸上的头发，说如果她变了心，她就杀了她，把她埋在花园里。

然后呢？你再自杀！她接过维维安的话。

维维安笑了起来。她没有笑，我真想尝尝被人杀死是什么滋味，她轻轻说了一声。

真的，不管你跟谁，都不如跟我在一起好。我就觉得你对我得劲！特别是你东方人特有的温柔。我对别的女人一点感觉也没有。如果有，也去得快，就你，我彻底投降了，我也搞不明白是怎么一回事。

我们不可能在一起，她不知怎么冒出一个这是西方帝国主义对东方弱者再次侵占的念头。这么想，她又觉得自己荒唐，便改了一种语气，声音温存，我是说我们不可能永远一起。她把手放在维维安的肩膀上，问她，你懂吗？

维维安摇了摇头。她伸过手去，想握住她的手，可是手握了个空。维维安并不在她身边。

难道维维安有意不理她，让她一人待在黑暗里，还是维维安乐坏了，早已忘了她的存在？她听见隔壁房间里一片欢闹声……她忽然发现自己嫉妒起来。

鸽子，无数的鸽子在屋顶上飞。母亲打鸽笼盖，让鸽子飞走。那似乎是个夏日的午后，她穿着一件短裙站在楼梯的扶手边，看着母亲用手赶鸽子。

鸽子全部飞走了，母亲松了一口气。

但母亲错了。鸽子一只不少地飞回来了，它们带回来伤心欲碎的太阳，那个南方城市，那灰瓦带阁楼的房子，才是太阳落下去的地方。母亲拿起菜刀、木桶上楼，她每上一级，都费了极大的劲似的。她系好围裙，开始杀鸽子，每杀完一只，涂在她脸上的灰云便揭去一层。她在不停地洗一双血手，不停地用刀剖开鸽子。

那天天气很凉爽，用不着蒲扇。母亲却拿着蒲扇坐在一把旧藤圈椅上，看着一家老小三口吃饭。哥哥走到厨房，把筷子伸进灶上一大锅烧好的鸽肉时，母亲说，不是让你吃的，别动。一向撒皮赖脸的哥哥被母亲的神色唬住了，坐回桌子呼呼喝稀饭。母亲脸上的云越来越薄，露出铁青色。

父亲喝着盅白干，胡子拉碴儿，沉默寡言，桌子上只有一小碗胡豆一小碟泡菜。母亲扔了蒲扇，起身，把灶上整整一锅鸽肉，放在一个尼龙网兜里，走了出去。吹进门来的风夹着母亲和邻居的说话声。

那个奇怪的日子，她的下体一阵潮湿，内裤湿透了，她伸手摸了一下坐着的凳子。血，她一看，几乎吓晕了，不知所措，一动不动坐在那儿，拿着筷子，盯着碗发愣，那猩红的血，在一点点染开。她双腿在挣扎，拼命想止住，但止不住。她终于惊恐地叫起来。

这是月经，你是大人了，还这样不懂事！母亲第一次温柔地对她说。

一直到第二天中午维维安出门的声音才惊醒了她。她揉了揉眼睛，头仍昏沉沉的。她披了件衣服下床。过道里大小不同样的鞋不见了。她和维维安的拖鞋靠墙而立。客厅和平常一模一样，干净、整洁，似乎喷了香水，像菊花的味道。

梳洗之后，她换了一件白色套裙。天空游离着淡淡的云雾，树叶、花朵在风中沙沙沙地响。她看了一下时间，赶紧取了挎包，得赶快走，不然就赶不上下午和晚上的班了。她在门口穿皮鞋时，突然想起今天是星期天，她的休假日，但她仍然拉上了门。

广场上，人没有以往那么多，有的人一看就是外国游客，胸前挎着照相机，手里举着微型摄像机。生有绿锈的塑像对称地站在喷水池两头。爆米花车的四周围着小孩和鸽子。她机械地将手中的面包捏碎，撒在地上。鸽子传递信号似的叫着，一只羽毛全黑的鸽子飞到她的挎包上，啄她的手指。她打了个冷战，鸽子发出欢快的叫声。四周迅速消失的不是车流人影，而是时光，泰晤士河水静静地流淌。城市，灰暗阴沉。城市，既不想张开眼睛又不想闭上眼睛，如此古怪！广场东北角几乎没有人，十来只鸽子散步似的跟在她身后，排成队，成一线慢慢移动。她蹲下身，手伸向一直和她并行的脖颈有一圈翠绿羽毛的灰鸽。可它比猫还精，飞快地闪开了，停在石栏上盯着她。几乎同时，所有的眼睛唰的一下像钉子一样扎来，有人在叫警察！她旁若无人地抬起头，维维安的声音响了起来，她挤过人群，朝她走了过来。她再次感到了鸽子滑出手心的空荡荡以及鸽子扇在她脸上惊慌的风。

十八

往左边看，那儿是索荷，紧靠索荷是唐人街，维维安站在哈姆斯苔德公园高地上，指着远处模模糊糊的城市轮廓。

那边，应该就是圣马丁教堂。她其实只能略略看见一个尖顶。

那儿可能是紧靠西敏寺大楼、大本钟的泰晤士河，维维安说，我们可去码头区看看，一幢幢后现代式的建筑，像玩具的宫殿。

她被维维安带进一个奇大的玻璃房子,像手伸开的奶酪树、棕榈、山茱萸、紫荆、玉簪、鸢尾以及盆景里的苹果、金橘、石榴、樱桃、杏子,应有尽有。一丛叠一丛,一片接一片的紫色小花,像小时见到的勿忘我,映在玻璃上,比一场久违的梦遗下的水迹还深入她的肌肤。

十九

我准备下周去西班牙度假!维维安搭着梯子,把厚被和冬衣装入一个大塑料袋,扛上阁楼,放在那儿的一个大箱子里。你去吗?维维安又问了一句。

她的长发用一条手绢系在脑后,站在厨房的水池边洗碗,大声点,她叫道。

还不够大声吗?我要去西班牙……电话铃响了起来。

维维安飞快地从梯子上下来,甚至来不及移动一下梯子,闪过身子往自己房间跑,哈啰,她抓起电话说,她不在!似乎对方坚决要求着,她才说,好吧,等着,我去找找。捂住话筒,她叫,海伦,电话!

她搁下水淋淋的叉子、勺,擦了擦手,走回自己的房间,拿起电话。

我一直在等你搬来,回家。沈远冒头就是一句。

我们已经分手了,你难道还要我再重复一遍吗?话筒响了一下,维维安肯定拿起了电话。两个电话,但共一根电话线。维维安能听懂她与沈远之间说的中文?她用英文重复了一遍刚才的话。有点像开玩笑,在这儿,中文成了外国话,她更难相信维维安有兴致一直拿着话筒，等着自己和沈远说些什么。

你说完了，我还没说完，沈远求她回去：明天法院的正式离婚文件就下来。

别自欺欺人，我不相信你会签字？签了字，沈远的妻子就可以甩手不管，他得自食其力，这是一开始就明摆着的事。

你若今晚不来我这儿，我就死给你看，沈远冷冷地说。她没搭腔。不信，是不是？我会死给你看的，他激动得语无伦次，说话颠三倒四，我以为你和那洋马母牛早完了，真的，我不信你是同性恋。

她尽量控制住自己，沈远，你说要死，就像个人样死给我看。你算什么男人，只不过身上多了一块像橡皮糖的东西而已。

你等着瞧吧！沈远的口气坚定无比，同时还骂了一声婊子养的。

她坐在床上，面朝墙。"同性恋"不如"婊子养的"这句话更伤她的心。沈远知道怎么做能伤她。的确，她是母亲当"婊子"养的，母亲用青春用肉体换来父亲少被惩罚避免升级关押坐牢，母亲使一家人活了下来，这代价是实实在在，一分一分地付了十多年。

维维安到她的房里来，海伦，别理他这种男人！她看得出来，维维安是真心在安慰她，虽然听不懂电话，但她感觉得出来她与沈远已闹到不可收拾的地步，同时，维维安也是真心地为她与沈远分开高兴。

二十

咕咕声在逐渐变大，仿佛有几百只鸽子云集阁楼。它们往瓦缝里钻，啄屋梁，屋梁出现空空的声音，房子在摇晃，整幢房子倒塌。

她从床上猛地坐起，浑身冷汗，想也未想，穿好衣服，站在地毯上。她想起沈远那个电话，越来越不安。

她轻脚轻手推开已睡着的维维安的房门，拿了她放在手提包里的车钥匙，来到停在花园旁的那辆银灰色小车前。

在一个上坡处，她往右转弯，进了六层楼高的一幢破旧房子前的小街，雨下了起来。

她噔噔噔地跑上顶楼，转动手中的钥匙，将门打开。房间里静悄悄的。一片漆黑。她打开了灯。

沈远侧卧在床里侧，手上、身上都是血。血溅到墙上、床单上、地板上。他以前说过，割腕自杀，让血流尽……她紧靠墙闭上眼睛，感到喉咙哽塞，心跳加快，快停止了，便用左手指甲掐右手虎口，直到她痛得叫起来，才松开，才睁开眼睛，一把推开浴室的门，对着盥洗盆吐了起来。她拉亮了灯。

浴缸边拉着塑料帘子，一直垂到地上。她慢慢移动步子，走近，拉开塑料帘子：一个人躺在浴缸里，鲜红的水淹没了全身。

是沈远，他眼睛闭着，嘴闭着，死得硬邦邦的。

她倒退一步，吸了一口冷气。

火车急驶过的声音穿过房子，直冲她而来。

那一池水清澈透底，没有可怕的红色，沈远苍白的脸斜露在水上。她走上前去，摇沈远的肩膀。他一下从浴缸里坐起来，双手掩面。

我没死，你很失望，对吧！好一阵，沈远才开始说话，难道我这辈子真差个手捧鲜花的黑衣寡妇在坟前假惺惺地哭泣？他一把扯下塑料帘子，扔在地上，水滴溅得他和她脸上身上到处都是。

他光着身子从浴缸里迈到地上，不知是冷还是激动，浑身直哆嗦，那个器官缩得像根小虫，可怜又可笑地吊在腿间。

她抹了抹脸上的水滴，一字一句地说，沈远，我真的受不了，不是对你，而是对自己厌恶到了极点。她抓住门把手，摇晃的身体才没有倒下：我此生此世再也不想见到你。

沈远脸变形地呈菱形状，看着地上的塑料帘子，像个拔了毛的公鸡，全身皮肤惨白。

她心软了一些，动了动身体，想向他靠近，但她的双脚定在那儿了。她问自己，为什么不赶快逃开，她不明白在等待什么。

驶回那幢熟悉的房子。她没想到，维维安披了件米色风衣坐在路旁石阶上，抽着烟，明显在等她回来。

见她把车停在门口，维维安走了过来，替她打开车门。

他死了？

你别问了，好吗？她几乎是哀求。

雨早停了。漆黑的街道，路灯照着仍然湿漉漉的路面。她背靠着车座合上眼睛，隔了一会儿，说，他要是死了，可能我就不会离开他了。可是他……他，她说不下去，真的，他还不如死了的好，那样子，她绝望地想。

那么你跟他上床了？这么长的时间。维维安尖刻地问，扔掉了手里的烟头。

她疲倦、无力地垂下了头，没有否认，也没承认，维维安你问得太多了点，你在这个时候，多么不该这么说啊！

维维安没有再说话，她示意她越过车闸，移向左边的座位。

坐上驾驶座后，维维安猛地发动，她的丰田克雷西达车嗖的一下用大油门冲了出去，开上半夜无人的道路。偶尔对面疾驶过一辆车，车灯晃过她们的眼睛时，一霎间什么都看不见。

那幅画在她书桌前暗白条的墙上挂着，她有什么必要一直带在身边呢？车子在潮湿的马路上飞快地驶着，经过一个个紧闭门窗的书店、咖啡馆、旅馆、麦当劳快餐店、展览馆、画廊、超市商场，她们穿过泰晤士河，又从滑铁卢那儿折回。凌晨到天亮时分，整个伦敦都在她们的车轮下滚过，她和维维安都未系安全带，任凭车子向前驶去。那是一群鸟，你也可以认为它们是鸽子，它们互相抓住脖子或尾巴。像空中特技跳伞的叠罗汉一样扭在一起飞着。也是的，有什么必要带在身边呢？

她记得维维安当时说的话，你真怪，喜欢这种画？从哪里弄来的？她还记得自己是这么回答维维安的：是它自己从《魔鬼词典》这本书里跑下来找我的。

车子驶进一个圆形马路，转着圈、尖顶、圆顶的建筑拱门，还有那蓝红色拼凑的米字旗，都在阴森可怕地注视着这辆仿佛没人驾驶的车。地铁标志闪着亮光。街道上连一个流浪汉，一个酒鬼也没有。越过泰晤士河，穿过广场，穿过那些古色古香宫殿式的建筑，穿过那最后一批盛开的康乃馨花。

城市，冷漠地耸立在四周，毫无表情地注视着他们几个人在发疯。

这是个可憎可怕的世界，我们无法选择要不要来。这是谁在说话？

远远地她看见了大本钟，一点不错，指针正在凌晨四点上。高高的纳尔逊将军的塑像渐渐清晰，又渐渐模糊。天快亮了，她感到脸上流下滚烫黏糊糊的液体，她想，那可能是眼泪。

你一直对温柔妥协

一

一封父亲突然病亡的电报,使小小中止期末的最后三门课程考试,赶回久已忘怀的家。

小小绕过那写着父亲剧团名称的纸花圈,拨开一条黑绸的床单般宽的祭幛,走到他家房子背后。哀乐声太洪亮,肯定是母亲故意开大录音机,在这里声音才小了点,他的神经略略松弛了一些。

十多年前,小小上小学时,他喜欢一个人在房子周围走动。房子年代久远,许多地方补了又补,修了又修,仅仅是屋顶的瓦就得每年整理一番,深深浅浅的灰瓦中夹着一些红瓦,漏光的亮瓦每隔一段距离就有一块。由于太阳光不强,天阴沉着脸,屋子里只有黯淡的光线。小小生下前,他家就住在这儿,习惯了,就无所谓好坏了。特别是凭窗望着江水,当船从上游驶向下游,或从下游驶往上游时,那拉响的汽笛声,听来熟悉又亲切,夜里睡觉,这声声汽笛总是他的入梦前奏曲。

小小将视线从房子移向窗下那条石梯组成的小路,他坐在一个石头上,看着行人急切切,在石头铺就的小路上一个又一个地消失。他应该哭,但当独自一人远远抛开屋前那悲哀的道具时,他怎么也淌不下一滴眼泪来。他的模样仔细瞧来像一个女孩子,可他的泪水呢?

清除屋前的火炮余烬,纸片、花圈,仿佛热闹一阵的房子一下清静了。一只玻璃盒子装入父亲的骨灰。小小躺在床上,非常累。墙上每一处水渍、线条、图案,都在给他暗示或联想,他看任何一个地方都有一种不舒适感,像太阳晒热的铁皮屋顶上的一只猫。

下午他打扫房里清洁时,将剩下的一小筒绿色的油漆,搁在小土碗里,他找来刷子,决定把褪掉色的窗、门重新刷上颜色,以遮住被雨水和岁月侵蚀的痕迹。

母亲翻过身,制止小小,说,反正这房子不久就要拆掉。不要刷油漆了。

拆掉?那我们家住哪里?他问。

谁知道呢?附近一个卷烟厂扩建厂房,把周围的许多地都买下来了。母亲有气无力地说,她躺的木床红漆已剥掉,不宽也不窄。

旧木柜隔在一间二十多平方米的房间中间,小小仍住在里面,在木柜和墙之间的空处,挂了一块绣有小花的门帘。他对自己说,你本不该回家,从初中时住读,在市中区上学,很少过江来。上大学已过三个年头,你一次也没有回家。父亲的死是一个圈套,你少考三门,等于晚毕业一年,自愿被这只剩名义的"孝道"劫持。母亲在火化完父亲的尸体后便躺倒在床上,又是一个圈套,使他不敢说半句回学校的话。他躺在从小睡大的单人床上,往自己脑门儿狠狠捶一拳。小小裤袋里攥着处方笺,上面开着一大堆茯苓、肉桂、朱砂、荆芥穗、桔梗、柴胡、苦杏仁之类的中药。请到家里来的中医，说母亲是心血不足，虚火上升，胸中郁热，惊恐虚烦，痰涎壅塞，血压升高。

吃几服就会好的，母亲没有理睬老中医好意的预言，只说了声谢谢。

小小送走中街那位自己挂牌的老夫子医生。说，好，你这病没什么。

母亲不理他，仍躺在那儿，隔了一阵子，才把喉咙里的清水状的痰吐在床边的瓷痰盂里。

通向石桥中心和水池子的街全是石阶，人如蚂蚁，爬上爬下，摆水果摊、蔬菜摊及街两边的馆子、布店、鞋店、五金工具店、药铺、发屋、医院诊所都依石阶的坡度而建，他出了两边是紧紧挨着楼的小巷子，去找药铺。汗水随着闷热沁出，衣服渐渐湿透。街中心那个水池由石块水泥砌成，里面蓄满了水，是用来消防的，久了，各种脏物，包括死耗子、死猫、臭烂袜子、鞋等东西扔了一池，臭气熏天，他想母亲常说的一句话：用久了，什么都有感情。抓完药，小小沿着石阶一直走到江边。沿着沙滩他往家走去。

沙滩靠趸船边有几个小孩在戏水，扔石子，打水漂。跨过趸船架在坡上横穿河滩的各种缆绳，在几块嶙峋礁石背后有一片较为平缓的沙滩。游泳和看游泳的人三三两两，在江水之中，或在沙滩上。偶尔传来几声喊骂声。

小小站在一块岩石上，看了看下面游兴正浓的人影，今年他们中间谁会成为"水打棒"？

小小正名叫丛洣，小小只是他的小名而已。他出生的那一个夏天，天气异常闷热，下江游泳的人从他家门外的那个石阶上下，络绎不绝。窗下时而传来背搭游泳衣裤、手挎游泳圈的大人小孩的说话声。那一年到江边乘凉的人也不少，因此淹死的人也不少。他后来见到打捞起来的溺毙者的尸体，女的都仰着，男的则卧着，浑身都是通体透明发胀，增大苍白，浮肿而面目全非，见了自己的亲人还会七窍出血。小小落地那一刻儿，正值一队人抬着捞起来的溺毙者："水打棒"，从门前的石阶经过，父亲闷坐在门前的矮凳上，就取了个"洑"字。丛这姓就少得怪，这名就更奇。小小上小学后，查字典得知，"洑"，为水流回旋的样子，还为旋涡的意思。父亲成天见了他，脸上没有晴天。他怕父亲，很恨父亲给他取这么一个怪名字。他记忆之中，父亲总是抽着最劣等的纸烟，蹲在江边倾斜的一个石块上，盯着用草编的席子盖住的一罐罐绿豆芽、黄豆芽，不时嘴里含着烟，用木桶从江里盛满水浇在豆芽上。豆芽在父亲一心一意的照看下生得又壮又大，每天上午各种女人，从老太婆到中年主妇，还有六七岁的孩子便拿着菜篮或竹箕排队买父亲的豆芽。小小路过一座低于路面的房子，那屋顶一伸脚就可以跨上去。平平住在这儿。他犹豫了一下，还是没有往左旁陡峭的石阶下去，他情愿把自己留在过去，留在回忆之中。因为平平占据着他的回忆，还有这幢破旧的矮于路面的房子右边与另一幢房子间的漆黑的小沟。有一天他躲在那儿，让平平找他好半天。平平生下来就是瘫子，六七岁时有了一点好转，但只能用两个小木凳，挪动行走，身体一动，眼睛便一挤，嘴一歪。没有人愿和平平说话，他的父母对平平也不好，或许平平可以治好，但他们舍不得花钱。对一个靠给人在码头扛包的工人和做点零活的母亲来讲，哪有钱医平平，况且平平下面还有两个哇哇直哭的妹妹。

小小总觉得自己第一次看见平平时，平平眼光里有一种古怪的引力，把他硬拉过去。他下了左边的石阶，不由自主沿着平平的眼光到了门前空地。他没有和平平说话，平平也没有说话。那时，他不过八岁多一点,却像一个成年人一样静静地面对沉静得与年龄不相称的孩子。小小回想平平不断挪动小木凳,他的手和拖在地上的两条腿。平平指指在他家石阶旁生长的两丛野枸杞。平平让他摘下结出的鲜红晶亮的枸杞籽,说,很甜,很好吃。他吃了摊在手心的野枸杞籽,让平平吃,平平摇摇头。结果,十来粒野枸杞籽全部是小小吃了。

小小推开了自己家的门。

天已经黑了,母亲没有点灯,房间里阴沉沉的,有股逼人的凉气。他拉亮了灯泡,看见母亲用手指了指,然后翻身脸朝墙,似乎是怕光的缘故。小小将一包药倒入瓦罐,装上水,放在火上熬。最后一次见到平平,他已经长成一个瘦瘦的少年,刚考上市里重点中学。他开始住读的生活。平平在家门前看见小小从巷口沿着石阶走上来。他似乎想站起来,却倒在地上。小小把平平扶了起来,让他坐下。平平看着小小,目光异样地柔和。小小觉得有一种类似恐怖的战栗,又觉得新鲜、甜蜜,他没敢把自己考上学校的消息告诉平平,这本来是他来看平平的原因。

那天,小小睡得很酣,洗完脚他就上床了,母亲收了摆在江边街上的凉茶开水摊,早早地回家吃饭收拾厨房,准备睡觉。爸呢?小小问母亲。

不知道。母亲懒得回答。隔了一会儿,母亲倒完垃圾回来,对小小说,睡吧,你爸爸什么时候这么早回来过?

小小赤脚伸进鞋里,说,我去江边找爸!

别去!听见了吗?母亲声音突然提高半度,她的嗓门让小小吓了一跳,缩回床上。大概已经过九点钟了,在小小快入睡之际,窗下隐隐约约有歌声。小小想不起歌词,他当时根本就没在意那歌词,而是在琢磨那低沉沙哑的声音是谁?

当小小想到是平平时，歌声却停住了。小小第一次听平平唱歌，第一次也即是最后一次。窗外那稀稀零零的树枝间，夹着两株向日葵，正垂着头，开着野花的草丛中有白色的蛾在飞。那是个季节之交的日子，不知道为什么小小会猜到那歌声会是平平而不是一个路人。小小当时已经进入睡眠状态，他现在细想那逝去的一切，觉得自己滑稽可笑。当然如果他未睡意蒙眬，他想他一定会跑出房子，去看个究竟，如果真是平平，他可真不知道怎么做才好。虽然现在他明白该怎么办。

小小用铁板压住一些火苗，又在铁板上加了些煤灰。微火熬中药是他从邻居家学来的。他坐在炉子边的小凳子上。母亲吐痰的声音传入他的耳朵。

尼泰戈尔，尼泰戈尔。这支曲子只有一句话，是高峣把小小带进这神秘的音乐里，反复专心地倾听。他熄灭了房间里所有的灯。只有月光的蓝色投进窗来，给他俩的身影蒙上一层忧伤，罩入梦中。那是一个梦，如果不醒。如果小小始终如高峣一样闭着眼睛该多美啊！

临别的那天下起一场暴雨。小小披着雨衣，骑车来到高峣在校外民居租的房子。高峣正在伏案写他的法律论文。他是小小的老师，他长得并不英俊，脸颊上有一道小时候被开水瓶炸开致伤的疤痕。但这并不影响他那眼镜后射出的尖利目光。他喜欢穿T恤衫、牛仔裤，冬天将T恤衫换成高领、黑毛衣或红毛衣，打扮不入流，在青年教师中别具自己的风格。他穿的，用的，不是最差的将就，就是最好的，绝不随大流走平均。

"不，你不能停下三门功课不考。"高峣对小小说，"这一定是你母亲的花招。"

小小说不像，父子一场，不能不回去。小小越坚持，高峣越反对，那是他们几个月来频频争吵后最激烈最彻底的一次战争。

高峣最后说出是他自己不愿小小走,他说受不了不见小小的生活。

这当然是毫不遮掩的占有欲,但这种占有欲却让小小一下子感动了。小小告诉高峣说自己回家后,马上就回来。

那民居房间是平房,但独门独户,离学校较远,骑自行车一刻钟。高峣找了许久,才找到这么一个既安静又没人打扰的房间,但他的校内单人宿舍仍保留。小小第一次被高峣带到这儿时,高峣一路上说房间糟透了,什么都没有,什么都差劲。可打开房间,小小眼睛一亮,房子虽是砖墙,但刷得雪白,没有挂一幅画或一种装饰品。木床木桌木椅都是五成新,而且都是两件,排得很挤,但干净整齐。高峣的桌子上放着一个镜框,小小和高峣靠在一座木房子走廊的栏杆上,背景是覆盖着白雪的山峰。那是海螺沟冰川宿营地。那个夏天,在海螺沟得穿绒线背心,才能抵御远处冰峰袭来的寒气。小小和高峣各骑一匹精瘦但精力超凡的枣红马,慢慢随大队溜过栈道。高峣在路上扼死了一条菜花蛇,把蛇挂在树枝上。小小看了一眼,不敢再回头。

高峣把他自己房间里的书和用具全搬来了。"喜欢吗?"高峣问。

小小点点头。他坐了下来,正好面对窗,一棵桦树与一棵银杏树在离房子不到十米的地方,他的确喜欢这房子。

在海螺沟那个晚上,小小正好和高峣住在一个房间。小小上床后,翻来覆去睡不着,也说不出身上哪个地方出了毛病。半夜,高峣起来上厕所,发现小小大睁着眼睛,他拧亮灯,说,你怎么回事?小小脸色发青,冒着汗珠。他把手放在小小的额头上摸了一下。

不知为什么小小感觉好受多了。高峣坐到他的床头。小小说,我不敢闭上眼睛,一闭上眼睛,我就看见那条菜花蛇,它缠住我的身体我叫不出来。

高峣抓住小小的手,说,你怎么胆子这么小?他安慰小小说,睡吧，没事，有我在呢！小小在高峣的注视下闭上了眼睛，果然一会儿就睡着了。

　　小小觉得高峣像他的哥哥，他们像是亲兄弟。小小上大学的第一天，扛了大包小包行李，因为没有大箱子，东西装得零零散散，再说小小不想再回家乡，他把能带的都带上了，包括在江边拾的奇奇怪怪的卵石、蜻蜓、蝴蝶标本，甚至小时候路上拾来洗净的糖纸。在大学校门口，就遇到了高峣主动帮他把行李扛到系办公室报到，然后又帮他搬到分配的学生宿舍楼。没留地址，不等小小谢他便匆匆走了。后来小小才知高峣是七七级那拨大学生毕业后刚留校不久的老师。高峣看起来像个大学生，一点也看不出比小小大十多岁，但却是有名的高傲，从不做帮新生搬行李之类的事。海螺沟冰川宿营地那间木房，有种让小小害怕的美，白天他尽情沉浸其中，夜里他把白天看见的一切景点都化为了想象。在海螺沟的五天游览时间里，他没有一晚不是从噩梦中惊叫起来，他的惊叫，自然惊醒了高峣。最后那一晚，高峣从坐到他的床边到躺到他的床上，犹豫了大半夜。奇怪的是小小竟睡得非常安静，一个梦也未做。但第二天他们便返回了回去的路程。阳光从树叶茂密的林子漏下，雾气渐渐散了，鸟声沿着山路飘来。小小骑着马跟在高峣后面，他不知道自己是怎么回事，高峣频频折回身来，关照他，这时他脸红了，高峣却极其自然。

　　可能是高峣态度太自然，小小心里觉得高峣本来就是那种人，而且一步步把他弄成了那种人。他不时向高峣发脾气，责怪高峣心怀叵测，有预谋有计划地安排了他俩之间发生的一切。

　　那场暴雨中的战争，由高峣停止而停止。但小小第一次明白了高峣对自己是多么留恋。他看着高峣伏案写作的背。高峣没有理他，足足有一下午没跟他说一句话。小小想，自己再过一个小时就要提着行李去乘公共汽车到火车站了,他竟然不理他。小小感到绝望,还掺杂了一种上当受骗的感觉,他恨自己的心理太敏感,以至于预感,可能他们再也见不到了。

二

母亲吩咐小小早晚在平柜上一尊白瓷观音前烧两支香,小小这才知道母亲竟信佛了。他没有问母亲怎么会信佛的,他懒得问。

吃过几服中药,母亲脸色也未有一点变化,她双眼浮肿,脸颊上出现明显的老年斑。她才刚五十出头,却是一副老态龙钟的样子,而且几乎从不梳洗。小小看不下去,便帮她梳头。母亲白头发并不多,如果她稍稍装扮起来,精神一些,会显得年轻多了。

小小,母亲叫他。

他望着母亲,等待下文。母亲在床上动了动,却打住了话,隔了一会儿,才说,别去抓药了,我没病。

你有病。小小说。

我说过了,没病。小小凭直觉感到刚才母亲要说的不是这类话。不知什么原因,她把话吞回去了。

小小在漆黑的床上,看着那道隔在房子中间的柜子,那绣有小花的垂在柜子与墙之间的门帘。他竟记不清母亲和父亲在床上的情景。曾有多少年他可是记得清清楚楚。

母亲说,你别在我面前装模作样。

真的。你在说什么,我不懂。父亲回答。

啪的一声，母亲碗砸在地上。别干蠢事！父亲叫起来。你逼吧，逼吧，早晚我会成为一个疯子或白痴。母亲的话随着瓷碗裂成几瓣的声音响在屋里，清晰极了，压过江上汽笛。

母亲咳嗽，翻身的响动破坏了小小龟缩在幼年的心，他听见母亲叫他端茶，她口渴。

母亲喝了一口，便把茶杯递给了小小。她的眼睛注意地看了一下小小，说，你怎么越长越像他了。

他？小小问。

你父亲。她的神色看不出丝毫的夸奖或敌意。她的手重新放回胸前，像一个十多岁孩子那么茫然无知，需要人照顾，一个生病的孩子，既不想什么也不盼望什么。

荷花池边是一个个长椅。他和高峣没有坐下，而是站着。小小不知为什么总是不停地向高峣讲自己的家史。

"你父亲一直没有回到剧团去？"

"没有！"

高峣说，很难想象你父亲可以靠卖自己生的豆芽为生？小小说，我没有看见他读一本书，提过一件与他从前工作有关的事。他总是斜眼瞧我，猛地往我脑袋上敲敲，像拍一个皮球，不管痛痒。我在他眼里连条狗都不如。

小小突然有点觉得高峣像他父亲，两人一般身高，也都戴眼镜，特别是两人鼻子比常人大多了。为什么自己一见高峣，就觉得有不同寻常的感觉。

爸的问题实在不算问题。小小对母亲说。为什么到他死后才解决？

你问我，我问谁去。母亲变得越来越缺乏理智了。

或许是爸的死，才使问题得以解决。小小突然有点刻薄地对母亲说，妈，若爸不死，你就不会躺在这儿舒舒服服，靠他补发的大笔工资和抚恤金过日子了。

那怎么样？母亲盯着床柱头说，我有病，医生也这么说，她气喘吁吁。

那你要么就得像爸去生豆芽卖豆芽，要么就像从前摆个摊，卖凉茶开水去！

这是我儿子说的话！母亲叭地吐了一嘴口水在痰盂。小小走出屋外，她便停住了，脸一阵抽搐。小小知道母亲要骂的话不外乎是滚开、滚走、没良心、没孝心的东西之类的话。但母亲并不糊涂，她知道小小本来就想一走了之，这个家多待一天，对他就是多一天的折磨。她偏不说出这类话。她留不住小小的父亲，得留住小小。

小小把母亲的心思弄得一清二楚。母亲毕竟是母亲。他把回家之后闷在心里的气发泄了许多，心里轻松了些。小小把沾湿在背上的汗涔涔的背心拉了拉，想下江边去洗个澡、游泳。但他还是从石梯上折了回来，他仍像小时一样，怕水，说不出来的怕，到游泳池，他从不敢到深水区，父亲只有一次带他到江里去。那时他才四岁。为什么越大越对水畏惧？他多次问高峣说，可能你是火命，他让小小去算算命，被小小顶了回去：堂堂名牌大学的法律老师，唆使弟子迷信。小小笑着高峣，心里实际上是恐慌算命人证实高峣随意的说法，自己若真是火命，那就命定要……十岁时，他和街上孩子捉迷藏，躲在两个院子之间狭长的通道里，他将脸从这堵墙转向另堵墙，却从木枝墙间的缝，看见一男一女赤裸着身体，像狗跟狗干那事一样。女的头发长长垂在床底，脸上有麻子。他害怕极了，紧紧贴在墙，怕弄出一点声音，惊动人。他看见捉迷藏的女孩蒙住眼睛正好慢慢探索性地经过通道口，赶紧朝她走去，让她捉住他，自愿甘当俘虏。

那两个扭在一起的身体像鬼，只有鬼才那么张大口，垂着舌头乱舔。

邮递员每天上午、下午两次走过门前，他是个五十多岁的男人，短短的胡子已泛白了，脚步很稳，从中街那鳞次栉比的破旧木房子、土墙院下来，经过小小家对面一排不太整齐的自搭厨房的房子，往江边那三家各自孤零零的木板房走去。才几天小小已习惯听他的脚步声，而且能从众多的脚步声里分辨出他的脚步声来。天气下过一阵雷雨之后，较为凉快了一些。

小小在等高崤的信。回到家之后，他第一次感到高崤对自己意味着什么。可每次想来，他又感到失落、失望、失意。不知失去了什么，但肯定是失去了东西。

冬天的北方，屋里的暖气带来春意。穿一件薄薄的绒衣就行了。高崤喜欢随着音乐跳舞，他让小小当观众，一会儿他便喊热，就脱去身上的衣服，脱到身上什么也没有时，高崤笑了。因为小小讥笑他说，高崤你有裸露狂。取掉眼镜、衣服的高崤仿佛换了一个人，有一种和月光合而为一的美。高崤踏着音乐的节奏，扭得很随便，仿佛一个人在月光下漫步，孤独和忧郁笼罩了包裹他的月光。小小想自己一直在排斥阻挡的东西，也就是自己一直在接受的东西。

小小，音乐完了，高崤喜欢像小小家里人一样叫小小。他停了下来。

小小问，还放吗？

高峣摇摇头。当他俩各自躺在自己的床上时，小小俯卧床上，脸朝着高峣，久久地凝视充满了复杂的感受。高峣说，他从小就喜欢裸着身子，甚至说他的父母在家里很少穿衣服。小小如同听天书。世上竟有人家这么生活？！"不怕人碰见？"

碰到有人来，我们就迅速穿上衣服，再打开门。高峣说别人怎会理解。不过，小小，你会理解的，对吗？

小小不由自主地点了点头。哦，不，我不太清楚。他笑了起来。

不过，这晚，小小没有失眠，非像以往那样吃两片安定才能入睡。他一会儿就感到睡意卷来，他闭上眼睛。那一夜他做了不少梦。梦见自己站在公路与房子之间弯曲的小路上，他走在高峣身旁。阳光洒满路边的榆树，温室的塑料薄膜，远远看去像一个玻璃房子，模糊不清。他和高峣步伐一致，一会儿感叹阳光灿烂温暖如春，一会儿沉默，没有一句话。当高峣说小小你看你这样多好时，小小才发现自己的衣服离开了他的身体，他急得想叫，手捂住私处。高峣说，小小，你放开手，不然要被笑话。你看对面。果然，对面过来一群人，全是赤身裸体，他们有说有笑，在阳光里走着。小小放开了手，但还是叫了起来：高峣，高峣。

他醒来，发现高峣在他的床边，他的手紧紧抓住高峣。每天到来时，看看相同，过过不同。不管是在床上，椅子上；不管躺着，站着或是另一个人整个被刻记在心。做任何事本质是相同的，时间也是相对固定的，地点也是相应不变的。就像那几只飞蛾在黑夜里来来往往，那种重复却是新鲜，难以比拟的，可以再三看，可以再三想，小小从没有厌倦过。

他抓药，熬药，照护母亲。他查看日历，已到了学校放假的日子。仍无起色的母亲脾气变化无常。现在回学校呢，还是等母亲能下地走动之后？小小拿不准。高峣没有信来，他放假了会还在学校吗？

小小拧开水龙头，没水。难怪自来水管前排了那么多桶。他把桶挑回家。水缸里水已见底了。于是他决定下江挑水，用明矾澄清夏天已经变黄的江水。江边已有一些人在有石头的地方盛水。小小将两个木桶装满水，担在肩上，往前爬坡时，他觉得前面一个挑水的女人背影极熟，那件棕色裙子，自己在哪儿见过。那双肩倾斜，被两桶水压得背有点弯。但那女人拐过一间房子就看不见了。小小觉得现在记忆力差极了，他想不起这女人是谁，但他肯定见过，而且就在不久前父亲停尸在家的那个时候。

小小把水缸挑满了水，开始掀开压着火的铁板，加煤球，蹲在地上淘米，做饭。

母亲蜷缩在床上，用一把纸扇扇着。"你一天二十四小时躺着，怎么行？"小小说，他心里生出厌恶，不耐烦。

母亲不理他的话，却问小小，今天早晨为什么忘了替她给观音菩萨烧香？

你不信，干吗摆这个样子？

谁说我不信。母亲质问小小。说小小你得小心菩萨生气。她说，若不是她在他小时带他去庙里给文殊菩萨烧香磕头，他会考上名牌大学？能不信吗？她要小小谢佛。

母亲是读过书的人啊，上过初中，她手捧巴金的《家》在轮渡上专心致志的神情，引起父亲的注意。他们正好坐在渡船尾那圆弧形的一排椅子上。他们这样相识，很有点罗曼蒂克。小小难以把这幅图画与躺在床上那脸上毫无活力的母亲联在一起。他说，难怪父亲不爱你！

小小你在说什么。母亲要小小再说一遍。小小知道自己说到母亲的痛处，便不再作声了。

母亲说，你说呀？怎么像个哑巴了？她把床边放着的凳子上的药碗轻轻端起来，慢慢地倒进了痰盂，那手颤抖不已。

三

父亲眼睛深凹，脸色黝黑，配上实在不算小的鼻子和一副眼镜，组成一张奇特的脸，在小小手中的书页间移动，越来越清晰。

他一生只导过一个戏，一个只演过一场的戏。由小说《红岩》改编的话剧《江姐》。说是过分渲染了江姐站在城墙下看到牺牲了的彭松涛血淋淋的头。特别是江姐在城墙下流的那些泪水更是丑化了革命者的形象，成了才子佳人戏翻版。写检查的父亲一气之下提出不干了，回家种豆芽。那时父亲正值才华初露的年岁，但性格倔强过人。其实他早有预见，与其让剧团开除批斗、树为反面典型，还不如自己开溜的好。是不是就在那段日子，母亲一改平日和父亲吵吵闹闹，变成一个温顺的贤妻，在江边渡口摆起凉茶开水摊？

小小想，可能是自己搞错了。他上小学时，放学回到家刚踏上家的台阶，便听到母亲的喊叫声。他看见父亲在床上，母亲赤脚站在地上，绾在脑后的头发散乱了，披在身后。母亲内衣扣子一颗不剩，她的脸铁青，眼睛亮闪闪，充满了仇恨。他再仔细一看，吓得全身瘫软。母亲手里握着一把磨得尖尖的剪刀，对准父亲的脖子吼道，离——不离？同意就点头，好说好散。不同意就摇头，不是你先走，就是我先走。

父亲没有点头，也没有摇头。他的手伸了过去，企图夺过母亲手里的剪刀。母亲和他厮打在一起。鲜红的血溅到两人身上。母亲的手被划伤了，父亲脸上淌着血。

母亲冷笑说，这是鸡血。

父亲怔了一怔，你记性真不错。小小都长这么大了，你还记得。

当然记得，我不是处女。你非说床单上的血是鸡血，亏你说得出口。这一笔账我一辈子都记得。

这日子没法过。父亲捶着自己的头喊道。

是你不想过。结婚的晚上就被你的丰富想象想象出了今天这样的结果。不，是被你导演到今天。

父亲抬起痛苦万分的脸，说结婚那晚他太激动了，瞎猜测，胡说。

母亲说，晚了，已经晚了。每个人应该为自己的言行负责。她丝毫不悲伤，也不捂住伤口，让血滴滴淌了下去，流在地上。

父亲用手抹了抹脸上的血，突然起身出门，看见小小，他一呆，但仍走了过去。他一夜未归。小小整夜没有合眼，总觉得父亲沉重的脚步在房子周围徘徊。他打开窗，外面的雾涌了进来，江上的汽笛声渐渐多起来，鸡叫了，仍没有父亲的影子。

一周之后，父亲突然回来。那夜，小小被父亲赶到母亲的床上。父亲睡在他的小床上，鼾声大起。母亲一会儿起床，一会儿开门，动碗筷，似乎是故意弄出声音。父亲仍睡得死沉沉的。母亲穿着木板拖鞋，迈着有节奏的步伐，终于走到小小的小床前。十岁小小才上小学，他四岁营养不良，得了肺病。医生说没救了，却自己慢慢好了。他总有一种奇怪的感觉：自己是没爹没娘的弃儿。他不合群，故意远离同学、邻居和一切他认识的人。他频频梦见父亲把母亲杀死的场面。他被自己的梦吓坏了，见了父亲便垂下眼光，不敢正视父亲。

小小给高峣讲述自己的故事，他重复地说到母亲将一壶烧得滚烫的开水浇到父亲的脚上。父亲捂着脚哇哇直叫，从床上滚到地上。他滚到小小面前，抓住小小。"我一点感觉也没有，要知道他是我爸啊！"小小对高峣说。

不，你有感觉。你恨你父亲，生下来就恨。高峣说。

小小不承认。不可能，我一直在盼望他对我好，喜欢我，我一直在等待。

高峣抽烟有个奇怪的习惯，不喜欢过滤嘴，每次必把过滤嘴撕掉。他说这样抽烟才有感觉。他抽烟厉害，喝茶厉害。那张有疤痕的脸被烟雾遮住，小小看不见他，只听得见他的声音。

小小在发抖，他抓住手中的书，像抓住一把稻草。父亲突然死去，正如他预想的一样，他会早早地离开父母中的一个。他猜想在父亲吞服大量敌敌畏中毒死亡之前，家里必是一番真枪实战。他从那敞开的窗、紧闭的门以及江水一天天往上涨的势头，那混淆不堪的野花夹在乱草之中，垂着头的金黄色的向日葵，看到那一天，父亲的剪影，喝敌敌畏的全部动作，闭上眼睛前的所有恐惧。

邮递员从不多看小小一眼，他一身绿衣，肩上挎着绿包，包里装满报纸、杂志、信。手里拿着一札信、电报。他慢慢下台阶，从小小门前走过。

小小想问他有信没有，但说不出口。高峣会给他写信，他把他送走，站在月台上，他的头发天生有点卷曲，眼镜反射着太阳光，变了色。小小看不见高峣的眼睛，只看见自己的影子。高峣在一点点缩小，在火车的鸣叫中后退，小小突然觉得高峣已经很大，他应该找一个女人结婚，他身边有那么多女人崇拜这位大才子，他教的班上就有好几个女学生一心想嫁给他。他应该有个家，有孩子。高峣在小小这么想的时候退出了小小的视线。火车轰隆隆的声音使小小整天整夜在想高峣该找一个怎样的姑娘。小小从心里希望母亲拍的电报是真的，他的父亲对他来讲，从来就没有存在过，的确也不存在过。为什么高峣不能做自己的父亲还找个好女人呢？车厢里亮着小灯，窗帘垂下，小小看不到飞驰的列车掠过的平原、树林、田野、房屋、城市。

邮递员的身影在沙滩上了。小小看见邮递员过了呼龟石下街那座两块石板搭起来的小桥。那儿有两三个院子相互错开，一个低矮的缆车道下的洞。他消失在洞口。邮递员选择一条近道，可能是那排木房没有信报纸。小小听到母亲在叫他。他走进屋里，掩上门。

母亲说，小小你能不能换一家店抓药。我讨厌那药味。她说自己就是浑身无力站不起来。

小小尽可能平和地说，你不能老这样躺下去。开学我会回去，你怎么办？我不能再误了功课，最后一年了。

再说吧，再说吧。母亲不耐烦了。"小小，你上街，就为我买点苋菜了，妈喜欢吃这种菜。"这种菜炒熟之后，那菜汤红似血，菜叶软绵绵。小小想母亲心一定很狠，喜欢这东西。清明时节苋菜和着大蒜炒，可以驱鬼神，而且一年四季不生病。

这说法叫小小怀疑，但母亲总是要求，从不回报的态度使他觉得母亲不仅心狠，而且异常冷酷。直到某个夜里，他突然醒来，听见母亲在说话："他错了呀，他错了呀！"

小小知道母亲在说父亲。但他不知是不是梦话，就撑起身，掀开一部分门帘，看见母亲像小小把她放在床上时一样靠在床头，侧身对着门。小小感到母亲望着门的目光在等待着什么，她在父亲死后那几天居然一滴眼泪也未掉，街坊邻居都在奇怪，世上竟有如此硬心肠的女人。不过，世上也有他这么硬心肠的儿子。小小不祥地想到母亲在余年会这么一直拒绝下地，会这么蜷缩在床上，侧着身子，头靠在床档头。她的脸不清晰，小小还看见她躺着的地方一片模糊。小小努力回想父亲的模样，他很难勾勒出父亲阴沉的脸：深陷下去带血丝的眼睛，闪出逼人的冷气，鼻子宽大高耸，像个小山丘。那嘴，经常发出小小听到仇恨在心的话。父亲并不是一个地地道道的生豆芽的小市民商贩，他曾是戏剧学院导演系毕业的大学生，他是导演。不管穿什么破衣，做什么下等活，抽什么劣质烟，也不能遮挡他艺术家的气质。小小想可能父亲全然不是岁月雕刻在自己心里的形象，他可能生得仪表堂堂、五官周正，双眼炯炯有神，而非常适合做生豆芽这类活计。父亲想做什么就能做好什么。小小突然渴望瞧一眼父亲的照片。他翻开抽屉，没有。他打开衣柜，把柜子弄得哗哗响的声音引起了母亲的注意，她问小小，你在找什么。

照片。小小硬硬地吐出两个字。

母亲笑了起来。小小第一次听见母亲笑，凄厉又尖刻。他有点芒刺扎背脊的痛感。

"妈，你笑什么？"

母亲停住了笑，用手敲了敲衣柜，以作回答。

小小蹲在里间地上，他从母亲的笑里，捉到一丝蛛迹，他发现母亲的笑有种胜利的兴奋，那蓝色的火焰冒得很高，葬礼第二天，在江边沙滩上，母亲交给他一大包东西，要他烧掉。他记起来，除了父亲的衣服、鞋、伞，还有一大堆信。有些信是父母的字迹，有的不是，有的一看就是女人写的，字迹娟秀，叫父亲很亲热的称呼。小小不想看，通通放进火里，有几张照片，有父亲母亲的结婚照，母亲没有穿旗袍，而是穿一条白色连衣裙，父亲穿着西裤，扎着皮带的衬衣上系了根花领带。小小还看见自己坐在母亲怀里，父亲站在母亲背后的三人合照。他心不软,手也不软,扔进火里,看着火焰一点点将照片上三人吞没,自己当时不也感到一种从未有的轻松吗?

小小突然觉得父亲、母亲和他自己实际上都非常可怜,他第一次清醒地意识到,他们之间关系的扭曲,是一错再错。他小时常常诅咒这个家,怨自己生错了娘胎。现在他明白,谁也没有错,谁都无可奈何,无能为力。烧完父亲的遗物,他进了家门。母亲很安详。就像此时此刻,她侧着身子,注视着门口神色一样。她不允许小小闩死门,夜里也不让。小小发现母亲喜欢听脚步声,家里不管来什么人都高兴。到家里来的人不外乎查电表、看水表、收房费、收水费电费的人。小小从没见过来亲戚朋友。母亲嫁过来后,就和反对这门婚事的所有亲人朋友断绝了联系。

母亲对小小说:"你听见没有,别让他待在家里!"那是父亲火化后的当天,母亲指着桌子上用白布盖着的骨灰盒,"我看了心烦!"母亲告诉小小如何处置骨灰盒的方法。她将痰盂移到床前。小小想那一刻开始,对,就是那一刻,母亲便以躺在床上生病的形式对待自己,而不是对待这个世界。

小小看着母亲平静的样子,她连眼睛也未眨一下,那轻松在伪装与真实之间,让人难以判断。他乘船到家几十公里以外的长江下游,按照母亲指定的地点,将父亲的骨灰盒沉入翻卷不息的江水之中。船继续开着,江水被船剪开两排白色的浪花。江面上的天空又蓝又深,江鸥似乎从江水与天空的空隙处飞出,紧紧尾随船。这些尖叫着的白色鸟儿经常出现在小小的梦里,它们站在小小的身上,用嘴啄他。他关住窗,盖住床单,但鸟啄破窗框,一群又一群地扑进小小的房间,母亲在赶鸟,小小嘴里叫着他自己也听不懂的奇怪的话。

小小将饭和苋菜端到母亲床边的凳子上。苋菜的红色染遍了饭。小小背过脸去。母亲津津有味地吃着，连说，好，真不错。小小，你怎么不吃？

小小说自己已吃过了！

母亲一边夹苋菜一边说："他一生什么都想干，但什么都干不了。不是干不了，而是他太丢不开女人。"母亲说父亲在区话剧团一直不得志受人整，根本不是像父亲说的那样，而是风流事太多。拈花惹草惯了，改不了恶习。

哦，小小惊讶地应了一声。

你知道吗？他进过拘留所，要不是证据不足，他就该蹲监狱了。

小小觉得母亲丑极了，"他进监狱对你对我有什么好处？"母亲听小小这么说，饭菜一下堵住了喉咙，咳了半天，才缓过气来。她说，有好处没好处是他的事，与我有什么关系？

可是对我关系重大！小小叫了起来。

你。母亲搁了饭碗，说小小，你说走就会走的，你心里根本没有半点妈的位置。我清楚极了。我老年会很惨，你巴不得我早死！

小小掀开门帘，进了自己房间。他套上耳机，听小录音机里放的音乐。母亲的吼叫像蚊子嗡嗡直叫，像一只最大的苍蝇。他把音量调到最大。

那个晚上，小小头一次梦见了父亲，父亲低沉的声音似乎在说，他喜欢这长江。他坐在石头上生豆芽时就想从这儿乘船漂流到入海处。躺在海水里，随波浪带走，不回头，随波浪到哪儿就到哪儿。

小小醒了，认为父亲的话不能当真，父亲在说反话，他的声音太高兴，让人有理由想到父亲不可能饶了他和母亲。小小听见母亲翻身的声音，他闭上眼睛，如果再梦见到父亲，他一定要问问。小小想有很多问题，很多。但他心里却变得很平静，一会儿就睡着了。

四

当小小走到呼龟石大街的一大坡石梯时，一连三天他都感到自己被人注视。他从那儿走下沙滩，那儿有几株特大的苦楝子树，夹着一棵黄桷树。黄桷树缠绕着弯弯曲曲的葡萄树，葡萄树结的果非常小，而且异常酸，小小的母亲怀他时常摘葡萄吃。小小小时常到这地方用弹弓打苦楝子。小小不太相信自己的感觉，他回家后就没人在乎他。所以他也不太关心周围的人。小小没有回头去看，他继续下石梯，来到停靠着两艘拖轮一艘驳船的趸船前的沙石子混杂的江边。

江水轻轻翻卷着波纹。水混浊，已涨高不少。但远处还是有人在洗衣服，石板上堆着揉成一团的床单、衣裤。小小突然发现泛黄的江水多了一个身影。大概是正午时分，或许由于太阳光造成趸船投影在江面上。总之，小小发现自己站在江水边，自己那模糊的身影被另一个身影搅乱了，他失去了孤独的享受。他感到自己的衣袖被人轻轻拉了一下。回头看，是个三十七八岁左右的女人。

你太像你爸爸了。小小，越来越像！我听说你回来了。这女人吐字清晰，露出一口洁白的牙齿，那门牙有点突出，嘴唇微微向上翻，因而嘴唇看起来较厚。

那女人见小小没什么反应，说，小小你认不出我了？我叫乃秀。

小小说，我知道你是谁。他的确认出了这女人是谁。乃秀听小小这么说，一丝失望掠过她的眼睛。

乃秀的说话声像柔软的小虫子，爬在小小的皮肤上，痒痒的，他觉察到痒中还有火烧火燎的痛。

小小告诉母亲，他把骨灰盒从小手提箱里取出，走到栏杆边，骨灰盒像长翅膀似的飞了一段，飘飘落入水中，浮了几下，便沉下去没影了，江面只冒了几点气泡。

他会喜欢那里的。母亲盯着碗里的药水，眉毛跳了跳，却一口未喝。她说她是最了解小小父亲的人。

"失火啦！失火啦！"有人在惊慌地叫。

小小跑出房间，见呼龟石下街靠近缆车桥洞那儿有火苗夹着浓烟冒。他迅速跑回家，对母亲说，下街起火。他提起一桶水就往外跑。

围观的人比救火的人多，那间平房实际是一个自己搭的碎砖碎瓦的偏房，靠近一个院子旁边。有人从江边拖轮上提起两根水龙头，往火上浇。火越烧越旺。"没准鬼老头浇了汽油。"一个缺牙的老太婆，胖胖的脸，在那儿指指点点。

小小将水浇在火上。火没有小。有经验的人说，切断院子与这个偏房的连接处就可断火。踩瓦、泼水、喷灭火器、水龙头一起扑向两个房子连接处，狠狠捣弄一番，火源果然切断。消防队仍没影踪，几乎是在众目睽睽之下，那间破烂的偏房烧了二十分钟，成了一片焦土，冒着热腾腾的烟。

烧完了，消防队才赶来。人群闪开一条道。消防队在灰中翻搅了一阵，从里面抬出一具已成腊肉状的尸体，"死得好，死得好。"鬼老头的邻居在骂，三三两两议论，说鬼老头会使法，他不顺眼，见你家来了客人，割了一斤猪肉，便让你炉子有明火，但煮不熟饭，两个钟头，米还是米，冷冰冰的。"没想到作法作到自己头上。""活够了罢！"

有小孩拾起一个酒瓶，黑乎乎的，却真的残留着汽油味。围观的人越来越多，远远近近的人都跑来了，看稀奇，看热闹。

小小提着桶从人堆里钻了出来。鬼老头他小时见过，鬼老头其实并不像那些人说的那么坏，他看到的是拾破烂戴一顶掉边草帽慈祥的孤老头，常被人欺负的情景。连几岁的小孩见到他也吐唾沫，乱骂，扔石子。"小小，你怎么不上我那儿去？"乃秀站在梯子口上，她背后是悬崖，那儿生有许多猫儿草、满天星之类的野草，一根电线杆立在悬崖边上。

小小站在倾斜的坡上，仰头对乃秀说，他会去的。可能是这天心情糟透的缘故，也可能是乃秀站的位置，在她的背后那些崖石、灌木野草，乃秀显得单薄、弱小，脸上是一副让他感到心里刺痛的凄楚。小小说，隔几天，我就去看你。

我知道他跟那些女人是怎么回事。母亲坐在尿罐上，那儿只挂了一块花布，遮住母亲坐在尿罐上解大便的脸，整个人。小小在调自己电子表的时间，他用一支圆珠笔按住表左旁小眼，另一只手不停在按动右旁的调阀。

隔着花布，母亲的声音不断钻进他的耳朵。她说，每有艳遇，他便像报捷一样告诉她，她没有反应。于是父亲便没劲讲了。

唰唰两声。母亲在撕草纸的声音。"小小。"小小停下调表时间日期。他将母亲软软的身体抱起来，放在床上。然后又掀开花布，盖上臭熏熏的尿罐。他在盆子里用肥皂洗手。母亲在叫，我也要洗手。小小将洗过的水倒了，重新从水缸里盛了小盆水，拿起肥皂盒，走到母亲跟前，将床边凳子上的杯碗之类的东西拿掉，放上盆子、肥皂盒。

母亲将手伸进盆里，说，有一次他把一个怀了孩子的女人领回家，那个女人只有二十来岁，比他小一半。我带她去了医院做手术。他跑到我面前，跪在地上，让我原谅他。他在演戏，我根本不相信那女人的孩子是他搞上的。

小小把母亲洗脸的毛巾递给她。母亲说，拿那条专擦手的。手脸分不清吗？

"将就点。"小小没好气地对母亲说，他像一个奴隶一样被母亲使来唤去。

"就不耐烦了，"眼前这个毫无女性柔情、暴戾、邋遢的老太婆哪一点如他心目中母亲形象？当年母亲还有一点干干净净利利索索的模样。"妈，你和爸两个人都太自私了。"

"轮不到你来教训，你不自私？"母亲又躺回了原处，瞪着眼反问他。

"起码比你们好，起码自私也是受你们影响，起码现在我还在这间屋子里侍候你。"

小小以为母亲会气得坐起来，叫他滚。可是母亲没有，尽管她气得牙齿咯咯地响着，她也没有扔出小小想的那句话。小小悲伤地端起盆子、肥皂盒、毛巾走到旁边的小厨房里。

五

高峣仍没有信来。高峣这么快就把他忘了？小小想到高峣会死，他会被汽车压死。小小吓了一跳。草草吃完饭，洗完碗，刷完锅之后，房间里弥漫一股中草药味。炉子上熬着母亲的药。高峣只是外表像个顶天立地的男子汉，其实内心非常脆弱。小小提到高峣谈到他与自己的许多细节问题，常常发莫名的火，对他不理不睬。"你对我的重要胜过我对你的重要。"

高嵲对小小说："这是我的问题，和你没关系！"他拿出一个红木雕的骷髅，送给小小。

看见高嵲那么喜欢这个骷髅，小小说，别送给我，就放在你这儿。不，路上带走吧。它能驱邪。高嵲笑笑，说，这当然不是一个像样的理由，我喜欢这骷髅，因为它是活的，它活着，它会对你说话。

小小看高嵲一副认真的态度，也许这个红木骷髅真如他所说一样呢？小小想可能不是高嵲的问题，就他俩的关系来说，难道自己不就是这么一个人吗？他不喜欢女人，可以说女人在他眼里没有一个是美的，可爱的。他拉开弹弓橡皮，一点不心疼地将麻雀射下来，有只花羽毛的，不是麻雀的鸟儿，掉在地上，身子直抖动，那副可怜，任他宰割的神态，他一点不怜惜，心软，任一旁的孩子把鸟活埋在凹陷的土坑，我从来就不是一个善良心肠的人，我从来都在对自己说，我不需要任何关心、爱、帮助和温情。不然，我怎么可能活下来？可高嵲呢，小小想，高嵲是另当别论唯一的一个人，他不属于这个世界，应另当别论。

太阳移向屋檐下中间石板路上。过了下午，太阳偏西，逐渐向西山移。早晨当晒的东边，河风吹来，再喝着凉茶，暑热便可抵御了。小小觉得今年夏天一点也不热，他的房间的窗正好对着江，可以看见江北那边太阳红彤彤一片，在慢慢下沉。反射在窗帘的太阳光，淡淡地映在窗框窗帘上。更多的余晖挂满窗外的树叶。

小小烧好水，将大木盆从母亲床底拖出来。母亲说，在这个时候洗澡最舒服。小小将水冲好，倒入这个大木盆里。他对母亲说，好了，可以洗了。

母亲让小小把她的衣服脱掉,然后把她抱到大木盆里。母亲坐在盆里,手不停地搅动水。小小打心底里讨厌给母亲洗澡。他不愿和母亲有更多的肌肤上接触,每每触到母亲的皮肤,浑身就起一层鸡皮疙瘩一样打冷战。小小想自己根本不是母亲亲生的,而是领养的哪家不要的弃儿。那次,小小递水给母亲,他有意把手放在杯底部。母亲接杯子时,没从杯子上面握住,而从下面接了过来。小小的手和母亲的手碰在一起,她的手冰凉浸骨。他不由自主地摇晃,不是颤抖,而是害怕。

小小细心地为母亲擦洗。一手拿一条毛巾,他抱母亲时,用毛巾垫着,和母亲的皮肤隔着毛巾,使他心安。他左手拿着毛巾按住母亲的身体,右手将抹了香皂的毛巾擦母亲的身体。母亲的皮肤松弛,失去了弹性。但母亲的乳房却依然挺立,乳头红晕像少女一样,不像脖子、腰上的皮肉那么松松垮垮。

小小想高峣若在这儿,他会告诉自己该不该给母亲洗澡。他愿意把心里的想法告诉给高峣,连难于启齿的事也愿讲。他第一次遗精,是由于那本可恨的《醒世恒言》,就那么平平常常的故事,秀才小姐幽会的故事。他红着脸讲给高峣听。高峣笑了。高峣说,我养了一只猫。

小小问,在哪儿?

就在这儿,在对我说话,一个可怜巴巴的小东西。

小小这才明白高峣在拿他开心。小小抬起头,正好看到母亲瞧着自己,那目光迷迷糊糊,和平常两样,是那种亮晶晶的神色。小小心里一惊,母亲肯定把他当作另一个人了,可能是父亲。或许母亲与父亲非常好的时候。父亲给她洗澡,或许母亲多次这么幻想过?

"小小。"母亲叫他两声,小小才听见。母亲眼里的亮光已经熄灭了,她说,我和他曾经有一段开心的日子。我们成天泡在一起。"我对自己说,无论有多少女人,她们只能抓住他的胳膊,他的头发,他的腿,他的一件衣物,而他的心在我这里。"

木盆以前是黑色的,现在漆已掉尽。小小拧干毛巾里的水,将一条干而大的毛巾披在母亲身上,抱起她,将她放在已铺了凉席的床上。

母亲自己擦着身上的水渍。说生下小小后,父亲不让她喂奶,让小小贱生贱长,是死是活由他去吧。母亲说她们母子俩都是被抛弃的人。小小将盆子倾斜,盛去木盆里混浊不清的水后,端起木盆,把水倒在桶里,提到厨房的水洞口倒掉。

穿上衣服后的母亲拿了把扇子,一边摇着一边说,我真愿是他的情妇、妓女,让他做我的嫖客,而不愿是他的妻子。

小小从母亲唠唠叨叨的话语里知道,自从母亲点穿父亲和别的女人睡过觉之后,父亲便再也不肯碰母亲的身体。父亲睡在母亲脚那头。理由很充足,他很脏,不配和小小的母亲交合。

小小用扫帚扫去地上的水渍,想象父亲正和别的女人滚在一起,母亲说亲眼见到他身下是两个女人重叠在一起的身体,那整齐的呻吟像猪叫。母亲下班回来,看见父亲正在啃一个狐臭的女人。那些女人不知从哪儿跑来的,洗衣妇、卖鸡蛋、倒潲水的郊区农民,附近的临时工,最最粗俗肮脏的女人父亲都要。母亲察看自己的床单,看有没有污迹,或毛发之类的东西,她说,她每天都处于恐慌、耻辱之中,她活得累极了。小小觉得母亲的话不可信,一个艺术家,"前"艺术家,不会这样搞女人。给母亲洗澡,小小意识到母亲缺少男人,造成过早地衰老,使他觉得父亲有点过分。在他懂事以后,他几乎从来没有听到父母做爱的声音。夜里解手,的确看见父母各睡一头。那时的小小以为理应如此。父亲不在了。他看着母亲早衰的身体赤裸在自己面前时,强烈地感到自己已不再是一个小孩,而是一个男人,而母亲是一个女人。他骤然记起四岁他得肺病时,躺在床上病得神志不清、吐血的情景。母亲特殊的叹息。混杂特殊的气息。他打断母亲说,妈,你记得我小时病得快死掉的事吗?

不,我不记得。母亲断然回答,切断了一条可以通向他的路。他模模糊糊记得,那一夜母亲对他的照料,细心又周到。她轻声的说话,垂在他脸上的发丝,那柔软的手。他本应爱母亲的,母亲也是可以爱他的。小小看了看忽然阴沉下来的天,闷热如蒸笼,他轻轻敞开门。要下暴雨了。他想,应把晒在外面的衣服收回来,便出了门。闪电咔嚓一声炸裂天空,他往后退了一下,便迅速跑到屋外将竹竿上的衣服收下来,他跑回家,折叠好衣服,放进柜子里。雨点洒下来,不一会儿,屋顶的瓦便响起哗哗的大雨声。一个响雷在闪电之后放出红光,雷声极响,他的腿颤抖了一下,没有孝心的儿女会被雷打死的。母亲瞟了小小一眼说。

那没有爱心的父母呢?小小懒得回答母亲。

江上的汽笛在雨中悠长而凄凉地响着,无力地飘过江岸。天空压扁了歪歪扭扭的房子,人都躲在屋里或屋檐下,只有一两人打着雨伞,戴着斗笠。桥洞、趸船、渡口,被雨击打的江水及江岸上的树、草。小小躲进听得耳朵发疼的音乐声里,那比雷声凶狠、霸道、无耻的摇滚,直奔他最易受伤的地方来,直接射中他最顽强的意志中高飞的鸟,那种甜蜜、湿润的感觉只会坠入别人的怀抱。他紧紧抱住脑袋,那是脑袋吗?不,那是一个球体,融入不该融入的东西,插入不该插入的尖利的饵,他只能顺着鱼线往不该漂动的方向漂动。雨水溅在石板路上,那声音陌生,那声音熟悉,都使他感到忧伤痛苦之极。

小小就是怀着这样的心情站在了雨水里。雨淋透了他，像锤打石头那么不遗余力、竭尽全力。这是一场小小至今为止见过的最大的雨。他面朝雾沉沉水汽迷蒙的江面，雨水淹没了他穿着凉鞋的脚，从他的脚背、脚趾漫过，这时他闻见房间里特殊的气味，在两支香燃尽的时候，天应该黑下来。可是现在天已接近黑夜，雨如注，还不时夹着几粒冰雹。那些应该记载下来的事件和时间地点，都为一种信念所左右，信念熄灭了，而记录的文字或心灵却在继续焚烧那张失败的脸。当小小无意中看到这么一本绿硬壳日记本时，睁开的眼睛充满了惊奇。毫无疑问，那写得并不规则的字迹，出自母亲的手，上面有许多空白，写几页，空几页，似乎在一天天失去拿起笔来的冲动，还是心灰意冷已经到了尽头？

小小随随便便翻着。这种阅读方式只能说明他故作轻松，掩饰自己偷看母亲日记的不安和自我谴责。

十一月二日。天转晴。房子。由中心开始钩织，向外侧加边成圆形，或变成为椭圆形，四方形，六角形，最后为长方形，以此终结。拍掉框，用剪子，或刀或火。求其自然状态，以美感为第一标准。母亲编织吗？小小没看见过，他冬天穿的毛衣是从商店里买的。母亲记这些干吗？莫名其妙。小小骂一句，又翻到三天之后，只见上面写着：第十次十针，第二次六针，进进出出，回旋针。第三次十八针，针前数数，圆周是半径的六倍。行行相距、排排相离，针针准确、精致。不可歪，不可乱，不可松。小小越往下读越觉奇怪，他被吸引住了。三月二十日。天转晴。房子显阴。重复无数次。线缠住针，针勾乱线。穿过圆周，重新添一针。再努力。起针。母亲提到房子、针、线、圆周、晴、阴等东西。一种本能使小小认为母亲在讲述什么。十二月二十八日。火，冲上。天转晴。水平线。水消退。横长斜线，迈过其黑框。近四十度斜角，垂直，曲线，浅蓝色，深紫。全部去掉，加入交叉、分散。拐弯抹角，绕过。全部染成黑色。放下针，松开手。选择另一种式样。日记本最后一页，是一幅钢笔勾画的女人裸体，形体模糊不清，那女人脸朝里，背对半圆形的墙，臀部尤其大。小小连续几天都做同样的梦：母亲坐在床上织毛衣。她对小小说，来，小小，试试。母亲举着一件短小紫色上衣。她喜欢紫色，可能是遗传基因的缘故，小小也喜欢这颜色。小小未走过去，便听到母亲说，不满意，不满意，我就拆了。他着急地看着母亲拆毛衣，却一句话也说不出。

母亲飞快地拆完毛衣，开始起针，用钢针重新织。她没有抬头。房间里流淌着茉莉花香，那香气非常像从母亲身上发出来的。小小从书上看到，梦中是没有嗅觉的。但他闻见了。醒了之后，他摸着额头上细微的汗粒，清楚地发现，那是一个上午。几乎每次做这样的梦都是上午。难道是自己清早替母亲烧两支香的缘故，烧完香便犯困，便上床睡觉了。不，不，小小否定了。这天上午，小小决定躺在床上，不睡着，他睁开眼睛，揉眼睛，扯耳朵，掐指头。他在香气袅袅之中观察母亲，她躺在床上，手缩在薄薄的被单里，恍若在飞针走线。她的脸冰冷，和梦里相差不离。金属和金属摩擦声，搅动他的神经，那是针与针的相遇，那是他无法接受的密切相遇。小小捂住耳朵，从母亲床前经过，逃向厨房。他笑了起来，他在笑自己。日记固然怪，但自己太往牛角尖上猜测，自己就这么神经过敏地以事就事真是太有意思了，去有意简单而简单，去为幼稚而幼稚，换言之，是求复杂而复杂。

六

傍晚，下雨之后的天空横挂了一条彩虹。小小跟在乃秀身后。她穿了件紫花的像旗袍的裙子，裁剪合身，显出她苗条的身段。他们经过缆车桥洞，拐进鬼老头那焦瓦碎土的废墟土偏房前一条巷子。这条巷子由低到高，全是石阶，巷子两边墙上挂满藤萝，有的墙粉刷成白色，有的黑色，像被烟熏过。小小想不起这地方。那平房的门都紧紧关着，像没人住的样子，异常清静。在一扇剥落的红漆院门前，乃秀掏出钥匙打开门。小小随她走了进去。

这是个很大的院子，里面搭着简易的瓦棚。除了乃秀作为自用的楼上两个房间，其他地方都堆着装粮食的麻袋，灰尘覆盖，蜘蛛网结在屋角。小小跟着乃秀上楼，一只老鼠叫着在楼板的夹缝里跑着。这声音提醒着小小，自己并非做梦来过这个地方，多年前，对，多年前他可能真来过这儿。霉味进入他的呼吸，他在向这些装着绿豆、玉米、豌豆及面粉的麻袋走近，但他想不起来。这时，他站在了乃秀的房间里。这个女人房间的布局几乎与自己家一模一样，使小小感到困惑。床、长木椅、柜子、桌子安放的位置都在同一位置，除了自己家破旧，是平房。而乃秀这儿是楼上，木墙刷了一半白漆一半绿漆，地板上了清漆，亮滑滑的。窗帘，到床单、被单、门帘全相同。若不是乃秀站在面前，小小肯定以为是在家里。乃秀和母亲长得很像，脖子细长，仿佛男人一伸手便可拧断，与母亲老态相反，乃秀生得细皮嫩肉，说话声音不仅好听，左脸还有个酒窝，小小想，她若笑，肯定很甜。"我是按照你父亲的意思布置这间房子。"乃秀直言不讳。她说十八岁就认识了小小的父亲,那时,她刚到小小父亲的剧团。

"你那天是不是到我家送花圈?"小小问。

乃秀手轻轻挥了一下,说,小小你记性怎么那么差?我那天随单位一拨人去的。你小时常来我这儿,你好好想想。

小小的记忆又进入那堆满发霉味的面粉、豆子、麻袋的房间。

乃秀说,想不起来算了。这时,小小突然冒出一句:你太像我妈了。

"像?是的!见到你妈之后,我才明白你父亲所说的是真的。"

小小走到窗前,窗外的景致竟是他熟悉的:江水,船只,对岸隐现的山峰、码头,下渡船的人流。他陡地一惊,仓库专用缆车下桥洞进入他的视线,原来这儿离自己家并不远,刚才自己跟乃秀走了很久,只是绕了一个大圈而已。他向左偏出半截身子,他看到自己家的房子,那门前长长的石阶。乃秀窗前有一盆正开着花的金黄、深红色太阳花,一盆茉莉,两株仙人掌。小小不能相信这个事实,如果不是他亲眼所见:在不到五十米距离的地方有两个相像的女人,在两个相似的房间里生活,这一切都是因为一个男人的缘故。小小听乃秀述说,乃秀因与父亲的事而受到处分。她自己搬离了区话剧团的单身宿舍,租到这个作为仓库的空房定居下来。他几乎听不清乃秀在说什么,她干吗非把自己与父亲联系在一起?

天空很快黑尽,像一块黑布垂挂在窗前,只有那太阳花金黄,深红的花瓣在旋转,在点亮小小的心中赶不尽的悲哀。乃秀说,你看,我都忘了开灯。她拉亮灯。灯光给这间被霉味包围的房子带来了几许温情。

乃秀让小小坐在凳子上。小小发现一旁的桌子桌面是红漆,四个腿还是黑漆。"我刷上去的。为了这个红桌面,你父亲和我干了一架。"她说她凭什么要听小小父亲的,比如她把墙涂成这两种颜色,把床单换成白棉布,将碗有意打碎,换成自己喜欢的瓷碗。她在菜里少放盐多放醋。"'你改不了是个醋坛子!'你父亲说我。你说我是醋坛子吗?我是醋坛子,早就不会随你父亲摆布了。"

小小觉得自己没法插话,而且乃秀根本不需要他插话。"你父亲说我休想与你母亲有所区别。但我知道,就是我有意对着他干,才使他这么多年如一日地没离开我。甚至动这个念头也没有。我若顺着他,他早一脚把我蹬开。"

"他就那么好,非跟他不可?"

"小小,你不知道女人。为什么要跟他,我也说不清楚。"她说,这好像一场富有刺激性的赌博。她想赢。

乃秀靠在柜子上,抽着父亲抽的那种劣质烟。灯光之下,她头发梳得光溜溜的,但仍然遮不住一脸的憔悴。"小小,以前你太小,现在你不同了,长大了。你会懂得我吗?"

小小没有回答乃秀,他在想象父亲一喝酒就跑到这个只能在舞台上扮演群众演员的女人家里,说起母亲就控制不住,发一阵火。他不厌其烦地谈论母亲的身高、牙齿、眼睛颜色,她喜欢半夜起来穿木板拖鞋,以及她常做的梦:他和一个肥胖的倒垃圾的女人身体联结在一块儿。小小听到这点直发笑。但他没有笑出声来。剧团不让他搞戏,那么他就在生活中演戏。别人可能以为他是破罐子破摔。他不知怎么有点钦佩父亲。

乃秀说,他让我穿什么衣服,她就知道小小的母亲穿的是什么。他老是打量我,喃喃自语:太像了,太像了。乃秀双眼发直,脸呆板,毫无表情,整个描述杂乱无章,而小小看见父亲把桌上的筷子扔向母亲，母亲躲开了，却落在了小小的身上。这样一个男人怎会答应眼前这个女人生孩子。

你没有生孩子是对的。小小说。

不，我还后悔。虽然去医院做了手术。我已经没有好名声，我不在乎别人怎么看。乃秀固执地说，烟已燃到她的指头，她仍没感觉。

小小走过去，替她扔掉了烟头。她的手指被烟熏得黄黄的，手指纤瘦细长。母亲整天不和小小说话。隔着大木柜，他们彼此能听见对方翻身的声音。小小睁着眼，盯着天花板上一只苍蝇。屋子里点着母亲敬菩萨的香。小小脑子乱糟糟，睡不着。他给高峣的信摊在桌上，信画了又画，改了又改，浪费了好几张纸，最后留在纸上的却是他自己也看不懂的文字：房间。巷子。想象是谁在说话。去想象。距离。时间。另一个人。另一个城市。哥哥。小小翻了一下身。母亲干咳了两声。离窗最近的一片树叶，在他的角度看来，那片叶子就要升入漆黑的天空了。侵占所有的天空。小小在这个无风闷热的夏夜想起那天与乃秀站在石梯，一桩被切割得支离破碎的事通过那紧紧盯住他的眼神传递过来。他的手被引导，连同手臂全部进入一个湿漉漉的地方，那地方是他看不见摸得着的洞穴，那地方像吸盘，伴随着一个女人的呻吟，尖叫，干泣。他几岁？他太小了。每次事毕，那女人总说，来，乖，听话，让阿姨给你洗手。她端出糖果，他不动。那女人剥开糖纸，往他嘴里塞。

那天看着乃秀的脸，她天真而又被欲望折磨的脸，他全想起来了，他开始记忆清楚，可能就从那天开始，他故意模糊一切，切断自己的记忆。那一天乃秀将他拉到床边，她拉开裙子，里面没有穿内裤。她把小小拉近自己，她躺了下去。她把他的手往不该伸去的地方推了过去。那个下午阳光格外强烈，乃秀扭曲可怕的脸，像受刑，但那眼睛流溢着超出快乐的光芒。小小猛地抽回自己的手,在自己的布衫上擦那怪味的分泌物。他直瞪瞪地盯着乃秀,拉开门便跑下了楼。"小小,小小。"乃秀跟在他身后的叫声让他害怕,不,胆战心惊。他只想呕吐。他想起一次从乃秀的仓库院里回家的路上,捉到的那只黑蝴蝶翅膀上的白点,像一滴滴水那么晶莹透亮。这只蝴蝶在烟盒里待了一天,第二天被他放出来,扑扇了两下翅膀便不动了。蝴蝶病了,蝴蝶死了。他把黑蝴蝶搁在窗上。没一会儿工夫,窗上没有它的影子,被风刮走,还是自己飞了?

小小起身把给高峣的信撕了。在未收到高峣的信之前,他决定不给高峣写信。外面起风了,风把屋前的箕筐、垃圾、桶、扫帚吹得东倒西歪。旧报纸、塑料袋、烂布片在风中打旋,一条街一条街地游荡,然后被风卷起在江边。树叶的响声,极像人匆匆忙忙的脚步。小小关好窗,又去厨房关好窗、门。闪电在玻璃窗外划过,像孩子使用金黄的蜡笔,画出那么不规则的线条。雷声轰鸣,仿佛有人在耳边击鼓敲锣。屋外下起倾盆大雨,越下越猛。"今年又要涨水!"母亲没睡,在自言自语。小小觉得高峣的身体又硬又烫,又凶又狠。小小在躲闪,如同躲闪窗外的大雨,他想不出理由为什么要这么比喻高峣,他甚至把幼年对乃秀这个作为女人代表的名字彻底抹去。比较自己同高峣的情感,他认为女人不可怕,也不可爱。有一次高峣喝醉了,摇晃着推门而入,他的一只手还握着半瓶二锅头,眼睛红得像被虫咬过似的,额头上皱纹像深深的刀口。高峣那天遇到了少年时青梅竹马的恋人,这个女人接受过他,但第二天便投入另一个男人的怀抱。高峣无法忍受这种回忆。他猛喝酒,如同喝白开水。小小没有阻止高峣,他让高峣喝完酒,让高峣说,一直说到高峣自己累了睡着为止。

那是个雨夜。他为酒醉的高峣擦脸、脱衣、脱鞋、洗脚,让高峣躺在床上,为高峻盖上被子。那个雨夜,他睡在床上,读着一个鲜为人知的诗人的诗集,这个诗人的诗仿佛是专为他和高峻这样的人写的,这个诗人的诗帮助他看清这个美丽的星球其实只具有骷髅般的外貌与内核。小小第一次因激动而流下了热泪:

> 你从头发里
> 找到可怕的记号
> 那是与数字相对立的
> 斑点,饥饿的光
> 上升到脸的边缘
> 你看清了,他就是那个人

七

石桥街上,一个较为偏僻的拐角处,由于房檐遮住,光线极为阴暗。小小替母亲抓完药从水池子那里走上来,买了两斤小白菜,半个冬瓜。他看见那个擦皮鞋的人正缩成一团,头上戴顶草帽。他坐上空凳,将沾满泥土的皮鞋伸了过去。小小的皮鞋像凉鞋,鞋面有些洞。风可以透进去,不窝汗,春夏秋三季都可用。那是高峻送他的礼物,小小很爱惜。

一只鞋刷净了,鞋面发着光亮。这时小小发现刷皮鞋的人是一个残疾人,行动不便。这个人始终低着头,用布清除鞋帮上的泥块,上油后，用刷子均匀地擦抹。小小看不清这人的脸。当他穿上鞋，付钱给这人时，这人不收。小小又递过去。"不用。"这人闷声闷气的声音使小小感觉他是平平。他走出了十来步回过头，那人也在看他。十几年过去了，平平的样子已难以辨认，但小小感到的是一种和外貌关系不大的东西，那东西使他牵肠挂肚，不忍离去，但小小还是忍住了不过去相认。平平不认他自有平平的道理。他的童年属于平平，有这，就够了。生活是单向的，不可逆转。过去的岁月，就像房子宜拆不宜修，他终于消失在街尾。

江边的鹅卵石，在小小和乃秀的脚下没有声息地陷进沙子里。江水拍打岸，趸船上泊着船，江上行驶着船。汽笛，轻烟弥漫飘着云彩的天空。昨天乃秀送小小回家，一直送到江边。乃秀说，她对小小父亲的死没有想到，她不相信他真会选择死。

难道他不是自杀？小小反问。

乃秀忙解释，不是这个意思。她扯到自己剥开皮蛋的事上，说发现皮蛋上不是松花，"小小，你猜，是什么？"

"什么？"

"是骷髅，蛋上是一个个骷髅！"她说肯定有人用骨灰和碱包蛋，然后专门卖给她。

怎么会呢？小小漫不经心地说。乃秀太神经过敏了。她说得有板有眼，把一篓皮蛋扔到江里。

"你父亲自私、软弱，不可能自杀！"乃秀又把话题转向父亲的死这个问题上来了。小小的手被乃秀握住，他觉得很别扭，就抽了回来。"你父亲，不，你母亲对你说过我吗？"乃秀问。

小小肯定的口气回答："没有。"看着乃秀失望的神情，他很解气，心里很舒服。这天下午四点左右，小小从外面回来，他刚踏上家门前的台阶，正待推门进去，却听到虚掩的门里有脚步声。他的头偏了偏，从玻璃窗窗帘的空隙朝里一瞧，怔住了。母亲没穿衣服在房间里走动。她掀开门帘，像小小父亲还在时一样，探头望里面。那双木板拖鞋被她踩得叭叭响。母亲骗了我，在我的面前，她总装成一个生病需要侍候的卧床的病人。小小想起每隔两天一次的洗澡，母亲坐在大黑漆木盆里那副神情，他真想一脚踢开门，闯进去。母亲站在镜子前，她抚摸自己，镜子朝门可以瞥见她如痴如醉的脸，半醒半睡的脸。接着她取出一把木梳，开始梳头。她的头发稀疏，有许多白发。她梳着，时不时停下，仰脸望屋顶。她的腰并不粗，晃眼一看，背影像一个少妇，这和小小给她洗澡时感觉很不同。小小不愿再看下去，天知道，接下来母亲会怎样做。他想起高峣，高峣的手在自己身上的移动，那种心悸瞬间传遍全身。小小呆站在那儿，什么都会结束的，自己别去想。

他在太阳照着的街上走了很久才回家。母亲躺在床上，"小小，你脸色不好，一身是汗，出了什么事？"

真是破天荒地，母亲居然关心起他来。他说他在呼龟石街上瞎走走，乱看看。

"小小，让我看看你。"母亲隔了一会儿又问，"你见了什么人吗？"

小小没理母亲，走到厨房用水冲洗了脸、身子、脚。他从茶壶里倒了杯水，喝了下去。

"过来！"母亲仍在叫他。她说，"你有事瞒着我。"母亲有几天了都没和他说话。小小想，有什么好说的呢？

空气凝固了，两人沉默着。小小试着说话，但太难了，他说不出来。他看见的那一幕使他不能接受。他下意识地想到母亲像下午那样情形已有多年，可能在父亲不跟她交合后便有了，或者正由于她有这种癖好，她不屑与父亲有肉体上的关系。小小脑中闪过在另一条街上那间楼房里,父亲与乃秀在床上狂叫的场面,母亲却在这个时候对着镜子手淫。江心并不是神秘的地方,只有天空才神秘,黑褐色雾蒙蒙的天空。那儿没有星光,也没有月亮。小小抬起头,长长的石阶,山腰上重叠着鳞次栉比的房子,倾斜,像灰暗的积木,一拳就可击得粉碎。天应该亮了。这是小小思想最混乱不堪的时候。一根铁针与另一根铁针摩擦着,他捂住耳朵,走到自己的行李包前,找到药瓶,取了两粒安定,又倒了两粒,全吞服下去,他心静多了,想,这下可以入睡了。

八

门外响起敲门声,轻轻三下。小小没有动,母亲却坐了起来。门上又响起轻轻三下敲门声。小小打开门,竟是高峣,高峣一把将小小拉到门外。

"谁呀?怎么不进来?"母亲在问。

高峣提了提肩上的行李包,向小小递眼色。小小忙说"一个熟人",就把门带上了,走了出去。

他们朝渡船方向走去。江岸上基本住的都是船上工作的船员、水手、货夫、下力搬运夫,做各种小买卖的人。歪倒的门前窗前挂着衣服、筐、纸箱。一个二十来岁的青年从他们身边跑过,紧跟着一个穿红汗衫提菜刀的人追了上去。后面尾随着一群看热闹的大人小孩。

高峣一副见怪的样子,他让小小找一家就近的饭馆吃饭。小小说只有水池子那条街才有饭馆。"那好,我也想去看看那地方。"

他们边说边走，消失在西斜的太阳光之中。江边一块怪石上坐着小小和高峣，停泊在岸边的船上的灯光，倒映在水中，半明半暗的波光浅影里，小小望着高峣，高峣的脸罩着一层白霜。小小小时候听人说死去的人脸上才会有白霜，他的心被人揪了起来，悬在半空，七上八下。可是高峣微笑起来："小小，为什么不写信给我？"

小小想说，我一直在等你的信。可高峣不是信来，而是人来了。他只好说："我写了！"

"我没收到。"

"我都撕了！"他低声说，生怕高峣听清楚似的。分开这段时间，小小每每想起高峣，就像是在读一个已经读过的小说。他突然想哭，高峣，你是不会理解的。高峣没有看小小，他说，学校里那帮庸人俗人成天无所事事，专挑事端，他不想待了。他是来向小小告别的。

"你要上哪儿去？"

高峣拍了拍小小的肩，说南方一家合资企业请他当法律顾问。

"你是说你要去了？"小小仍然回不过神来。

高峣点点头，他要小小毕业后去找他。

小小拿着高峣递过来的地址，字条上龙飞凤舞的字，他一个也未看。

小小只看见挂着"鸡奸犯"游街的一对中年男人，他和一群孩子跟在后面。他认识其中一人：胖叔。就住在呼龟石中街，常和小小父亲蹲在江边抽烟。公审那天小小未去，但贴在街口的布告却有胖叔的名字，判了十年。小小猛地起身离开高峣，他在江边乱石与沙滩上狂奔，一截水泥石柱差点绊倒了他。高峣抓住他。一块岩石遮住了他俩，江水翻卷的声音飘浮在整座不夜城上空。"小小！"高峣不停地叫他。停泊在远处的船上传来口琴声，那很蹩脚的曲子听来格外忧伤。

明天还未到来，明天已经来到。小小问自己是不是在做梦。他绝望地想，这是最后一次了。高峣把他带到熟悉的撕心裂肺的快乐之中，他们在沙子和岩石之间滑向夜晚，滑入水中。两个全副武装的警察拿着手铐在向小小走来，那辆示众游行的卡车，那块沉重地写着×××，在他的名字前面加了鸡奸犯字样的大木牌等在一旁。

行人咳嗽声传来。小小想挣脱高峣，但却反而抓紧了他。

九

邮递员的脚步声响在门外。小小没有站到门外去，他趴在窗上，看着邮递员走过来。这个暑假会很快过去。秋天就要来到。小小想叫住邮递员，他在邮递员脸上寻找，找不到自己需要的神色，便转过头。邮递员的脚步声越来越远，他该走在呼龟石上街了。

母亲那本日记，小小再也未看到。母亲把日记本藏了起来，放在他绝对找不到的地方。小小做饭时，发现灶坑里煤灰中夹着黑纸灰，他猜想，这黑纸灰可能是日记，也可能是小小不能见的东西。

小小走到母亲床前，她没有看小小。

小小真想从床上拉起母亲就走，把她带到那条安静的巷子里，他推开仓库大院的门，霉味涌过来，耗子、蜘蛛、壁虎肆行自得。他敲开乃秀的门。一个和自己长相几乎一模一样的女人站在门内。母亲愣住了，瞳孔放大几倍地看着这个女人及房间里一切。母亲退后一步，扭头便跑出房。那发疯的样子活像一头母狮。房间里窒息人的空气使小小停止了想象把母亲带到乃秀那儿将发生的一切，对母亲和乃秀这两个不爱他，他也不爱的女人说来，如此做，是公平的。

　　小小独自一人坐在江边的乱石浅滩上。有一钓鱼人坐在一块伸出江面的尖嘴石上。他坐在那儿，直到满天星光照耀江面之时。乃秀一杯酒接一杯酒地喝。小小搞不明白自己怎么坐到了她的房间里。窗外街上响起"倒桶了，倒桶了！"的声音，附近郊区生产队的农民挑着粪桶，在大街小巷扯开嗓门大喊。时间迅速地改变一切，又无法摆脱一切。小小从乃秀眼里看见洗澡时母亲闪耀的火花，小小问，你家的小猫呢？

　　小猫，它早跑掉了。小小不知怎么想起多年前那只小公猫来。那猫总在他与乃秀之间跳来跳去，在床上打滚。小小觉得自己坐不稳了，他这时感到不是酒而是比酒更柔软的东西倒入他的怀里，那是一团火包裹着他，缠绕着他的身体，他快死了，他找不到一条路可以逃走，那纤弱而又有力的手伸进他的裤子，像一把钉子钉在那儿，他惨叫：不，不。

　　你不行。哈哈哈，你不行。他的儿子竟是这样废物，硬不起来。乃秀放声大笑。小小往门外退，他看着乃秀，"你是个软蛋！"她逼近小小。小小意识到乃秀一直在拿自己开心，也在拿父亲开心，或者说在报复父亲，一如当年。他一下抱住靠近自己的乃秀，把乃秀重重扔在地板上。乃秀甚至来不及挣扎便被他压在了身下。他一边剥她的衣服，一边骂，那些话是他从小看到街上人骂街，潜移默化后的作用，肮脏到他自己吃惊的地步。他有意不插入，他让乃秀看，老子英雄儿更好汉。然后他把乃秀搁开。这时他听到了乃秀低低的抽泣声。他俯下身去，仿佛看个仔细，乃秀一耳光重重打在他的右脸上，双手抓住他。门外哐当一声，像是什么东西落到地上的响动，接着楼梯上响起一串脚步声，越来越远。

够了，够了。你给我滚。乃秀喊道。她那件猩红色的裙子已被小小撕得一条一条挂在身上。乃秀本是小小不愿见的人，小小明白自己根本就没忘记她。他说，我就会走，别急。小小一副流氓无赖的样子，说，不是你请我来喝酒的吗？我得喝个痛快呀！

乃秀看着小小，说你真是你父亲的翻版。小小拖着重重的脚步，走在闷热潮湿的巷子里。

吞噬我吗，我恨你。

黑夜，乘凉的人都回到房间里去了。这个夏天实在不太热。小小觉得高嵲并没有离去，而是和他走在一起。你来去无踪，你使我成为这样自己讨厌的人，我不知所措，将不知所措下去。他想他得回家。家在哪儿呢？小小扶住墙。他迷了路，这条巷子深不可测，石梯向下倾斜，又窄又陡，一个人也没有，一条狗也没有，一个鬼也没有。小小醒来时，街上已有路人走动。他在一户人家门前的二级石阶上睡了半夜。酒意却尚未完全消散，他脑子一片混乱。

临近家门，他闻到了菩萨的香的气味，淡淡的，使人恍恍惚惚。太阳没有升起，天阴，云卷成一团，看不出是要下雨还是不下雨。桥洞下有挑夫提着扁担、绳索，从缆车旁的石阶跳下，那儿有一块栽有树苗的土，半截墙。

踏上家门前的石阶，他推门。门推不开，似乎是反锁了。母亲生气了！或是得到了什么？母亲对他的一夜不归似乎并不在乎。

小小绕到厨房的窗前。窗子未关。他踮起脚，撑着窗台。上了窗子，进了厨房，但厨房门紧关着。小小觉得母亲太过分了，自己是成年人，她管得太多了。他用劲撞门的同时想起昨夜里发生的事，乃秀门外奇怪的响动。那脚步声，如果不是别人，而是母亲呢？母亲根本就知道乃秀，而且对乃秀的情况一清二楚。自己低估了母亲，还设想将她带到乃秀那儿？这时，小小和厨房门一起倒在了地上。

小小从地上爬了起来，他看见母亲躺在床上，心里松了一口气。

他走近母亲。叫了两声，母亲没理他。

他扳过母亲，那是一张烧焦毁坏的脸。他惨叫一声。一股刺鼻难闻的气味湮没了供在瓷菩萨前的香的气味。他扔掉了那像镪水味的瓶子。母亲撞破的头似乎已停止流血，但凝结她的半白的头发，枕头、墙上都有斑斑血迹。小小不敢想，毁掉自己脸的母亲是怀着怎样的心情，她甚至可能端起镜子看自己没有脸的脸，撞墙而死？母亲性子烈，韧性之持久从她选择这穿在身上皱皱的红裙就可以想象，红裙散发着樟脑丸的气息，边上颜色渐褪。母亲或许就是穿着这件裙子坐在渡船尾的椅子上，与小小的父亲认识。

小小手一挥，瓷菩萨摔在地上，看着它东一块西一块碎裂，他想哭，可是哭不出来，他想笑，但也笑不出来。他紧抱自己的头，慢慢顺着柜子滑在了地上。江边的绿草变黄了一些，爬满了沙坡。清脆的汽笛一声声响在空旷的沙滩上。母亲一个字一句话未留就走了。他取出母亲的骨灰盒。两三只江鸥贴住船舷在叫着，在阳光中闪烁。只有天空才是神秘的所在。母亲的骨灰盒沉入江中，浪花朝四周翻卷，散开，阳光一下聚积在那片江水上，刺眼的白光在扩大，蔓延。小小感到母亲在笑，朝父亲？朝自己？那种笑非常含糊，分不清是爱还是新的战斗揭开序幕。他对自己处理母亲的骨灰盒动机却非常清楚，他认为自己是一个弃儿，从来都是这样的命运摆在面前。既然母亲说父亲喜欢江水，那母亲也会喜欢，不然她不会这么说。几天几夜过去了，小小打开了闭着的门。这时，他听见了邮递员的脚步声。他站在门前，邮递员朝他走来，又离开他而去。

一个陌生男人打开剥蚀的红漆大门。他堵在门口，问小小，找谁？

"乃秀！"

"她不在！"

小小问这人，乃秀什么时候在？他很纳闷儿，这人怎会在这个院里？那人说，"她搬走了。"小小又问，你是谁？那人说他是看仓库的管理员。门被吱嘎一声关上了。

是的，该是她离开的时候了。小小走到路上想到。这一切像个梦，或许真是一个梦。这个世界上根本就不存在乃秀这个人，也不存在父亲，母亲和他，这一切究竟是在哪个环节出了差错？

他晃晃悠悠沿着一排又一排石阶走到江边。长长的石梯延续着，他走在上面，什么也看不见，什么也听不见，江水打湿了他的小腿，浪席卷过来，他的裤子湿透了，他想起父亲给他取的名字"洑"。哦，父亲，对不起，我不想让你失望，但只得让你失望了。他不想成为没人认领的"水打棒"。"水打棒"被亲人认领时七窍出血，染红的江水，在漫延。他在心里狂叫着：没有任何东西能扰乱我，让我屈服，使我狂喜、感恩、热爱，也没有任何东西可以驱使我去恨、去报复，结束自己。小小坐在母亲空空的床上。整个房间在寂静中警戒着他的一举一动。他没有开门窗，没有点灯，黑暗中，往昔的岁月从他身边悄悄流过，而他将以沉默对抗。

街道委员会来通知，说这里的房子终于要拆了。小小绕着房子走，脚步声清晰地响在刚下过雨的新鲜的空气里。他抬头看见通往江边街上的行人里，好像有一个熟悉的身影闪过，他不想叫住这人。他转身把房门锁上。

鹤止步

一

电话铃突然响了,他们俩都愣了一下。铃响了两下就停了。杨世荣脸色发白,右手拿着一个"车"停在空中,不知怎么办才好,眼睛却在看贺家麟。贺家麟的领带小碎花,闪着细碎碎的亮绿,丝绸质量上乘。

铃还是在响,杨世荣手中还是拿着棋,手明显在抖动,不过目光从贺家麟身上移开了。

"真他妈的下棋也不给一个清静!"杨世荣说得狠,不过声音不重,"这棋正下到好处。"他的右手自然地点点,把车放在一个位置上,站起身,领首致歉。贺家麟含蓄的一笑,表示理解。

杨世荣朝隔壁房间走去,穿一件黑麻纱褂子。他走得不快,不过腰板一挺,个子显出全部高大壮实,虽然不是顶天立地的那种伟岸。他是军官出身,镇江一带口音。不会下围棋只会下象棋,棋道也直,攻势颇猛,急于换子,好像很想早点下残局。今晚他已经让贺家麟领略了他下残局时的韧劲。

红木家具,加上南美藤沙发,靠垫若叠起一大堆,再大的房间也不够用,陈设真是太富丽了。杨世荣顺手带上房间门,去接电话。

从跨入这房子他就一再提醒自己,不能对不起老板,受此重任,是老板看得起自己。这些天来,他都只是在白天睡了一会儿,绝不出大门,一点也不敢大意。不过这人没有试图逃跑,也没有做太不好对付的事。他预先的担心不必要,紧张了好多天,但愿今晚可以轻松地睡一觉。

电话不太清楚,不知为什么杂音很大,而且电话线那边的人说得太快,情绪很激动。他来不及回答,只得"嗯嗯"回答,声音尽量压得很低。这时他转了一下身,从虚了一条线的门缝望过去,看到贺家麟搓搓手,看棋盘,端起青瓷茶盅,揭开盖碗,吹浮在面上的茶叶。

对方说个没完,杨世荣听着,"银行"两字从他嘴里冒出时,他一惊,赶快收住。怎么,今夜开始动手了?

杨世荣不便提出任何问题,隔壁肯定听到。他也不能做任何争论,在对方一再问他时,他只好有点勉强地说:"就这样吧。"便放下电话。他站在那里,的确感到疲惫,从门缝里看见贺家麟又端起茶盅,喝了两口。茶叶是上好的,有股清香飘来。贺家麟刚才下棋时问过他:这地可能是沪西之外沿,霞飞路顶头接徐家汇的一段?

当然他没有回答。贺家麟的判断令人佩服,言下之意,此地就不在法租界之内了。这幢爬满常青藤的房子,一楼是客厅、饭厅和延建的一大间,楼上每扇窗有感觉,帘子紧拉,装了铁格栅。

那人说,窗外是风吹梧桐?不像是问他,问他,他还是不会回答:都知道法租界马路上种满梧桐,有些嫩绿的爬虫生出梧桐树,一转夏,它们身上的刺儿就要往人身上扎。那人自顾自往下说,还打了个比喻:

残春初夏时分的上海之夜，跟锦缎绕在身上一样舒适，去年在贵阳住的旧祠堂改的兵营，巨蚊如雷，湿热蒸人，月前自香港转道时，九龙破烂不堪，这十里洋场依旧繁华，几乎是两个世界。

的确是两个世界。杨世荣摸了摸脑袋，怎么啦？他知道他如此做，是为了停止想刚才的电话，有意分开思路。这么说，银行出事，将出事？

不管什么事，那个安静地喝着茶的贺家麟，当然明白自己被软禁在这里。明天租界的报纸是否能给他看，就得请示。早晚此人会知道，但那是上峰决定的事，不用他操心。

楼下有一个班的警卫士兵，不直接与贺家麟接触，一日三餐都按时送到楼上来，有酒有菜，有茶有棋，有闲书，报纸却是挑了送来，文学杂志不少，风花雪月之外，还有一批男男女女新作家，文字相当出色，虽是汪伪点缀升平之计，却比后方千篇一律的抗战文学好看得多。这个贺家麟看得津津有味，还推荐杨世荣看。杨世荣闲着无事时，也翻一下。有个女子，小说刁钻刻薄，文字厉害，名字却俗气得可爱，叫张爱玲。贺家麟老是说这女人刻薄得好。

待情绪稳定了，杨世荣满脸笑容推开门出去，对贺家麟说，"怠慢得罪了。"

贺家麟照旧不亢不卑地笑笑，点点头。

杨世荣坐下看棋盘，他记得那子放在左边，现在怎么到了正中，不用多想，棋盘明显动过了。他说：

"这是我下的子？"

"不错。"贺家麟说。

"车怎么放在这里？"

"你看应当放在哪儿？"

"你动了棋吧！"他差一点脱口而出，终于忍回喉咙了。想想说这话没出息，显得自己太没有涵养，不配与上等人交往，于是他点头微笑。贺家麟虽然没有他高大，不像他一瞧就是当兵吃粮的坯子。不过贺家麟还真耐得起看，人说气宇轩昂，一表人才，怕就是这类人吧。这样的人当然不会趁人不在动棋子，这种怀疑也不该有。再说姓贺的是个人物，干大事的，哪怕今日是阶下囚时，也没有必要做偷鸡摸狗的事。

看来他刚才听到电话铃时，脑子根本没有回到棋盘上来，假模假样放松了一下而已。贺家麟坐在那里十多分钟，在棋盘上看出什么呢？看出他的窘相！

杨世荣不知怎么竟从贺家麟眼里读出这层意思，几乎同时有尖尖的石子哽在他的胸口，很难受。

偷鸡摸狗的事。

"输了，这盘输给你，"他爽气地说。

"岂敢，岂敢，胜负远远未定。"贺家麟说。

"败相已露，下面没有意思了。今晚不早了，休息吧，明日再战。"杨世荣忽然改了口气，很体贴地说，"来杯白兰地吧，我倒跟你学会了喝洋酒。"

二

听到街上汽车刺耳的一声刹车，不到半分钟谭因的脚步声在楼梯上响起，没有敲门，就直接推开杨世荣的房间，一脸是汗。"娘的那个天这么热。"他叫道,"夏天不是杀人天,弄得全身腥臭!"

杨世荣嘘了他一下,指指隔壁房间,房门是关着的,但这么放肆的声音,楼下也听得见。

谭因伸了一下舌头,轻声问:"杨哥,什么人?要你亲自来看守?"不等到回答,他注意力已经转开去,嚷起来,"这房间好气派!"他用手按按床垫,羡慕地说:"好舒服的床。是真洋货。叫什么席梦思吧!"

杨世荣心突突地跳起来。最近一看到谭因,他就有这感觉。见娘个鬼,中了什么魔祟?谭因的脸白里透红,几乎像个女孩子。穿着中式裌子,圆口布鞋。虽然他头发留长,一甩一甩,顽皮得像个中学生,脸还是一副娃娃相。不过一米七六的身段匀称,从背后看,若是一个女子真是老天厚道了。

那么是谭因说话的声音,也不对,他不过是用故意撒野的口吻说话,声音高到他不能忍受的地步。若是队里别人在他面前如此说话,他早就让他一边去了。

谭因摸了摸考究的梳妆台,站直身体照镜子,嘻嘻地笑了。这间房明显是女主人的卧室,隔壁想必是男主人的卧室兼书房。西洋人怪里怪气的,夫妻分房间睡,难道干事还先预约征求同意?还有一间是孩子的房间,里面堆满小床童车各种玩具杂物,插不进一只脚。这幢花园洋房的原主人据说是英国的银行经理,看局势不好贱价把房子带部分家具卖了。可能离开没多久,这间房还有股淡淡的香水脂粉气味。

杨世荣拉灭了台灯,只留下壁灯。

谭因注意力又转回来,"日娘个稀罕,我还没有见过那么多血,手提机枪嘟嘟干倒十五个。"杨世荣连忙走上去堵他的嘴,这谭六永远不懂事。

谭因被杨世荣手捂着嘴,不动弹,脸一下红了,有股汗味,不难闻,像女孩子的汗味,甜腻腻的。两人紧靠的身体都不动弹,都僵住了。这突如其来的接触,使他们两人都透不过气来。

杨世荣放开了手,退后一步,不由自主往隔壁房间看了看。

谭因身子一转,靠着梳妆台,从裤袋里摸出一只玲珑的琥珀色小鱼。"杨哥,像以前宫里东西,顺路拾来,让你玩玩。"说着扔过来。

杨世荣手一伸,就接着了。鱼嘴红艳,鱼脊上有朵初放的花。雕工细腻,色泽清爽凝重。真货假货不论,鱼在掌心里十分含蓄。他把鱼递给谭因,"这么讨人喜欢的东西,还是你玩吧。"

谭因不接,杨世荣将鱼放在梳妆台上,镜子映着鱼,鱼一下子变得活泼起来。

谭因眼珠闪亮:"杨哥,这地方好。"

"不好,"杨世荣摇摇头,"我在此执行任务。"

"日那个娘任务,"谭因说,他做了个扫射姿势,"谁叫你让我来!天王老子管得远!杨哥,有什么喝的?渴死了。"他一边走一边乱翻抽屉,"什么也没有。这种房子澡盆最漂亮,我洗个澡。"话一说完。就把上身的衣服一剥。

杨世荣这才注意到他的裤角和膝盖处有些微的血渍。"不行。浴室是这两个房间合用的,那人会听见,那头的门锁拆了,两边都一推就开。到楼下去冲个澡!"

"什么鬼囚犯,与我何相干?论功行赏,也该老子到洋房玩一次。"谭因叫起来,根本不理他的茬,神情非常兴奋。这小家伙第一次痛痛快快杀人,杨世荣每次看到这种兵,都有点害怕:他们是敢死队的料子,杀人无顾忌,被杀也就"够本"。这种愣头兵活不长,一般一年半载,少数三五年,实际是短命鬼。但今天是在谭因的兴头上,他不好说这话。

他自己已见够了战场上的血。比如南京战役，他所在的部队奉命在栖霞山一线掘壕阻击，守了三夜，阵地几乎全部被炸平。待日军冲过战线直捣南京时，他才从阵亡者的断臂碎肢中钻出来，一路要饭跑回家乡。家乡五服内亲人都死光了，又是当兵吃粮久了，做不了田，只能再干本行，哪怕现在给饷的是当日的对手，但他情愿干见血较少的警卫，阴差阳错进了这个机关。

谭因脱去长裤鞋子，身上的肉圆润润的，灯光下泛出光泽。他连短裤也不剩下，一边扯，一边跳着步子走向浴室。年轻的皮肤没有一个疤痕，而且结结实实，不像他已经有好几处刺刀划过的长创，两个子弹洞，一身难看的肌腱，腿上因长年背枪抬担架跑出的筋脉。

谭因已经抓起浴室的门把，杨世荣奔过去想拦住他。但是谭因动作比他更快，把浴室门推开。果然浴室通向那间房的门大开着，这本是杨世荣规定的。

他们俩都看见了贺家麟一身西服整齐地站在沙发后，脸上尽量沉稳地看着他们——一个赤身裸体，一个全副军装在浴室门口。气氛顿时凝住了。

还是谭因首先恢复镇静，他说了一声："伙计，打扰。"算是招呼，但是却没有跨出步子做任何动作，他看着这软禁犯，看得有点傻了。

这囚犯的确不像囚犯，那身西装是很少人才相配的乳白色，使他很宽的肩膀更加挺拔，鼻梁直正，本来有点柔顺的脸形显得飒然英气，头发是精心修剪过的，额前有几绺发丝略显乱，反而自然洒脱。

"请便。"那囚犯脸无表情地说，声音有磁性，很动听。他只说了一句，便转过头。

谭因还是站着没动弹，杨世荣走上前去，关上那边门。把通他房间这边的门却开着，也算保持一点防范。"洗澡声音小点。"他叮嘱道。

三

谭因自嘲地笑着说,"不就春光乍泄了吗?躲什么?"他站进白瓷浴缸里,动作有点笨拙,但马上找到了塞子。找到了冷水热水如何调节,就开始放水,龙头开得大,水哗哗地响。

"不知分寸!"杨世荣生气地说。

水声太响,谭因根本没有听见他的话,兀自一个人在浴缸里享受。

杨世荣心里恼火,刚才贺家麟什么都看见了。他清雅,我污浊;他文明,我野蛮;我是粗野丘八,他是天潢贵胄,雄姿英发,顶天立地为国家;我下贱末流,服侍老板的料子。他是国统正朔,我是伪逆附敌——这比下去还有个完吗?

贺家麟掉头那刻,眼角扫着他时,那分轻蔑,他并不陌生。他早就读懂这位绅士表面客客气气的眼光:"偷鸡摸狗。"

此人绝顶聪明,一点即透。不用说,这之前他杨世荣早就露了马脚,他看着我露,还故意羞辱我,甚至有意帮我掩饰一下,好像他是看守,我反而是囚犯,两把椅子现在调转了。

他不是恼火,而是非常恼怒:这种参谋部里画沙盘的人物,恐怕一滴汗也没洒到战场的血泥里。我打日本人时他在哪里?恐怕他根本没有打过一枪:做做外交武官、总统夫人副官,跟美国人套几句洋文,订个军火协议。而就该我们这种人做棋盘上的卒子:一百万士兵在丹阳遭轰炸被坦克碾平,在南京被追捕枪杀,在战壕里挨饿喂蚊子虱子,在泥水血浆里泡了全身脓疮。而他在哪里?这些公子哥儿自以为羽扇纶巾的周郎，当然正与大乔小乔在舞厅抛媚眼！

白兰地就喝了两杯，怎么头有几分重，洋酒喝上去舒舒软软，却照样性烈，他还不适应。墙上是一幅洋人画的马，四蹄跃起，上面骑一个碧眼高鼻的大将军，手里拿着一个单筒望远镜，头戴船形帽。或许是这个英国原房主的先祖，连祖宗都肯留下贱卖了？也未免太识时务了！他自然明白：不是由于这个特殊局面，哪轮得上他来住这种沪西小洋房？

这本不是他的天地，所以住进来，他从未有过一点兴奋，且别说是为了看守人。

浴室里传出什么摸来摸去的小调，谭六那个疯劲儿，给了贺家麟一个笑柄。真是个地道的上海小流氓！他眉头一皱：当初他在街边遇见谭因时，谭因还是个脏臭孩子，不知爹妈是谁，家住哪里。一个小瘪三，却知道跟在他的身后走，也幸亏老板吴世宝买他的账，给他杨世荣一个脸，让这臭小子留下来，跟在他后面做跟班的跟班，跑差的小伙计。不到两年，什么都学会了，什么都认为该他有份，已经张狂得可以了。

但还只是一个偷鸡摸狗之徒。

偷鸡摸狗！

他把风纪扣猛地一拉，扣子绷了开来。今夜奇长，焦躁难忍，仿佛专为了让他受辱。他身经百死，可是受公子哥儿的蔑视，却是生平第一次。

谭因出来了，洗得一身洁白，湿湿的头发，拢在后面，身上抹了各种各样的香水，还有化妆品，竟是浓浓的花香，如晚香玉那么艳烈。这个小屁孩今天尽情享用了浴室里英国夫人那些扔下不值得带走的玩意儿，脚趾缝也散发着香味如同那女人的什么玩意儿。他嘴里咕哝着什么，竟裸着身体走到桌子前，拿起一杯冷茶就喝了下去。喝完茶走到床边，猛地一下蹦起来倒在宽大的床上，床垫抗议似的把他身体弹上弹下，他悠然地闭上眼睛。

四

青菊如日本花，很素洁，几乎闻不到香，与窗台的盆景眼熟。家乡小镇，世家医生，到杨世荣祖父这一辈，连连遭遇战乱，军队常来常往。他上过私塾，但未能继承祖业。那年母亲中了邪，把父亲关在家里。有一日父亲好不容易脱身，边穿衣服边叫："她中了魔！"奔出房间。母亲披头散发追了出来，一脸红云。

那夜父亲不见了，都说他从崖上走了过去。母亲第二日就疯了，见着他，就笑。他终日躲着母亲，母亲说："你怕我，你跟他一样怕我。"

他一口气跑到河边，河里有芦苇和葫芦，晃眼一看，状如女鬼。他想也没想就上了一艘路过的运粮草的木船。

谭因的叫声"杨哥，杨哥"打断了他的思绪。

他坐在椅上，抬眼朝那边看一下：一堆肉。他口干舌燥，应该有一瓶老白干，灌个痛快。

"你知道今天我朝哪个女人身上连连打了十几枪！"谭因哗哗说起来：他和小队先是准备去外滩的，后来临时得到情报往江西中路赶，那些古玩店铺里的坛坛罐罐都碎了个稀烂。"是桃花江或是夜来香，对了，是那妖里妖气的玫瑰玫瑰我爱你的嗲歌，有家人的留声机他娘的奏得轰响,嘿,这哆歌也他娘的只有在血流成河时听才来劲!"

杨世荣吃了一惊。"你干什么?"

"过瘾,杀女人过瘾。专对着她娘的奶子臭洞子打。日那个奶头子全打飞了,把那洞里打得翻开来。"谭因一边眉飞色舞地描述那种血腥,一边他那器官就渐渐地升起来。

杨世荣看得惊异极了,更惊异的是,他感到自己的小腹部也阵阵燥热,回荡的血流正在朝他的器官猛冲。这个小瘪三是个妖怪!他不由得想转眼避开。

"杨哥,"他听到谭因在说,声音迷迷糊糊。

他回答了一声,轻得只有他自己能听见。但是他没有起身往床那边去,今天电话中让谭因来,明摆着不应该:他应当说是公务在身。可是他没有。

谭因叫了第二声:"杨哥。"

他只得婉转地说:"隔壁有人,不方便。"

"什么不方便?"谭因一下从床上跳起来,"娘个稀罕他就没鸟?"这小子兴奋地抬起头来,眼睛亮,嘴唇也红,看见杨世荣依旧一身戎装,还没有解开扣子,便生气地倒在床上,扯过枕头盖上半张脸。扔出一句话:"白得一个好床。"

过了一会儿,他翻过身,右手撑脑袋,左手在床上弹着:"隔壁有人,哼,隔壁的人也不是什么好东西。"他皱皱鼻子,好看的红嘴唇也变形,上面长着一层浓浓的汗毛。"跟我们一样的东西——我是说,一路。"

"你怎么知道?"杨世荣对谭因极为恼火,绝对不该让这个小东西到这地方来。给任何老板做事,他也把公私分开。当时电话中竟答应谭因来的要求,是因为谭因太激动,所以他轻易忘记了环境。他不喜欢这种感觉，多年来的兵戎生涯，他明白这种忘乎所以，常使人判断过快，而酿成灾难。

"我当然知道，"谭因说。

"你知道什么？"

"我知道他想日我！"谭因手捶了一下床档头，眼神似乎有点飘。

"你，你！"杨世荣跳了起来。这谭因说话一向不顾忌字眼，什么话都可以直截了当地出口，哪怕粗话在他嘴里听来就不一样，不像他那些丘八朋友，全是战壕里的话头。当初是这小痞子找到他，而不是他找到这小痞子。是谭因做了他的老师，让他明白许多次为什么死里逃生后，他也没想到在乡下安个窝。他一向对此种信号非常迟钝，不甚了了，至今还是比这家伙迟钝得多。他知道这个道儿上的人，不能做正式夫妻，就谈不上贞洁和义务，虽然相互信誓旦旦，非对方莫属，一生生死相随。不过这位小无赖，当着他的面说这种话，也太过分了。

看见他皱眉，谭因依然原样朝着他诱惑地微笑，活脱一个老手。不过他的反应也不对劲。就这么一眨眼工夫，他的脑子里突然出现了谭因被贺家麟压在身下的情形，他感到血在往头脑里冲，一阵晕眩，他扶住椅子背，弄不明白自己晕眩的原因是什么。

"你怎么啦？"谭因注意到他的表情，收起微笑。

"没事。"杨世荣说完就想，我要把这小子杀了，贱种，见色忘义，竟敢当面背叛我。大丈夫一腔热血，可杀不可辱，可舍命不可失尊严。

他往前走了两步，想去取柜子里锁着的手提机枪，用那枪比身上的手枪爽快。之所以放一把手提机枪在那儿，是他以防万一。不管是外面过廊，还是里面通往贺家麟的房门和浴室的门，他都小心地锁上，但他还是格外谨慎。其实贺家麟有了枪也不会做什么，没有必要。他知道自己早晚会出去，只不过他带来的条件，双方必须有个交代而已。

说是安全囚禁，实际只是做个受主人管束的客人。贺家麟是明白人，绝不会冒生死危险逃跑的。他对贺家麟的聪明劲儿摸得很透。

谭因此刻正笑眯眯地看着他，一点没意识到他脸色难看，对他眼里冒出的腾腾杀气，照样满不在乎。这人做什么都完全图自个儿高兴，根本不会想别人的心情，跟这种小娃儿说不清楚。心里一软，他就改变了主意。

他解下腰上的佩枪，打开枪匣，里面六颗子弹齐全。他啪的一下扔到谭因斜卧的床上。枪慢慢落到谭因的身边，谭因看着枪掉在腿边，纹丝不动，也不去捡枪，双手一抱膝，眼睛还是朝着杨世荣看。

杨世荣头稍微一歪，谭因才拿起枪，看了一眼蓝莹莹的枪管，伸手把它塞到枕头底下。镇定地说，"别怕，杨哥，没有危险，那个家伙只有一把肉枪。"

杨世荣窘住了，这个小阿飞是真痴还是假呆？

"没事，"谭因又说。他从床上站了起来，一身白皮嫩肉，跟这房间的脂粉气很相配。"我知道你不喜欢这个人，我也不知道他是什么人物。杨哥，小弟永远是你的人。我们拿他开开心。怎么样，现在就真的拿他开开心？"

杨世荣当然懂这是谭因在安抚他，但他突然想到下面将出现的场面：那个道貌岸然命运的宠儿，衣服被扒光了，被他自己脱光，汗流浃背。对这种难现于光天之下的脏事，本来只属于像他这样沉沦下僚的人物、蝇营狗苟的打手、过一天算一天的杀人者被杀者，现在这种体面人物也做上了。他倒可以看看这样的人做，能做出什么事——假若谭因的直觉不错，这个贺家麟是那么回事的话。

他脑子瞬间开窍，一个精神报复的机会。以后，他将面对一个别样的人物，他不会再感到压抑，现在他名为看守，实际上是个不够格的清客，将就陪着傲慢公子。今后他的看管任务将轻松得多，对方不再是一身西服那么一块无瑕的白璧。

这个人不要脸的喘息，每个恶心的动作，都将一一留下记录，在他的头脑里：玩弄命运傲慢的上等人，也一样顶不住一个小流氓的诱惑。

他左思右想，这是他管的地方，只有他手握武器。他控制着局面，他应该羞辱那些该羞辱的人。他在床边坐了下来，看着谭因，把枕头底下的手枪放进皮套，然后默默地从佩袋里掏出一把雪亮的刀，弹开刀刃，唰的一下切掉谭因的一绺齐肩的长发，径自走到浴室，扔进抽水马桶。

他转过身，对谭因说："去吧。"

五

谭因跳下床，一点衣服也没有披，走到杨世荣面前，很知己地贴了贴他的身体。他走路的时候，臀部的肌肉在腿的牵引下滚动，不是女人那种臀部累赘的摇动，也不像一般男子肌肉弹缩的单调。杨世荣递给他一件睡衣，他往身上一套，也没有好好系带子，走到隔壁房间门。谭因站在门前，敲了两下门，不等里面反应，就轻轻打开门，像一只敏捷的猫走了进去。

门哐当一下关上了。

杨世荣在房间里走动，隔壁房间最好这时不存在。他很想熄掉灯，让黑夜遮住一切。他发现他的手里全是汗，从未有过的感觉刺激着他。

这个小瘪三，无耻之极的小色鬼，是去为他杨世荣复仇？不像。用这样的方式挑动他的性欲？也不像。他完全是为了满足他自己猎奇之心理，也不像。他很想知道谭因怎么个想法，等他出来，得把他叫到花园没人之处好好问问。

隔壁好像说起话来，仔细一听，的确是说话声。浴室门上有个监视孔可以看到那边房间，但他暂时不想去看任何情况，如同在大战前，静静地坐在战壕里，听远处炮声开始隆隆响起来，他知道那还没有他的事，只要没轮到他手下的那几个丘八投入战斗，他就不必操心。

隐约听见街上汽车驰过的声音。这个城市日日夜夜落在了一种嗡嗡的背景上，很像他家乡的田野，静寂之中，还是听得见野蜂在盛开的菜花地里忙碌的声音。这时应当半夜一点半了吧，他撩开一点窗帘，看见街道上划过的灯光，黄黄的，在夜空中切出一块块移动的影子。如果谭因他们动手是在这个下半夜，恐怕就会让半个城市都听到。放鞭炮似的，多少年没有放过鞭炮了。隔壁床或椅子弄得奇响，真如炮声震动，泥灰落到面前，他一下回过神来。

他走近房门，听到谭因在哈哈大笑，然后贺家麟也笑起来。看来两人谈上了手。这种事，尤其谭因摆得太明的打扮，只要能谈上手，下面的名堂就是顺水推舟。他从自己被诱惑的经验，明白这一点，只要不推得太急就行。他几乎为谭因的本事骄傲起来。

然后他听见贺家麟问了什么，谭因就滔滔不绝地说起来。他突然想起，他还没有向谭因介绍这个姓贺的是重庆军统派来的，意图联络或谈判的人。他的任务只是监视，什么都不能讲，要讲，只有让76号的头脑丁默邨、李士群亲自跟他讲。老板吴世宝队长给他布置任务的时候，已经再三告诫，关于76号的事，什么都不能说，千万不能让此人摸到什么底细。

谭因他们今夜袭击杀人的事，他还没有来得及问杀的是什么人。先前听吴世宝队长说过一点：在重庆方面鼓动下，上海工商界拒绝接受南京政权发行的货币，一个没有发行货币能力的政权，就是一文不值。犹豫良久后，上面对76号下了命令，什么手段都可以用出，也要打通上海的财路，可能不得不对租界内重庆政府的银行动手。当然这样一来，开了杀戒，与重庆的决裂，就没有多少余地了。

如果今晚已经动手，这种事，当然万万不能让贺家麟知道。他当时没有马上问个究竟，也就是怕隔墙有耳。而谭因这个小乌龟第一次过杀人瘾，肯定添油加醋在那里吹上劲了。

他立即奔到浴室的监控孔前，两个人已经在床上滚成一团。谭因身上已经没有睡衣了，光身子被对方抱紧。房间里灯光太暗，看不仔细。

他缩回推门的手，很犹豫，不知道里面究竟是怎么回事？浴室的镜子水汽早就散了，正成水珠一线线往下滴。他看着里面自己有些模糊的脸，想折回房间，但身体没有动，又站到那门前。里面有嘶哑的叫声，他不由自主地喊："谭六！"声调发抖。

没有回答，还是那些嘶哑的叫声，还有叫唤。他的耐心到底了，手拧动门把，慢慢推，以防不方便可以马上退出。

门一打开，他看到虽然两个人衣衫不整，但绝不是上手的那种狂热。两人的确是在搏斗，贺家麟正卡住谭因的喉咙。

杨世荣一个箭步冲上前，把贺家麟的头发狠狠一拽，贺家麟整个人被拽了起来，可他的手没有松，连带把谭因也拽了起来。

"想干什么？"杨世荣低声吼起来。他不想惊动楼下的警卫班，不想让他们看到这场面。

贺家麟还是未松手，反而因为杨世荣的加入，更加抓牢谭因的脖子，谭因无法挣脱身子。

杨世荣一拳打开贺家麟的手，再猛一推，贺家麟倒退到床边才扶住自己。谭因倒在地板上，痛苦地咳嗽。

"无耻之尤！"贺家麟喘过气来，骂道。

杨世荣脸一下子红了，他的确是无耻之徒，比谭因更无耻。他想把谭因拉起来，退出这个房间，他无法为刚才的事做解释，挨骂是自己活该。他匆匆扶起谭因，谭因还在摸自己的喉咙，还在咳嗽。但是谭因伸出另一只手，抓住了杨世荣的佩枪。

"不许，不许胡来！"杨世荣正用劲扶谭因的肩膀，腾出一只手去抓谭因的手。谭因光溜溜的身子汗津津的，如泥鳅抓不住，而且已经把枪抓在手里，半秒钟也不耽误，朝贺家麟的方向开了一枪。

刚站起身的贺家麟脸色大变，呆在那里不知所措。恐怕不是被子弹吓着了，而是枪声太响，把他震呆了。这个静静的近郊区，就是白天有枪声也是很不寻常的，更何况是夜半，房间震得像一面鼓，肯定很远都可以听到。杨世荣吓出一头大汗，急得用腿去勾倒谭因，但谭因汗津津的身体太滑，反而溜脱了，在地上翻了一个转，枪还捏在他手里。

杨世荣喊："住手，不许开枪！"

这时候，谭因已经稳住自己。他一腿跪地，一个膝盖曲起，身子笔挺，双手直伸握枪：正是杨世荣教这个孩子的第一招，特工训练中射击最稳也最准的一种标准姿势。

到这时贺家麟才反应过来，刚要往椅子后面躲，谭因就开了枪，子弹直接打进贺家麟的正胸，像击中靶一样。贺家麟胸前喷出血柱。他低低地呻吟了一声，正在往下躲的身体就势滑落到地上。

杨世荣一抬臂，用一个极快的动作，把没有警觉的谭因手中的枪打掉在地上。"你太胡来！"他怒吼道。他来不及拾手枪，冲到椅子前去看贺家麟。贺家麟正捂着自己的前胸，血汩汩地从他的指缝往外冒，他的嘴唇动了动，想说话，血却从嘴里喷出来。

杨世荣原希望谭因打空，他就能反身稳住这一头，不料谭因第二枪打得那么准，正中贺家麟心脏，而且打了个对穿。长期的沙场经验告诉他，这个人已经完了，半分钟内的事。

警卫早就跑上楼，敲门声响起，用枪柄猛敲，花园里全是持枪的士兵。杨世荣放下贺家麟，回身去拾落在地上的枪，四顾一下，谭因已经不见了。

"没事。"杨世荣喊道。他走去打开了房间直通楼梯过道的门，警卫们端着步枪站在门口。

"客人想逃跑，被我打死了。"他简单地说。

他来不及想其他的话头，糟糕透顶的局面，这是唯一能解释得通的说法，也是对他自己的良心唯一可行的说法。

他跪下一条腿，再看一次贺家麟，那张傲慢的脸已经被血弄污了。

贺家麟嘴里冒出血柱，却好像还想说话，好像想说的还是那两个字："无耻。"

六

杨世荣在狱中一直想着这两个字，贺家麟是什么意思，究竟是什么无耻：给汪精卫和日本人干事无耻？用集体枪杀手段抢夺上海金融市场无耻？那天晚上谭因"调戏"他无耻？还是认为他暗中"指使"

此事无耻？贺家麟是否如谭因所猜想的那样是"同道"？或许本为同道，但认为这种安排是陷阱，进而认为76号无耻？

每个可能都是无耻。没有确定的罪名，使杨世荣很难受，他不知道贺家麟最后的几秒钟心里想的是什么，他从来不想已经死了的人，干这一行，每个人都难逃一死，子弹早晚会顺道弯过来。贺家麟没有机会说任何话，应当说给谭因和他都减少了麻烦，但是却让他心里一直不安。

至于谭因，并没有什么错，至少他躲开不认账没有什么错。这是他的责任，虽然他绝不会开这一枪，没有命令让他开枪，他绝对不会做这种事。他也知道，哪怕谭因认这个账，他依然无法脱离干系，既然负责看守，此后的局面无从解释，一切都得由他担当。

不过谭因的枪法，也太狠了一点，他的裸体使姿势更为简洁漂亮，简直像这个英国人屋子里的一个雕像。

谭因在他房内这事，费了他不少唇舌解释。吴世宝审讯他，不断逼问他与谭因是什么关系？他当然不会说。谭因在手枪上的指纹早就被他擦净。

但是上峰根本不相信他的解释，首先李士群一再怀疑击毙贺家麟一案大有蹊跷：即使有一千种理由，贺家麟也不会想逃跑。李士群认为杨世荣受了什么方面的指使，枪杀了贺家麟，为此怒责吴世宝用人不当。重庆与南京一直在信使来往讲价钱谈条件，76号也在琢磨杀人立威后一步棋如何走。不斩来使是首先必须做到的事，况且局面复杂，利害冲突不会是永远的。说到底，贺家麟并不是囚徒，即使知道双方关系刚出现的转折，也完全没有逃跑的必要。

杨世荣被上了刑。76号有名的一些酷刑，虽然不好全部用到杨世荣身上，但李士群怀疑是南京政权里的对手有意给他栽赃。吴世宝不得不做出一个交代，让杨世荣说出个头头道道。

鞭打杨世荣之时，吴世宝亲自到场。在76号的地下室里，手铐和脚镣钉死在墙上，鞭打时四肢被镣铐牢牢地反扣着，没有任何动弹挣扎的余地，杨世荣明白挣扎只会增加痛苦。

动刑刚开始，吴世宝突然传令把谭因叫来，站在他身边。吴世宝想看看这两个人中间有什么名堂，他不想把这两个人往死里整，但是抓住把柄，能叫部下忠诚：他的警卫总队在上海的活动越来越频繁，需要谭因这样敢冲敢打，下手特别凶狠的杀手，也需要杨世荣这样做事靠得住的人物。

打手把鞭子放到水桶里泡，鞭子打一下就蘸一下水，湿牛皮抽在身上会拉起皮肤，马上就把皮肤拽破，鲜血淋漓。

谭因一直发誓与杨世荣只是一般的朋友关系，那天只是因为顺车，在执行任务后到杨世荣那里休息。事情发生之时，他正在隔壁熟睡，完全不知道这个房间发生了什么事，他彻底否认见过贺家麟这个人，他没有必要见这个人——这都是杨世荣在吴世宝赶到现场之前匆匆告诉他应当这样说的。谭因在惊慌之中，已经失去思考能力，没有提出异议。即使后来，杨世荣再三思考这件事，也想不出有什么其他方法，可以让谭因顶下罪名。

鞭子一下下落在杨世荣身上，杨世荣的脸抽搐着，尽可能不去看谭因。谭因却因为好久没有看到杨世荣了，目不转睛地看着他，他不能躲开，吴世宝正注视着他。杨世荣胸脯上红肿的条痕已经一道一道翻出血肉，吴世宝下令停一下，问杨世荣有什么话说？

杨世荣摇摇头，鞭痕上加鞭的疼痛，尤其每次鞭子在空中挥起时，嘘叫声带来的惊悚，比继之而来的皮肉疼痛更加令人痛苦。他禁不住每次听到嘘叫声时，都朝谭因看一眼。他惊奇地发现谭因的眼睛不再闪避自己受刑的场面，谭因虽然看着，但脑子和眼睛不在一起。杨世荣这次看见谭因眼睛发亮了，是泪光，还是乐意见到他被鞭打？也可能是有意在吴世宝面前表现他自己？

每次鞭子飞舞起来时，响声让杨世荣脸上抽搐一下，血从伤口向下流成一片。鞭手不愿卖力气地向同伙行刑，但是吴世宝非要问出点名堂不可，鞭子总像是在空中嘘叫相当长时间才落下来。杨世荣最感恐惧时，总觉得谭因脸上几乎放出兴奋的光了，不像是为他痛苦，而是那种看见痛苦的痛快。

吴世宝也看到了谭因没有为杨世荣不平的表情，他相信这两个人没有什么密谋，也没有超出一般朋友之外的关系。吴世宝为了团结内部，维护下属，只能顶住李士群的压力，几个军师商量了一下，编了一个"杨世荣交代"，说是手枪走火误伤贺家麟致死。

这场鞭打只是很一般的用刑，已经让杨世荣长久地卧养在床，亏得杨世荣是吃惯苦的人，而且一直没有累及谭因。事情本来也就可以到此为止了。

李士群则强调得执行纪律，不管是不是走火，都要杨世荣的脑袋，以向香港的杜月笙证明他并非不通情理，是可以谈判的对象。而吴世宝坚持认为，枪毙杨世荣会影响76号精粹打手队伍的士气。就在两人的僵持中，杨世荣一条命暂时保住。

不久，军统与76号在上海的互相暗杀达到了白热化程度，军统人员用利斧劈死了住院治疗的张某某，此人是汪的中储行业务科科长，而76号抓了一批中国银行高级职员，挑出三个姓张的抵命；军统在中央银行放置定时炸弹，炸死了中行业务主任。

两边杀人不眨眼地火拼，一边以日占区为基地，另一边以英法租界为依托。双方彻底打翻后，贺家麟事件反而变成一个不重要的未决案。

谭因在这一系列暗杀袭击中成了大英雄,他化装灵便,尤其善于女装,妩媚动人。而且见机行事,反应敏捷。该下手时决不留情,冲锋在前,敢拼敢打,使吴世宝对这个娃娃脸的打手分外赏识,经过拷打杨世荣的考验,他早就对谭因用而不疑,现在下决心提拔他作为特工总部二分队的队长。

一时上海滩盛传76号有个"血手哪吒",枪法奇准,杀人如麻。杨世荣听到此,感慨不已:这个原本是中国广大内陆托出空中的一块风水宝地,占尽风头的,现在是几个连他这样的兵痞原先都看不上眼的人物!同时,他心里为谭因而感到骄傲:能在上海滩闯出大名声,不管什么名声,都是了不起的事。

谭因做了分队长后,看管杨世荣的警卫更是多行照顾。谭因的月薪不过三十万储备券,行动有功另有奖金。而且上海市面上,生财之道多的是:自杜月笙去港后,青帮留下的人,只能靠拢76号。得到吴世宝信任的血手哪吒,少不了成为首先必须打点的门神。

谭因的权势和在特工总队中的名声,使看管人对杨世荣另眼相看。谭因不断供应的金钱,也使一批批换来换去的监狱看管不愿对杨世荣过于苛刻。但是,他来看杨世荣的次数少了。

七

杨世荣正躺在床上抽烟解闷,恍惚中看到一个全套白色西装,三接头皮鞋的人物走进来,那鞋尖头尖脑,时髦得很,完全是一年前贺家麟的样子。他吓了一跳，身子往后一缩。那个"贺家麟"快步地朝里走，把礼帽拿在手上，警卫看到他，立即敬了个礼，没有拦住他的意思。

他忽地坐了起来，这个狱房与软禁贺家麟的地方不可同日而语。他定眼一看，来人朝他露齿笑，原来是谭因，能大模大样来这个地方的只可能是谭因。这小子几乎在一夜间长成一个大人，个头也冒出好大一截，脸形也变成熟了，只有露齿说话时能显出他旧日的孩子相。

谭因来看杨世荣时，监狱看守人正是三五成群，议论纷纷，很紧张的样子。杨世荣凭直觉得出结论，76号一定出了新的巨变：可能是李士群为争夺控制权，与特务总队的吴世宝火拼。

特务们每个人现在都面对一个如何自处的问题：究竟是忠于吴世宝，还是忠于李士群。趁四周无人时，谭因求教杨世荣这个问题。杨世荣想都未想就说："当然吴世宝是我们的救命人，而李士群要我的命。不能背叛吴队长。"

谭因不作声。想了一下，说："日本人相信李士群，说他有能耐。吴世宝可能会处于劣势。如果吴世宝倒了，我们跟着他倒，没有任何好处。"

杨世荣沉默了，谭因的思考方式不能说没有道理。但谭因作为吴世宝的主要助手，在这种时候背叛，未免过分。反正这不是杨世荣行事做人的立场和方式。

"唯一的办法是让李士群满意，才能过这一关。"谭因说。

"他给你封官许愿了吧？"杨世荣试探地问。

谭因摇摇头，但是杨世荣现在已经不知道谭因会不会告诉他所有的事。他觉得应当断然说出他的看法。

"李士群对自己人都诡计多端，日本人看得起，也甩得起。人生总有走运背运,做一个背主之臣,在江湖上被人看不起,不值。"

"我知道。"谭因语气很不耐烦。但是他稳住自己,轻声轻语地说:"小日本占不住的缝太多,现在是谁有胆量谁打天下。李士群要管好多地方,他答应上海这个市面让给我,让我做上海王。"

杨世荣大吃一惊,顿时觉得晕乎乎的。这种话,哪怕能相信,也实在口气太大。上海是多大的世面,能让几个半文盲杀手称王?不过为什么不能呢?黄金荣、杜月笙又识几个字?是真英雄,又有几个肯定比谭因强?他一时觉得这个小子实在有能耐,至少胆子极大,不是他能够理解的。

不过他明白到自己已经不是大哥。这个谭因翅膀硬了,要自己一飞冲天。身逢乱世,不就是谭因这样的人物得意?他第一次明白,他们的路,已经分开很远。他即使出去,恐怕谭因也不会认他做朋友——他只是给司令当兵冲锋的料子。今天谭因来跟他透底,算是看得起他。

他知道不必多说了,只说这么做欠稳妥。"况且,"他说,"你以前提到过,吴世宝答应尽早放我。"

"大哥,"话才说到了关键,谭因也不含糊,"不管吴世宝、李士群,老子为他们拼命,第一条就是为了放你!"

此话是真是假,杨世荣都很感动。他知道自己的案子太重,不管是谁,都愿意先押着他,今后万一需要,可以拿他的头抵债。但是他喜欢听见谭因这么说。

谭因站起来,拿起礼帽要走,说要去见一个叫胡兰成的人。见杨世荣看着他,他一笑,说不是他要约见胡兰成,而是胡兰成要见他,已经约了好几次,这个人是吴世宝的军师,可能是想稳住他。

杨世荣想起他陪贺家麟时翻过一些杂志,胡兰成的文章他也读到过。他记得在什么场合与这人打过一照面,长得倒是讨女人喜欢。一个弄文墨的人来搞政治？最能把政治搞得臭气熏天的就是他们！

"酸人，好对付。"谭因笑意收住，说了这么一句就走了。杨世荣看着他的背影从监狱门廊里消失，天高云淡，他已经跟不上谭因的思路。

自那之后，谭因有三个月没有出现过。看守人告诉他李士群先在吴世宝头上安了个捣乱上海市面的罪名，把一大堆证据交给日本人，日本人把吴世宝关进牢里。在吴世宝的老婆和胡兰成的请求下，李士群又"打通关节"，让放出来。

看来是日本人明白过来：犯不着给李士群火中取栗，李士群要杀人，得自己动手。结果吴世宝在李士群的别墅里被一碗面给毒死。死得很惨，肚子痛得在地上打滚抽筋，七窍出血而死。

吴世宝出事的当天，谭因带一帮人守在静安寺赫德路192号公寓对门，那里是女作家张爱玲的公寓，他们用望远镜监视了几天。他们看见胡兰成在六楼的阳台上与一女子望景致，隔了一会儿两人进屋去了。就偷偷摸进楼里，守着电梯和楼梯。一直到天黑尽再天亮，也没见着胡兰成下来。一伙人最后到楼上搜查，把那个女人吓得半死，也没有找到，看来胡兰成在他们进楼前就溜掉了。

既然谭因带了头，吴世宝的部下没有一个人站出来为他报仇。李士群接管了特务总队后，就立即把谭因调到苏州，任江苏税警部队的团长。

杨世荣当然不全信看守人的话，尤其是讲得太生动的故事，更不能信，况且胡兰成仍活得尚好，吴世宝一死，他迅速离开上海，到武汉办一张小报纸去了。谭因如果连个文人都抓不住，上海滩如何站住脚？不管怎么说，这次谭因为李士群立了大功劳。

"升官了，"看守人说，"你的兄弟升官了。你不会待久的。"

这时他坐牢已有一年半，他只能希望成为有功之臣的谭因能办到这点。

可是事件之后，谭因只来过一次，匆匆忙忙待了三分钟，而且，派人送钱来的次数也渐渐减少。可能他认为自己的地位稳固了，杨世荣再也牵累不了他，杨世荣通常是理解的态度，有时不免气恼地想，他早就应当明白，这谭因是个出尔反尔不能依靠的朋友，尽管他皮靴绶带，外表活脱脱大当官一个，说话也像有身份的人，不再冒冒失失，他却感觉自己和他生分了。

没过多久，看管人又换了一批，换了一些李士群的亲信，他们对杨世荣看管得很严。他托看管人带信，要求见谭因，谭因却没有来。

他看着手里的琥珀鱼，那是谭因送给他的，鱼脊上的花欲开欲放，很像那夜谭因的嘴唇。他再次请人带信，并一同捎去鱼，一定要见谭因一次，最后见他一次，却依然没有见到谭因半个影子。不过有回话，说是公务在身，忙于清乡，一时无法到上海来见他。过几天，一旦抽得出身，立即赶来。

"上海王！"杨世荣想，上海王在跟乡下游击队缠斗。李士群也真敢胡乱许愿，谭因也真有胃口吞下这么大的诱饵，而最让人脸红的是，他杨世荣听了也居然觉得有何不可。这个世界没有什么变化，这世界等着骗人吃人。

过了一星期，过了几个月，杨世荣知道不用等谭因，同时又不甘心，所以照样等，但还是没有等到。牢里吃得太差，睡得很短，看管他的人每周一变，态度越来越坏，甚至两天只给他吃发酸臭的稀粥，气得他把碗一扔，看守们看他在那里吼叫，还嘲笑他不知好歹。瓦楞上有棵蒲公英，他看着那小小的黄花改变，变成白绒毛飞散，化成淡淡浓浓的昼与夜。

终于有一天中午,看管例外送来豆皮焖烧猪肉,米也是好米,还有一盒香烟。他们向他祝贺,说是李士群省长要亲自了断此案,放他出去,他马上就会自由。

杨世荣不觉得是个好兆头:谭因完全躲开了,把他推给李士群。

他一直在回想他们两人的交往,怎么想都觉得如一场梦:他现在是个阶下囚,谭因现在是带兵的大官,官大架子大了,不必再理睬这位昔日的兄长。没有天长地久的情谊,尤其是他们这种情谊。既然谭因能当他的面找贺家麟,他也能找其他人,比他这种兵痞更像样的人。男人间这种事情风吹来雨飘走,比会生孩子的女人更不可依恃。

即使他不在这儿代他坐牢,谭因也会变心。都两年了,从前的事都已经过去,不必为此伤怀。事已如此,他没有必要感到后悔,不过他还是心里难受。当一切可以结束时,就该结束得干脆。人生实在如下棋,要图个圆满,要讲究步法一贯,下得磊落光明不丢脸,棋局长短,谁输谁赢,倒是不必太介意的事。

贺家麟说得对,这一切很无耻。

八

这是个阳光耀眼的下午。杨世荣出狱,押送的看守人祝贺他:"兄弟,你的事可以结了。"

他的心七上八下,一脸的胡须和长发该剪,浑身真是脏得很。他很想洗个澡,在大池子热水泡一下。其他什么都不必想。如果他真能获释,他就到镇江报恩寺出家,化缘为生,清心寡欲,不再理会人世过多的纠缠和苦恼。反正他在这世上已经没有亲人了，没有什么值得牵挂的。

他被塞进车子，左右前后都有人，无法看到具体往什么方向开，尤其许久没有看到喧闹繁华的街面。他这才意识到他一直关在上海，看来在上海坐牢，没有什么特殊，到了最倒霉的时候，在什么地方都一样，只有希望成功者，如谭因那小子，才有"在什么地方成功"的考虑。大白天之下，人来人往，广告花花绿绿，铺天盖地，他眼睛还不适应，干脆闭上眼睛。

车子终于在一所宅院里停下。树木葱绿，繁花簇拥。当他穿过一道道门，进了几层警卫森严的厅，到了一间奇大的房间，才看到李士群一身西服笔挺坐在那里。难道自己到了有名的"鹤园"？他不能肯定，因为他只是听说，从未去过，不过他一点没有发怵。以前他作为下级人员，很少有见到李士群的机会，只有在行动前听训话时才能见到这个大人物。听看守说现在在上海滩，这个人的名字，已经人人闻之胆寒。当年的吴世宝只是个街头流氓，李士群可是个玩政治手腕的魔头。

李士群见到他，反而客气地从椅子上欠个身，拱了拱手。虽然是个五短身材，但比以前训话时看上去儒雅，换了个讲究的眼镜更书生气，说得上眉清目秀。不像他关押了近两年，苍白消瘦，萎靡不堪，以前雄壮的体魄只能仔细从眼睛和动作里辨认出。

"杨营长，"李士群说，还记得他的最高军阶，也许是刚读过案卷。"杨营长辛苦了，坐了两年牢。"李士群坐下来，边取过桌上的案卷，边说，慢慢地翻看。他并不看杨世荣的脸，似乎在对着纸片说话："这件案子，说清楚也够清楚的，说不清楚，也真够不清楚的。"

杨世荣没有说话，他觉得这势头不太好。

"按照你的说法,贺家麟是企图逃走,不得不就地解决。但是你有一个警卫班,为什么无法拦住一个没有武器的犯人逃跑?而且,为什么枪弹是正面前胸射入?"

杨世荣只说了一句:"事起突然,他正好转过身来,我开了枪。"这是他一直咬定的话。

李士群搁下纸片,突然声色俱厉地说:"少胡扯了!两年没有动你,现在贺家麟的鬼魂又变得重要了。杜老板要我们给个答复,要你的脑袋给杜老板消消气。"

杨世荣早就猜到是这么一回事:这批人个个脚踩几只船,他的命在哪只船看起来有用些。小日本日子开始不好过了,就得讨杜老板好,他的命也就得完。他不能永远幸运,不可能每次从死神手中逃脱。

见杨世荣没有反应,李士群说:"立即枪毙!"他拂了一下案卷,像一堆废纸,马上可以扔开似的。

杨世荣看着李士群,心里想,像在做戏。如果他们真要他的脑袋的话,犯不着李士群来宣判。

果然,他听到李士群放低声音,"除非你说清楚谭因当时在干什么?"

他心一惊,已经有好久这名字没有在他脑子里了,他基本上已经忘记这个名字。谭因不是为这个人立下大功了吗?难道他能出什么事?他没有时间想。"谭因第一次执行任务,心情不太稳定,来向我说说。"杨世荣还是这句老话。

"别跟我来这套废话!"李士群走过来,离他有两三步远说,口气并不凶狠。"我知道你们这些老丘八的习惯。这也没什么了不起,当兵吃粮,还得解决性欲。慰安妇又不来慰安我们的部队。"

杨世荣不知说什么好,这事是第一次被人点穿。李士群又说得在情在理，虽然他不知道李士群说的是不是事情的因缘。他觉得因缘在自己的血里面：当别的士兵强奸民女时，他躲开去；当别的军官在逛窑子嫖暗娼时，他留在兵营里。原先他只认为自己克制力强些，自从谭六跟上他后，他才知道别有原因。

但这与案子无关，他对自己说。既然已面临死亡，他不必去辩解这种事。他没有亲属，没有人会记得他这个人扮过什么角色，有过什么羞辱。

"贺家麟是谭因打死的！"李士群说。

杨世荣失声说："不，没有的事。"他说得稍急了些，他原可以更从容地否认。

"你真犯不着为这么个人顶罪，"李士群说，"谭因是个什么角色，我最清楚。他能跟贺家麟去套什么近乎，我也清楚。他没有不敢做的事，没有不敢睡的人，也没有不敢杀的人！"

杨世荣只说："贺家麟是我杀的。"

李士群挥挥手。"没见过你这样的人。你说了两年了，从不改口。就因为从不改口，证明是假的。我这里的死刑犯，个个要翻几次供，弄几个花样才罢休。"他走到杨世荣面前，拍拍他的肩膀："你是个好汉，敢作敢当，我最爱好汉，最看不得那些背主卖友求荣没骨头的小人！"

杨世荣心里咯噔一下，李士群这话说得咬牙切齿，有股杀气，看来他要除掉谭因了！小谭六碍了他的事，不够听话，或冒得太快？他可是许过谭六"上海王"的宝座，不是有意栽人吗？虽在狱里，他也有所耳闻，有人向日本人告状，说李士群搞的清乡，是匪去兵来，兵来匪去。他真的又要借人头向日本主子交代？

或许谭因近半年没有消息，是他自己处境不佳，有意让我撇清关系？想到这里，他心头一动。突然觉得谭因与他又接近了一点。他实在不知道谭因失宠的经过。不会有半年吧？心怀异志的下属，李士群不会放半年之久不动手。

李士群回到桌边，又换回那种官腔官调，对审问杨世荣，他明显不感兴趣。"江苏省警侦局现已查明，谭因，时任上海特务总队队员，在一九四〇年五月二十一日擅自枪杀上海籍市民贺家麟，现宣判死刑。同案杨世荣，时任上海特务总队支队副，擅离职守，纪律处分关押两年。现刑满开释，恢复职务。"

"不，不，"杨世荣喊起来，"不是谭因杀的。"

"行了，"李士群说，"杨营长，你先代理一下谭因的团长职务，你有军事经验，他只是个街头流氓而已。江湖义气，也要看用在谁身上。为谭因这小子不值得，他早就自己承认了。"他朝门口笔直站立的警卫点点头："带谭因。"

看来谭因早就押在隔壁房间里，等着来与他对证。谭因进来的时候，杨世荣看到，这个负心人已经受过毒刑，虽然军服穿戴整齐，但是脸色惨白，脸颊上有血痕，走路拖着脚步，勉强地维持着。半年多不见，谭因已大变了，创伤和奔波也使他不再年轻俏皮，青春消逝太快，快到连他都没有来得及看到，谭因对他已经是个陌生人。他在牢里也想到过，有一天如果他们俩巧遇，可能会是这样的感觉。

谭因看到杨世荣，朝他一个惨笑，然后就转过头去，不再看他，尽可能身体挺直地站着，全场没有人说话，都在看他们俩。不过当他一笑时，杨世荣才看到他昔日撩人的光彩，他承认他现在像个好汉。

杨世荣很想过去拍谭因肩膀，给他一点安慰。他竭力控制自己，这已经是最糟的境地了，他不能把这局面弄得更糟。重新见到谭因，几乎使他的血重新沸腾。路已经走不下去，还有其他路吗？生命之火在他们两人心中都应当已经熄灭。

"杨团长有什么话说？"李士群对杨世荣说。

"你要谁死，当然谁死。"杨世荣镇静地回答。

李士群一笑置之："你明白就行。谭因作孽太多。说实话，等着他脑袋的人真不止杜老板一个。我有一句话，谭因这案子，叫作'不杀不足以平民愤'。"他似乎很得意于自己的用词，"如果你活得够长的话，你可以看到，我这句话会流行的。"

"那么好。我说。"杨世荣顿了顿，"是谭因欠了我的情，我白白代他坐了两年牢。他的确是不仁不义之人，行不仁不义之事。恶贯满盈，自该当死。"

谭因惊讶地抬起头，他看到杨世荣的脸色，没有愤怒，却有一种决心。他感到莫名其妙。难道真是如他们所说的，是杨世荣翻供指控了他，就因为这一年他接济少了，其实就半年没有办法去看他？他想扑过去打他，牙齿咬紧，手自然地握成拳头。

"想动手，是吧？"杨世荣理解地说。

谭因嘴里只"哼"了一声，很瞧不起的眼光，掉开了脸。

杨世荣不理会他，转过脸对李士群说："李省长的判决很英明。冤有头，债有主。请让我执行你的判决，我要亲手杀死无情无义之人！"

李士群满意地看着杨世荣，不过眼睛里有迷惑不解。难道人之间的恩怨情仇，能翻得那么快。他手下的人，乌龟王八贪婪之徒，多了也不可怕。只是乱世里，经常有不在情理中的人，使他头痛。杨世荣是个可靠的人，一直咬着说是他自己杀的。在这关键当头，聪明识时务是人的常性。但是此人要自己动手杀朋友，又未免太狠了一些。连他跟吴世宝，已经你死我活打翻了脸，他也让吴世宝死到家里去。

他稍稍一想，点点头。叫来了卫队长，对他做了交代。

然后他说:"好吧,谭因已判死刑,杨团长负责行刑,立即执行。"说完转身就离开这房间。

九

那是个葱绿的长堤,一边是湖水,看起来像浏河附近。杨世荣一下子就看清楚了:他三年前在这一带打了一个多月的仗,一条条战壕死守,缠住日本精锐的海军陆战队。他是下级军官,没有军事地图,也用不到。他记性好,对地表地貌方向记忆非常明确。

这个地方他肯定来过,在从浏河向苏州常州退却的路上,部队在这里住过一夜。拂晓就受到日军飞机的轰炸,他把队伍连滚带爬从民房带到一条湖堤上:湖堤是最好的应急工事,这是每个低级军官都明白的措施,而正巧他在晚上睡下前,看了一下这已经逃空村子的四周。那次空袭依旧抓走了他那些贪宿的部下。日机走后,整个营不得不去埋葬被炸烂的残肢断腿——这不过是对他们坚守上海郊区一个多月的报复。

任何事都有代价。当他走在湖堤上时,他突然发现,人生的延续或切断只是很微小的差别,例如你正好在弹片飞过的路径上,或正好在"募兵队"的路径上,或恰好伏在坦克辗过的路径,或正好落在某某大人物发怒的方向上。

谭因走在前面,他走得很慢。杨世荣也不着急,提着刚发给他的十二响驳壳枪,慢慢地跟在后面。跟他一起来的卫队好像也不着急,背着枪,一路跟着他们,放开了一定的距离。他们像已经执行完任务,大家心不在焉地散步。

　　湖堤很清静，几乎没有行人，远远看去，湖里荷花只开了一朵淡红，那些花苞遮掩在绿叶间。湖水很清，风吹皱波纹，吹拂着脸，觉得不热不凉正好。太阳已经在西沉，景致开始变得单调，一色暗红。杨世荣觉得有点奇怪，仗打得再大，田还是有人种，日子还是有人过，江南农家的景色依旧。

　　他很想和谭因说点什么，他们中有太多的话需要说清，到这时候却已经说不清。真是开玩笑，他或者谭六都未料到有这么一天，会弄到这么奇怪的局面。他拿着枪，押着谭因在堤岸上走，觉得这湖比他记忆中的大得多。

　　谭因一直是得意的，一个聪明伶俐和俊俏的小子，可能从小就是受宠的，很多人宠，他会讨人好，他一笑就让人心里软了。谭因命里不会缺少扶植的人，正因为如此，他把别人扶植他当作生活的常规，大概并不珍贵，觉得理所当然。

　　杨世荣却老记得祖父对他说过的一句话：这个世界上，人对你不好是应该的，不要怨恨牢骚；对你好倒是例外，务必感激报答。

　　恐怕在这个时候，谭因会需要人扶一把，才能走得下去，杨世荣想。他把视线从谭因的背转移到堤岸上。天空一群候鸟飞过。这堤岸走上五十米后景致美极，来这里真是对的。

　　他帮不了谭因，他不想看到结局。谭因是否能从这个堤岸脱身，看他自己的运气。他选择这地点，只是因为他曾经从这样的绝境跑出来。那是死里捡一条命。或许，谭因行，他可以变成一条鱼钻进水里，或是躲进荷叶里，变成一个温柔贞洁的女子。

　　没有必要再走下去。他高声地说："就这里吧！"大家都站住了。谭因也站住了。堤坎的顶是平的，但也有几个人宽，草丛渐渐高起来，没及他们的脚踝。

谭因没有回过头来，侧着身，面对湖水，他个子奇高，可能他真长了一大截。杨世荣从未看见他那么静的姿态，可能是等着开枪。他把枪保险拉了一下，谭因听到咔嗒声，居然还是一点没有动，也没有说话。

杨世荣感到一股热流突然涌入他的心中，这个人，前面的这个将死的人，或许是他在这个世界上唯一许诺过忠诚的，不管对方怎么样，他不想列出账单看看谁欠了谁多少。只要他有过许诺，他就只能珍贵那个许诺，因为他没有向任何人，任何党派、任何政治许诺过忠诚。他也没有必要在这时候放弃他忠诚的权利。

无论他怎么做，谭因逃不了一死。他为谭因做牺牲完全没有必要。但是他想做的不是为了谭因，而是为了他自己，为了他此生唯一的一次纪念。

他叫了一声："谭六！"

谭因没有理会，但他看见他的头动了一动。

他又叫了一声："谭六！"

谭因转过身来，声音又硬又冷："没什么可说的，开枪吧！"

杨世荣举起手来，大声地说，说得很缓慢："谭六，为哥的不能送你了。"

谭因说："杨哥，不关你的事。打准点，干净点，小弟谢你了。"

杨世荣看他还不明白，但是没有时间解释。或许他们俩本身就是难以互相理解，难以信任终生，称兄道弟也没用，刎颈之交也没用，互相听不懂的不是话，而是心里的声音。

杨世荣举起驳壳枪。这种枪很笨重，但枪的口径很大，子弹杀伤力极强。他举起驳壳枪，渐渐抬到一个高度，眼瞄过去，正是谭因的心脏,他要的就是他的心。他扳了枪机,突然叫了起来:"谭六,接着。"他迅速把枪举到额头,子弹飞了出来,轰然地炸开一个大口子,再继续往前冲,命定要从另一边冲出来,大口径子弹的冲击力,把杨世荣整个头颅洞穿,他全身的血几乎在一瞬间从头部飞出喷洒在这堤岸上。但是,就是这一切将发生的时候,杨世荣把枪一扔——这是他开枪前脑子给手的指令,当子弹穿越他的脑子时,他的手依然能执行这个指令。

谭因在这一巨响和火光中看到了那支抛过来的驳壳枪,他看到这时杨世荣的头脑被打了个对穿。他不由自主地接过了空中飞来的枪,一时不明白为什么杨世荣把枪扔给他,叫他"接着",是接着他自杀还是让他接枪,打出一条血路?

他来不及想杨世荣的目的,也来不及想他自己的计划,枪在他手中自动地射击起来。他蹲靠堤岸,边打边跑。而李士群的卫队也在开枪,在两个人站定准备行刑,互相扔出几句听不懂的话时,他们早就把背着的枪换到手中,扳上了枪机,以备发生意料得到的情况——杨世荣帮助谭因逃跑。他们没有料到杨世荣竟然当着他们的面自杀。

等反应过来时,他们的手指也在火光和枪声同时自动地按下扳机。堤岸上枪声响成一片,杨世荣正在倒下的身体又加了不少血窟窿。

那个倒在这片潮湿草地上的头脑,最后一眼看见的是从湖心里腾起的鹤。鹤欲飞,升起的腿却突然静止不动。

(明)王同轨《耳谈》:一市儿色慕兵子而无地与狎。兵子夜司直通州仓。凡司直出入门者,必籍记之,甚严。市儿因代未到者名,入与狎。其夜月明,复有一美者玩月。市儿语兵子曰:"吾姑往调之。"兵子曰:"可。"往而美者大怒,盖百夫长之也。语斗不已，市儿逐殴美者死，弃尸井中。兵子曰："君为我至，义不可忘。我当代坐。"死囚二年，食自市儿所馈。后忽不继，为私期招之，又不至。恚恨之。久之，诉于司刑者。司刑出兵子，入市儿。逾年行刑。兵子复出曰："渠虽负义，非我初心，我终不令渠独死。"亦触木死尸旁。